知念実希人

崩れる脳を抱きしめて

実業之日本社

実業之日本社文庫

目次

単行本：二〇一七年九月実業之日本社刊行。文庫化に際し、改稿しました。

プロローグ

二両編成の列車から降りて辺りを見回す。ホームに僕以外の人影はなかった。どこか眠そうな顔をした駅員に切符を渡して改札を抜けると、天井の高い木製の駅舎になっていた。太い梁《はり》に目立つ染みが、この建物が刻んできた年月をうかがわせた。左手にある小さな土産物《みやげもの》屋を横目に歩を進める。駅舎を出ると、こぢんまりとしたロータリーが広がっていた。『タクシー乗り場』と記された錆《さび》の目立つ看板が立っているが、客待ちをしているタクシーの姿はない。

視線を上げる。正面に寂れた住宅街が広がり、そのはるか奥に小高い丘が見えた。落ち葉を舞い上げながら、早春の風が吹き抜ける。しかし、寒さは感じなかった。腹の奥に炎が灯《とも》っているかのように、体は火照《ほて》っていた。

ずっとこのときを待っていた。彼女が、弓狩環《ゆがりたまき》さんが命を落としたと聞いたあの日からずっと。

弓狩環……ユカリさん……。硝子《ガラス》細工のように美しく、そして儚《はかな》い微笑《ほほえ》みが脳裏をかすめる。

もうすぐだ。もうすぐ、僕の前から彼女を消した犯人に会える。

胸に手を当てて昂《たかぶ》った気持ちを抑えていると、一匹の黒猫が近づいてきた。赤い首輪をしたその猫は、こちらに一瞥《いちべつ》をくれながら目の前を横切ると、すぐわきのベンチで毛づくろいをはじめた。

「縁起が悪いな」

苦笑しつつ、生地の上からジャケットの内ポケットに触れた。中にある硬い感触が掌《てのひら》に伝わってくる。これを使う覚悟はすでにできていた。

いつの間にか毛づくろいを終え、香箱座《こうばこずわ》りになっていた猫が、促すようにニャーンと鳴いた。縄張りから出て行けということだろうか。

分かっているって、もう行くよ。

悠長にタクシーを待つ気などなかった。小高い丘を見上げると、僕は地面を蹴って走り出した。

あの病院で出会った女性、弓狩環さんの遺志を果たすために。

第一章　ダイヤの鳥籠から羽ばたいて

1

　大きな窓から柔らかい日差しが降り注ぐ。頰に温かさをおぼえながら、僕は毛足の長い絨毯《じゅうたん》が敷き詰められた廊下を歩いていく。窓の外に視線を送ると、松の防風林の奥に深い青色が広がっていた。水平線まで広がる海原《うなばら》に白波が縞《しま》模様を描き、陽光がきらきらと水面《みなも》に乱反射している。

　素晴らしい景色に僕は目を細める。『葉山《はやま》の岬《みさき》病院』。神奈川県葉山町の海沿いに建つ、全病室が個室の富裕層向け療養型病院。その三階に僕はいた。

「さて、次が最後か……」

　白衣のポケットから患者のリストを取り出す。腕時計を見ると、午後三時を回ったところだった。午前中に病院のオリエンテーションを受け、午後からはじめた回診も、残すはあと一人だけだ。

『弓狩環（ゆがりたまき）　28歳　グリオブラストーマ』

その文字を見て、口元に力がこもる。グリオブラストーマ、膠芽腫《こうがしゅ》。最悪の脳腫瘍《のうしゅよう》。

そういえば、この病院はホスピスも兼ねているんだっけ。オリエンテーションで恰幅《かっぷく》の良い看護師長から聞いた説明を思い出す。

不治の病に冒された者が、心穏やかに最期を迎えるための施設であるホスピス。たしかに、海沿いに建つ高級ホテルのようなこの施設は、終《つい》の棲家《すみか》として好ましいのかもしれない。

二十八歳、二つ年上か。僕は少し重くなった足を動かして廊下を進み、突き当たりを左に折れる。十メートルほど伸びた廊下に一つだけ扉があった。

この病院は中庭を取り囲むように『コ』の字の形をしている。そして、上の横棒に当たるこの部分は、一室の特別病室が占めていた。

目的の病室の扉をノックすると、すぐに中から「どうぞ」と返事がある。横開きの扉を開けると、冷えた空気が頬をくすぐった。

想像以上に広い部屋だった。正面の壁一面に大きな窓があり、レースのカーテン越しに柔らかい光が差し込んでいる。

入り口のわきにはトイレとバスルームがあり、正面には革張りのソファーとガラス製のローテーブルが置かれていた。デスクなどのアンティーク調の木製家具が高級感を醸し出している。天井にまで届きそうな本棚には、画集や外国の風景の写真集が納まっていた。壁には鮮やかな油絵が飾られ、奥にはゲストルームや広いキッチンまで備え付けられている。窓辺に置かれたベッドが医療用のものでなかったら、高級ホテルのスイートルームにしか見えないだろう。

どれだけの金を払えば、こんな部屋に入院できるんだよ。眉間にしわが寄るのをおぼえつつ室内を見回す。ベッドわきの開いた窓の前で長い黒髪の華奢《きゃしゃ》な女性が椅子に腰掛け、筆とパレットを手にイーゼルに立てかけられた画用紙に向かっていた。すっと通った鼻筋と長いまつ毛が際立つ横顔を見つめていると、女性がこちらを向いた。柔らかそうな髪がふわりと揺れる。

「あれ？　どなた？」空色のブラウスの上にカーディガンを羽織った女性は、やや垂れ気味の二重の目を見開いて、まじまじと見つめてきた。

「はじめまして、研修医の碓氷蒼馬《うすいそうま》といいます」

女性は小首を傾《かし》げると、たどたどしく「うすい……そうま……」とつぶやいた。

「碓氷峠の碓氷に、蒼《あお》い馬で蒼馬です」

女性の首の角度は変わらなかった。漢字は苦手なようだ。

「ま、いっか」女性は小ぶりな胸の前で両手を合わせる。「ウスイ先生。あなたはウスイ先生っと。ああ、新しい先生が来るって看護師さんたちが言っていたっけ」

「一ヶ月間、こちらの病院で研修をします。よろしくお願いします、弓狩《ゆがり》さん」

「……ユカリ」

「え？　なんですか？」

「正式にはユガリなんだけど、濁音が入っているとなんか格好悪いでしょ。だからみんなにはユカリって呼んでもらっているの。ウスイ先生もそれでお願い」

ユカリと名乗った女性は、少しあごを引き、上目遣いに視線を送ってくる。

「それじゃあ……ユカリさん」

「はい、ウスイ先生。それでなにかご用？」

彼女の顔に少女のようなあどけない笑みが浮かぶ。

「回診で来たんですけど……」

一際《ひときわ》強い風が窓から吹き込んできた。ユカリさんは大きく膨らんだ黒髪を押さえる。

「あの、寒くないんですか？」

天気がいいとはいえ、まだ二月だ。しかも、中庭を向いている他の病室とは違い、この部屋の窓は岬の先端に向いているので、潮風が直接吹き込んでくる。

「これ、電気毛布なの、それにヒーターもあるから、少し寒いけど我慢できる」

ユカリさんは膝にかけた毛布と、オイルヒーターを指さした。

「我慢しなくても、窓を閉めればいいじゃないですか」

「それじゃあ、潮の香りが入ってこないでしょ」

筆が画用紙の上を走っていく。その度に、蒼く描かれた海に白波が立っていった。

「潮の香り、風のざわめき、冬の尖《とが》った冷たい空気、全部感じていたいの。もったいないから」

「えっと……、弓狩《ゆがり》さん」

「ユカリだってば」ユカリさんは口をへの字に歪《ゆが》めた。

僕が慌てて「ユカリさん」と言い直すと、彼女は「なあに?」と表情を緩める。

「申し訳ないんですけど、診察したいんでベッドに横になっていただけますか」

「あら、真面目《まじめ》なんだね。院長先生は、『調子はどうですか?』って訊《き》いてくるだけなのに」

「院長先生は院長先生、僕は僕ですから」

「了解しました。先生」

ユカリさんはおどけた口調で言うと、窓を閉めベッドに横になる。

「失礼します」

僕は白衣の胸ポケットからペンライトを取り出し、ユカリさんの瞳を照らした。反射で瞳孔《どうこう》が小さくなり、ブラウンの虹彩《こうさい》が光を淡く反射した。

顔面、口腔《こうくう》内、頸部《けいぶ》の診察をしていった僕は、首にかけていた聴診器を手に取る。

ユカリさんは少し目を伏せると、ブラウスをまくり上げようとした。

「あっ、そのままで大丈夫です。襟元から聴診させていただきますから」

僕は、「失礼します」と集音部をブラウスの首元から忍ばせる。

「大きく深呼吸をしてください。吸って……、吐いて……、吸って……」

呼吸音の聴診を終え、「では、息を止めて」と指示をすると、心臓の鼓動が聞こえてくる。僕は鼓膜を揺らす生命の拍動《はくどう》に意識を集中させた。

「はい、楽にして結構ですよ」耳から外した聴診器を、僕は再び首にかける。

「これで診察はお終《しま》い？」

「はい、とりあえずは」

「どこか悪いところあった？」

「いえ、特に異常はありませんでした」

「でしょ。体調もそんなに悪くないの」

ユカリさんは上半身を起こすと、皮肉っぽく口角を上げる。

「なのに、いつ死んでもおかしくないなんて、信じられないでしょ」

言葉に詰まる僕を尻目に、ユカリさんはベッドから降りると再び窓を大きく開いた。冬の清冽《せいれつ》な空気が吹き込んでくる。

「ごめんなさいね、おかしなこと言って。久しぶりに若い男の人と話したから、ちょっと調子に乗っちゃった」

遠くからかすかに潮騒《しおさい》が聞こえてきた。岬の下で波が砕けているのだろう。

「波音、ここまで聞こえてくるんですね。僕の実家も海のそばですけど、瀬戸内海なんでほとんど波がないんですよ。波の音はいいですよね、落ち着くから」

居心地《いごこち》の悪さを誤魔化《ごまか》そうと早口で言うと、ユカリさんの顔に暗い影が差した。

「波の音は嫌いなんだ。あれ、一定のリズムで聞こえてくるでしょ。それがダメなの。カウントダウンに聞こえるから」

「カウントダウンってなんのですか？」

「……爆弾よ」ユカリさんは自虐的に唇を歪めると、自分のこめかみを指さした。

「この中には爆弾が埋まっているの。いつかは分からないけれど、そのうち間違いなく爆発する時限爆弾が」

僕はユカリさんの頭に視線を向ける。グリオブラストーマは極めて脆《もろ》い腫瘍だ。

一部が壊死《えし》して脳出血を起こすことも多い。そうでなくてもこのまま増大し続け、近いうちに彼女の命を奪うだろう。たしかにそれは、時限爆弾のようなものだった。

「潮騒を聞くとね、残された時間が波に浸食されていく気がするんだ。脳が中から少しずつ崩れていくような気が」

哀《かな》しげに微笑むユカリさんの横顔を眺めながら、僕は立ち尽くす。

「ああ、ごめんなさい。急にそんなこと言われても困るよね。ちょっと悲劇のヒロインを気取ってみただけだから気にしないで。また、絵、描きはじめてもいいかな？」

「あ、はい、大丈夫です。すみません、お邪魔しちゃって」

僕は慌てて会釈すると、「失礼します」と出口に向かう。扉の取っ手を摑《つか》んだとき、「ウスイ先生」と背中から声がかけられた。振り返った瞬間、筆を持つユカリさんと視線が絡んだ。

「明日も回診に来てくれるの？」

「ええ、もちろん。一ヶ月はこの病院で実習をしますから」

「そう、それじゃあまた明日ね」

ユカリさんは顔の横で細い指をひらひらと動かした。

「今夜、私の爆弾が爆発しなかったら」

「でね、そのときに迎えに来てくれたのがうちの人だったのよ」

はしゃいだ声を上げる老婦人の前で、僕は「はぁ」と相槌《あいづち》なのかため息なのか、自分でも分からない声を漏らす。葉山の岬病院での研修二日目、午前の回診中、僕はこの梅沢《うめざわ》ハナさんという九十過ぎの患者に捕まり、昔話を聞く羽目に陥っていた。

「今日みたいなひどい雨の中、傘もささずに走ってきたの。私に会うためにね」

安楽椅子に腰掛けたハナさんは、土砂降《どしゃぶ》りの窓の外に視線を向ける。十数メートル先もはっきりと見通せないにもかかわらず、ハナさんの目は幸せそうに細められていた。そこに亡き夫との思い出を見ているのだろう。

「素敵な旦那さんだったんですね」

「ええ、とっても素敵な人だったの。……とってもね」

思い出に浸っているのを邪魔するのは野暮《やぼ》だし、この辺りで切り上げないと何時間も思い出話に付き合わされかねない。僕は小声で「失礼します」とつぶやいて病室をあとにした。

廊下に出て大きく伸びをする。この葉山の岬病院の三階には十二人の患者が入院している。脳梗塞《のうこうそく》の後遺症などで意識がない人もいるが、患者の多くは話し好きな高齢者だった。そのため、予想外に回診に時間がかかっていた。

さて、あと一人か。疲労をおぼえつつ廊下を進み、突き当たりを曲がると、右手に最後の病室が見えてきた。弓狩環、あの不思議な雰囲気を持つ女性の部屋。

ノックをした僕は、「どうぞ」という返事を待って引き戸を開く。ユカリさんはソファーに腰掛け、ローテーブルに広げた画集を見ていた。

「こんにちは、ウスイ先生」

「こんにちは弓狩《ゆがり》……」

彼女が眉をひそめるのを見て、僕は慌てて「ユカリさん」と言い直す。ユカリさんは「よろしい」と芝居じみた口調で頷《うなず》いた。

「体調はいかがですか？」

「特に変わりなし。頭の中の爆弾もまだ大丈夫」

「……そうですか。えっと、今日は絵、描いていないんですね」

「昨日の絵はさっき完成しちゃったから、早く新しいのを描くために、画集を見てインスピレーションを養っていたところ。もう少ししたらまた描きはじめる予定」

「そんなすぐに次のを？　なんでそこまで急いで絵を描いているんですか？」

ユカリさんは哀しげに微笑むだけでなにも答えなかった。なにか悪いことを訊いてしまったかもしれない。僕は話題を変えようと、テーブルの画集に視線を落とす。開かれたページには、池に睡蓮《すいれん》が浮いている絵が描かれていた。

「なんか、教科書で見たことあるような絵ですね」

「モネの『睡蓮』を知らないの？」

「あいにく、芸術には疎《うと》くて」

「芸術は人生を豊かにしてくれるのよ」ユカリさんは画集のページを捲《めく》っていく。

「それは、生活に余裕があって、はじめて言えるセリフですよ」

思わず吐き捨てるような口調になってしまう。ユカリさんは少し前のめりになると、上目づかいに顔を覗《のぞ》き込んできた。淡いブラウンの瞳に吸い込まれていくような錯覚をおぼえる。

「ウスイ先生、今日は機嫌悪い？」

僕は「え、なんで……」と口ごもる。ユカリさんは得意げにあごを反《そ》らした。

「女は鋭いの。特に私は昔から表情を読むのが得意。ウスイ先生、顔に出やすいみたいだし」

「……僕がなにを考えているか分かるんですか」

単純な男だと言われた気がして眉根が寄る。ユカリさんは薄紅色の唇に、少し意地悪そうな笑みを湛《たた》えた。

「昨日、ここに来たとき、部屋を見渡してちょっとイラっときたでしょ。たぶん、病室にしては豪華すぎたから。そのあと私と話して、『変な女だなぁ』と思った」

的確に言い当てられ、ぐうの音《ね》も出なくなる。

「それで、なんで機嫌が悪いの？」

ユカリさんは目を細めた。誤魔化しても見透かされる気がして、僕は渋々口を開く。

「控室がうるさくて、勉強に集中できないんですよ」

「控室？」

「ええ、一階の南の隅にある部屋です。病棟業務が終わったあとは、そこで勉強していいって言われたんですけど……」

「ああ、室外機ね。あれ、すごい音するのよね」

待機場所として提供された部屋の窓の外には、病院全体の空調を担う室外機が壁に接するように置かれていた。それが発する猛獣の唸《うな》り声のような音が部屋に響き渡り、とても勉強ができるような環境ではなかった。耳栓も試してみたが、振動が内臓を揺らし、吐き気がしてくる始末だ。

「それなら、自分の部屋に戻ればいいじゃない。職員用の寮に泊まっているんでしょ。あそこ、ここから歩いて十分ぐらいじゃなかったっけ」

「勤務時間に病院を離れられるわけないじゃないですか」

「ここの仕事って午後二時ぐらいで終わるんじゃないの？　前に、師長さんがそんなこと言っていた気がするんだけど」

「院内で待機しているのも仕事なんです。なにかあったときのために」

「なにかって、例えば私の『爆弾』が爆発するとか？」

おどけるユカリさんのセリフに、僕は聞こえないふりを決め込んだ。

「そういうわけで、落ち着ける待機場所を探さないといけないんですよ」

「ふーん……」ユカリさんはあご先に人差し指を当てて数秒考え込んだあと、その指で窓際に置かれたデスクをさした。「なら、そこなんてどう？」

「はい？」

「よかったらそこの机、使って。私、ほとんど使うことないからさ」

「いや、さすがに病室で勉強させてもらうわけにはいきませんよ」

「なんで？」ユカリさんは不思議そうに小首をかしげる。

「なんでって……」

「私がいいって言っているんだから、問題ないんじゃない？　院長先生に話を通しておこうか。この病院はできる限り患者の希望を叶《かな》えるっていうポリシーだから。きっと許可してくれるよ」

「いや、でも……。ちょっと考えておきます」

窓辺に置かれたアンティーク調のデスクは使い心地がよさそうだった。窓の外に広がる海を眺めながらの勉強は、さぞはかどるだろう。

「気が向いたらいつでも来てね。私はこの部屋にいるから。……いつでも」

微笑んだユカリさんの顔に、一瞬暗い影が差した気がした。


「碓氷先生。定期処方箋、もらっていってもいいですか」

「あっ、どうぞ。全部書き終わっていますんで」

ナースステーションでカルテを書いていると、看護師長が声をかけてきた。僕は処方箋の束を師長に手渡す。

「碓氷先生が来てくれて本当に助かるわぁ。院長は催促しないとなかなか仕事してくれないから。研修医の先生、もっとうちに来てくれたらいいのにねえ」

師長は首を横に振る。あごの周りの肉がぷるると揺れた。

「うちの病院、広島にありますからね。近くの実習先を選ぶ奴《やつ》が多いんですよ」

医師国家試験に合格し、医師免許を取得した者たちはほとんどの場合、初期臨床研修を受ける。二年間、様々な科で働き、医師として基礎的な力を養っていくのだ。

その研修の中に、『地域医療』というものがあった。普段、研修を受けている大病院から離れ、小規模病院やクリニック、保健所などの施設に勤務して地域医療の現場を学ぶというものだ。

僕が研修医として所属している広島中央総合病院では、地域医療の実習先として、県内外合わせて十数ヶ所の医療施設と提携していた。研修医の多くは広島県内の施設を選ぶ。僕も最初は、実家のある福山《ふくやま》市の施設を希望していた。しかし、臨床研修の責任者である内科部長に「神奈川に知り合いがやっている療養型病院がある。そこに行け」と指示され、半ば強引にこの病院で実習をすることになっていた。

この数ヶ月、外科や救急部などハードな科の研修が続いたうえ、短い睡眠時間を削って勉強していたため、体調を崩しがちだった。何度か低血圧発作で意識を失い、二ヶ月前にはストレスと疲労による突発性難聴で片耳が聞こえなくなって、ステロイドの点滴治療を受けたりもしていた。この穏やかな自然に囲まれた病院で心身を癒やしてこいという、内科部長なりの親心だったのだろう。

けれど、控室があんな状態じゃあな……。ため息交じりに師長の背中を見送った僕は、カルテの記入を再開する。この葉山の岬病院はいまだに電子カルテ化しておらず、紙カルテを使っていた。バインダーに用紙を挟み、そこに診療記録を書き込んでいく方式だ。最後の一冊になったところで、そのカルテに伸ばしかけた手が止まる。その表紙には大きく『弓狩環様』と記されていた。

ユカリさんのカルテを手に取った僕は、最初のページを開く。そこには一号用紙と呼ばれる、入院時の患者情報が記載されている用紙が挟まっていた。ユカリさんが入院した去年の七月に書かれた記録。僕は『現病歴』の欄を目で追っていく。

『今年三月頃から頭痛を自覚し、横浜《よこはま》の総合病院で受診。精査したところ悪性脳腫瘍（グリオブラストーマ）と診断される。腫瘍が脳幹部《のうかんぶ》にまで浸潤《しんじゅん》しているため手術不可能と判断、放射線療法を受けるが効果は少なく、中止となる。七月、緩和医療を目的として当院に転院。現在、鎮痛剤により頭痛はコントロールできているものの、抑鬱症状が強い。また、外出に対して強い恐怖をおぼえている』

緩和医療。死が近くなった患者の、身体的・精神的な苦痛を可能な限り取り去る治療。僕は口元に力を込め、カルテを捲っていく。脳のCT画像をコピーしたページがあらわれる。脳幹部に近い部分を切り取った画像の中心に、歪《いびつ》な白い影が写し出されていた。グリオブラストーマ、ユカリさんの脳に埋め込まれた『爆弾』。その禍々《まがまが》しい姿は、巨大な単細胞生物が脳を内側から食い崩しているようだった。

わずか二十八歳にしてこの不治の病に冒された彼女は、どんな気持ちで毎日を過ごしているのだろう。

画像を見つめていた僕は、ふと我に返って頭を振る。そんなこと考えても意味がない。彼女は患者の一人にすぎないのだ。医者が患者全員と苦悩を分かち合っていては心が壊れてしまうし、特定の患者に強い思い入れを抱いては不公平になる。患者に近づきすぎることなく、ビジネスとして自分ができる最良の治療を淡々と施す。それが医師としての僕の信念だった。

やはり、病室の机を借りるのはよくない。そう心に決めたとき、突然「碓氷先生」と肩に手を置かれた。振り返ると、白衣を纏《まと》った長身の中年男性が立っていた。白髪の目立つ髪、細い双眸《そうぼう》。どことなく冷たい硬質の空気を纏っているこの男こそ、葉山の岬病院の院長だった。

「お疲れ様です、院長先生」

「特に問題はないかな」院長は抑揚のない声で訊《たず》ねてくる。

「はい」

「そうか。それじゃあ、三階は任せておいて大丈夫だな」

昨日、二階の患者を院長が、三階の患者を僕が担当と割り振られていた。

「大丈夫です」と頷く僕を、院長は無言で睥睨《へいげい》する。

「あの……、なにか？」

冷ややかな視線に戸惑っていると、院長はこれ見よがしにため息をついた。

「広島中央総合病院の内科部長には、若いころお世話になった。だから、地域医療の実習先としてこの病院を登録するように頼まれた際、引き受けることにした。ただ、広島からわざわざやって来る研修医なんていないと思っていた。実際、これまで誰もこの病院になど実習に来なかった」

院長は髪を掻《か》き上げると、目付きを鋭くする。

「碓氷先生、君はどうしてうちの病院を選択したんだ？」

「どうしてって……、ご迷惑でしたか？」

「そんなことはない。ナースたちは君が来てくれたおかげで、日常業務がスムーズに進むと喜んでいるよ。ただ、なぜうちの病院を選んだのか知りたいだけだ」

「それは、ホスピスに……、終末医療にちょっと興味があったもので」

内科部長に強引に勧められてとは言えず、僕は適当に誤魔化す。

「ちょっと興味が、ね」

院長は険のある口調でつぶやくと、僕が手にしているカルテを指さした。

「だから、弓狩さんが気になるのかな？」

「え？　いや、別にそういうわけじゃ……」

しどろもどろになる僕から、院長はカルテを無造作に奪い取った。

「弓狩さんはいつまでもつか分からない。だからこそ、できるだけ希望に沿った形で入院生活を送ってほしい。残された時間が、少しでも幸せなものになるように。彼女だけじゃない。この病院に入院している患者全員の希望を、私は可能な限り汲《く》み取りたいと思っている」

院長の口調に、徐々に熱がこもっていく。

「終末医療は、『興味』なんて軽い気持ちでかかわれるものじゃない。患者は残された時間を必死に生きているんだ。医療スタッフも全力を尽くす義務がある。この病院で実習するなら、決してそれを忘れないように」

院長が差し出してくるカルテを、僕は黙って受け取った。出口へと向かった院長は足を止め、「ああ、そう言えば」と振り返ることなく言う。

「さっき弓狩さんから聞いたよ。待機時間に三一二号室のデスクを使わせて欲しいんだって?」

「あ……、いえ、それは……」

「かまわないよ」僕の言葉に被《かぶ》せるように院長はつぶやいた。「最低限の仕事さえすれば、どこにいようがかまわない。それが患者のためになると、君が思うならね」

最後まで振り返ることなく、院長はナースステーションから出て行く。

僕は唇を嚙《か》んでその背中を見送った。

「また窓を開けているんですか？」

「あら、ウスイ先生、いらっしゃい」

ノックをして病室に入ると、窓から身を乗り出して外を眺めていたユカリさんが振り返った。

「雨が止《や》んだから、ちょっと開けてみたの。雨の後って、土の香りがするでしょ」

「体を冷やすと風邪《かぜ》ひきますよ」

「分かってる。昨日と違って本当に寒いから、すぐに閉めるつもりだったってば」

少し頰を膨らませながら窓を閉めると、ユカリさんは僕を見て目をしばたたく。

「分厚い本、いっぱい持ってきたんだね」

「お言葉に甘えて、机を使わせてもらいに来ました。五時までお邪魔してもいいですか？」

「どうぞどうぞ」

僕は両手に抱えていた参考書や問題集を机の上に置くと、肩を回す。

ついさっきまで、申し出は断ろうと思っていた。しかし、院長の「それが患者のためになると、君が思うならね」という捨てゼリフが、僕を翻意《ほんい》させた。

暗に迷惑が掛かると言いたかったようだが、そもそも提案したのはユカリさんなのだ。同年代の話し相手がいない彼女にとって、部屋に僕がいることで気晴らしぐらいにはなるはずだ。

近づいてきたユカリさんは、英文の問題集をぱらぱらと捲った。

「これって……、もしかして日本語じゃないの？」ユカリさんは渋い表情になる。

「そりゃ、どう見ても日本語じゃないでしょ。英語ですよ」

僕は椅子に腰掛けると問題集を開いた。胸ポケットから取り出したボールペンを指先で回しつつ、問題文を目で追っていく。ふと気配をおぼえて横を見ると、ユカリさんがにこにこと笑みを浮かべつつ顔を覗き込んでいた。

「あの……」

「あ、ごめん。気になった？」

「少々」

「それじゃあ、ちょっと離れて見ているね」

ユカリさんは僕を見つめたまま二歩ほど後ずさる。

「いや、なんというか……、そんな見られていると集中できないんですけど」

「え？　そうなの？　もしかして話しかけるのもダメ？」

僕が「できれば」と答えると、ユカリさんは桜色の唇を尖らせた。

「なぁんだ、つまんない。それじゃあ、しょうがないから絵でも描いてよう」

ユカリさんが離れていくのを見て、僕はこめかみを掻く。やはり浮世離れした人だ。両手で頬を軽く張って気合いを入れなおすと、僕は問題集に意識を集中させた。


どれくらい経《た》っただろう。おそらくは一時間半ほどか。天井を仰いで大きく伸びをすると、背骨がこきこきと音を立てた。椅子も机も醸し出す高級感に負けない使い心地の良さで、普段以上に集中して勉強を進めることができた。

細かい英字を追い続けていたため眼球の奥に重みをおぼえる。目を閉じて両瞼《まぶた》を軽く押すと、甘い香りが鼻先をかすめた。振り返ると、ローテーブルにティーカップが二つ置かれ、ユカリさんがポットを手にたたずんでいた。

「紅茶淹《い》れたんだけど、よかったら一緒にいかが？　疲れたでしょ」

ユカリさんは琥珀《こはく》色の液体をカップに注《つ》いでいく。湯気がふわりと広がった。

「それじゃあ、お言葉に甘えて」

ユカリさんは嬉《うれ》しそうに「どうぞ」とソファーを勧めてくれた。包み込むような座り心地のソファーに腰掛けた僕は、ユカリさんが差し出したティーカップを手に取り紅茶を一口含む。柑橘《かんきつ》系の爽やかさの中に、かすかにキャラメルを彷彿《ほうふつ》させる甘さが顔を出す香りが鼻腔に広がった。

　僕は少しの間、その液体を口の中で転がしたあと、ゆっくりと飲み下した。柔らかい温かさが食道から胃へと落ちていき、胸元に淡い炎が灯《とも》ったような心地になる。

「美味《おい》しいでしょ、その紅茶。特別にブレンドしてもらったものなんだ」

「ええ、とても」僕は再びカップに口をつけた。

　半分ほど紅茶を飲み干した僕は、窓辺のイーゼルに置かれた画用紙に視線を向ける。丘の上から見下ろした港街が描かれていた。海沿いに細長い公園が伸び、その手前に洒脱《しゃだつ》な街並みが広がっている。公園にある波止場には白い船が停泊していた。

「今日は、ここから見える風景じゃないんですね」

　僕が話を振ると、ユカリさんは窓の外を眺めた。

「雨の風景画っていうのもなかなかオツだけど、私は晴れた海の方が好きだから」

「それって、どこを描いたものなんですか？」

「えっと……、ヨーロッパかな？」

「ヨーロッパって、かなり大雑把《おおざっぱ》ですね。適当に描いたんですか？」

「いいでしょ、別に。私の作品なんだから、好きなように描いて。それより、お医者さんって忙しいのね。そんな難しそうな本を読まないといけないなんて」

「医者全員がこんな勉強するわけじゃないですよ。僕には将来必要だから、いまのうちから準備をしているだけです」

「将来？」ユカリさんは僕のカップに紅茶を注ぎ足す。

「いつか、アメリカで脳外科医をやりたいんですよ」

「へぇー、アメリカで。だから英語で勉強しているんだ」

「ええ、僕の出身大学にすごく有名な脳神経外科の教授がいるんで、その人に弟子入りして技術を学んだあと、アメリカで働くつもりです。そのためにはネイティブ並の英語力は当然として、アメリカで医療を行う許可をもらうために、色々試験を受ける必要があるんですよ」

「大変そうだね。わざわざそこまでして、なんでアメリカで働きたいの？」

　ユカリさんが何気なく放った一言が、紅茶で温かくなっていた胸の温度をわずかに下げた。僕はティーカップをソーサーに置く。かちゃりと、硬い音が響いた。

「金ですよ。金が儲《もう》かるから。それ以外に理由はありません。日本は手術の金額が国に決められているけど、アメリカは違う。腕が良ければ良いほど、高い手術料を取ることができるんです」

「いっぱいお金が欲しいから、頑張って勉強しているってこと？」

　無邪気な問いに、胸の奥がさらに冷えていく。

「そうですよ。小学生のころ急に貧乏になってから、かなり苦労したんでね」

「小学生のときに、なにかあったの？」

ユカリさんは首をわずかに傾けた。彼女に悪意がないことは分かっている。しかし、だからといって心にさざ波が立たないわけではない。苛立《いらだ》ちが口を開かせる。

「親父《おやじ》が借金を作って逃げたんですよ。愛人と一緒にね」

ユカリさんの目が大きくなる。こんな部屋に入院できるような金持ちの令嬢には、想像もつかない世界だよな。暗い愉悦が舌を動かしていく。

「母は必死に働いて、借金を返しながら僕と妹を進学させてくれましたけど、無理がたたって体調を崩しがちでした。僕が医学部に進学した際には奨学金を使いました。それも今後、返していく必要がある。今月の時点で、借金はまだ三千六十八万円も残っているんです」

「……細かい数字まで覚えているんだ」

「それをゼロにするのが当面の目標ですからね。僕たち家族の人生は、金がないせいで悲惨だった。だから金を稼ぎたいんですよ。稼いで、稼いで、稼ぎまくって……復讐《ふくしゅう》したいんです」

ユカリさんが哀しげな眼差《まなざ》しを向けてくる。我に返った僕は目を伏せた。

「……そんな目で見ないでください。同情して欲しいわけじゃありません」

なんで言ってしまったのだろう。ほとんど誰にも話したことはなかったのに……。

「なにに復讐したいの？」

僕の口から「え？」と呆《ほう》けた声が漏れた。なにに？　そんなこと考えたこともなかった。貧乏な僕を蔑《さげす》んだ連中？　金そのもの？　それとも……。

脳裏を、柔和な笑みを浮かべて両手を伸ばす中年男の笑顔がよぎる。僕は激しく頭を振って、そのイメージを頭蓋の外へと放り出した。そのとき温かく、柔らかい感触が頬を包み込んだ。

顔を上げると、いつの間にかユカリさんが両手を伸ばし、僕の頬に触れていた。

「ウスイ先生……縛られているのね」

「縛られている？」意味が分からず、僕はその言葉をおうむ返しする。

「そう、雁字搦《がんじがら》めに縛られて、すごく苦しそう。けどたぶん、いくらお金を稼いでも、それはほどけるどころか、どんどんきつく食い込んでくるだけ」

「……じゃあ、どうすればいいっていうんですか」硬い声が口から零《こぼ》れ落ちた。

ユカリさんはそっと手を引くと、形のいい鼻の付け根にしわを寄せる。

「ごめんなさい。どうすればいいかまでは分からない」

「……分からないなら、ほうっておいてください。僕には金を稼ぐしかないんです。金を稼いで家族に楽させる。それ以外、僕にできることはないんです」

それ以上言うべきじゃない。理性が制止する。しかし、舌の動きを止めることができなかった。

「こんな立派な部屋に入院できるような人に、僕みたいな貧乏人の気持ちなんて分かるわけがないんです」

僕は奥歯を嚙みしめる。ユカリさんはティーカップを手に取り、底に残ったわずかな紅茶を飲み干すと、小声でつぶやいた。

「いっぱいお金を持っていても、死ぬまでに使えなくちゃ意味がないのよね」

僕は大きく息を吞《の》む。目の前の女性の頭には爆弾が埋まっている。十数年間抱き続けている劣等感を刺激されたことで冷静さを失い、そのことを忘れていた。

僕はなんてことを……。自分が放った言葉を反芻《はんすう》し、顔から血の気が引いていく。

「午前に訊いたよね。なんで急いで絵を描いているのかって?」

取り繕う言葉を探す僕の前で、ユカリさんは虚空を見つめ話しはじめた。

「私にとって絵は夢なの」

「夢……ですか?」

「よくあるでしょ。余命わずかな患者が、死ぬまでにやりたいことをリストにするって。私にとって、絵を描くことはそれと同じ。昔、聞いたことあるんだ。夢を描いた絵の上で寝ると、それが叶うって」

「描いた絵をマットレスの下に敷いているんですか？」

「まさか、そんなことしたら汚れちゃうじゃない。ちゃんと大切に保管していま す」

「どこにですか？」

「ないしょ」ユカリさんは悪戯《いたずら》っぽくはにかむと、唇の前で人差し指を立てる。

「さすがにばれたら、院長先生に怒られちゃうだろうし」

院長に怒られるって、いったいなにをしているんだ、この人は。僕が呆《あき》れていると、ユカリさんは気持ちよさそうに目を閉じた。

「目を閉じると、瞼の裏に描いた絵が浮かんでくる。そうすると、自分が絵の中にいるような気分になるの」桜色の唇が幸せそうにほころんだ。

目を凝《こ》らしてイーゼルに置かれた画用紙を見ると、港街を見下ろす展望台に白いワンピースを着た長い黒髪の女性が描かれていた。きっとそれは、ユカリさんが自らを投影した姿なのだろう。昨日見た夏の海辺の絵にも、日傘を持った女性が波打ち際を歩いていた気がする。

ユカリさんはいま、展望台で港町を見下ろしているのだろうか、それとも強い日差しが降り注ぐ海辺で波の冷たさを楽しんでいるのだろうか。幻想の世界の散歩を邪魔しないように、僕はユカリさんを無言で見つめ続ける。目を閉じているその顔は、長いまつ毛が強調され、普段より大人びた雰囲気を醸し出していた。

部屋に沈黙が降りる。かすかに響くお互いの息遣いが、しっとりと溶け合っていく。どこか居心地悪く、そしてどこか温かい空気の中、時間が緩慢に過ぎていった。

やがてユカリさんは瞼を上げると、満足げに「ほぅ」と息を吐いた。

「ごめんね、自分の世界に入り込んじゃって」ユカリさんは首をすくめる。

「いえ、そんな……。さっきは失礼なことを言って申し訳ありません」

「いいの。私もウスイ先生の気持ちを考えずに偉そうなこと言っちゃったしね」

ユカリさんは「紅茶、淹れ直すね」とポットを手に立ち上がると、キッチンへと移動する。

「……ユカリさん」茶葉を入れ替えている華奢な背中に、僕は声をかける。

ユカリさんは振り返らないまま「なあに？」と答えた。

「ヨーロッパじゃなくて、日本のお洒落《しゃれ》な街を散歩するとかじゃだめなんですか？」

ユカリさんは黙って紅茶を淹れていく。僕の質問が聞こえないかのように。

「ちょっと蒸《む》らさないとね」戻ってきたユカリさんは、テーブルにポットを置いた。

「ユカリさん」

口調をわずかに強くして答えを促すと、ユカリさんは無言で紅茶をカップに注ぎはじめた。僕はカップに満ちていく琥珀色の液体を眺めながら唇を噛む。

「……そんなことないよ」

ユカリさんがぼそりとつぶやいた。僕は「え？」と聞き返す。

「ヨーロッパなんかじゃなくて全然かまわない。ちょっと散歩してみたい。カフェでお茶をしたい。お花見をしたい。映画館で映画を見たい……」

「じゃあ、絵に描くんじゃなくて、実際にすればいいじゃないですか。たしかにこの辺りは寂れていますけど、ちょっと歩けばカフェくらい……」

「ダメなの！」ユカリさんはポットをテーブルに叩《たた》きつけるように置く。硬質の音が部屋の空気を大きく揺らし、カップの紅茶がわずかに零れた。

「……ダメなの。私は出られない……この病院から」

一転して、消え入りそうな声が部屋の空気に溶けていく。

「なんで……？」

かすれ声で訊ねるが、強く握られたユカリさんの両拳には強い拒絶が表れていた。

ついさっきまでとは質の違う、鉛《なまり》のように重い沈黙が部屋に充満する。そのとき不意に、窓の外から安っぽい電子音が奏でる『浜辺の歌』のメロディーが流れてきた。ユカリさんはすっと立ち上がる。

「もう五時か。お話ししていると、時間が経つの早いね。お疲れ様、ウスイ先生」

ソファーから立ち上がったユカリさんは半身になる。出口へと促すように。

戸惑っていると、ユカリさんはもう一度「お疲れ様」と繰り返した。僕は立ち上がってデスクの参考書を両手に抱え、出口へ向かう。ユカリさんが扉を開けてくれた。

「あ、あの……」扉をくぐる寸前、僕は上ずった声を出す。「明日……、明日も仕事が終わったあと、お邪魔してもいいですか？　そこの机を使ってもいいですか？」

数秒間、緊張する僕を見つめたあと、ユカリさんは柔らかく微笑んだ。

「ええ、もちろん」

体が軽くなった気がした。安堵《あんど》の息を吐く僕に、ユカリさんは言葉を続ける。

「こんな、ダイヤの鳥籠《とりかご》でよければいつでもどうぞ」

「ダイヤの鳥籠？」

「ダイヤの鳥籠に入った小鳥と、大空を自由に飛べる小鳥、どっちの方が幸せ？」

「え、それって……」

困惑したまま廊下に出ると、ユカリさんは微笑んだまま取っ手に手をかけた。

「それじゃあね、ウスイ先生。……また明日」

扉の閉まる音が、僕の耳にはやけに重く響いた。

大粒の雨がビニール傘を叩く。地面から跳ねた雨粒で濡《ぬ》れたズボンが肌に張り付き、靴の中に溜まった水が足を踏み出すたびにちゃぷちゃぷと音を立てる。

ユカリさんの病室をあとにし、ロッカーで私服に着替えたあと病院を出ようとすると、一時止んでいた雨が横殴りの豪雨になっていた。十分ほどの道のりだからと帰路についたのだが、病院前の駐車場を横切り、海沿いの通りに出た辺りで、すでに後悔しはじめていた。

僕は振り返って、駐車場の奥に立つ病院に目をやる。高級感に溢《あふ》れるその内装に負けず劣らず、外装も瀟洒《しょうしゃ》な造りをしている。一見したところでは、病院というより気品漂う洋館に見えた。自然と三一二号室の窓へと視線が吸い寄せられていく。窓は岬に向いているので、ここからはかすかに室内の様子が見える程度だった。

窓際に座っている華奢なシルエットがうっすらと見えた。

「ダイヤの鳥籠……」その言葉が自然と口をつく。

海から吹いてきた一際強い風が、濡れた体から温度を奪っていった。早く寮に戻ってシャワーを浴びよう。歩きはじめた僕は、すぐに足を止めた。十数メートル先の路肩に停車している銀色のセダン、雨粒が伝うそのフロントガラスの奥に街灯の光が反射した気がした。僕は眉根を寄せて目を凝らす。

助手席に座る短髪の若い男が、こちらにカメラのレンズを向けていた。野鳥観察にでも使うような筒形の巨大なレンズ。男が慌てた様子でカメラを足元に隠すと同時に、低いエンジン音が響き、セダンが発車した。水飛沫《みずしぶき》を上げながらそばの車道を走り抜ける車を僕は見送る。そのナンバープレートは故意になのか、簡単には読めないように斜めになっていた。

首を捻《ひね》りつつ僕は再び歩き出す。走り去っていった車が少し気にはなったが、まずはこの骨の髄まで冷え切った体を温めたかった。小走りに海沿いの道を進むと、数分で三階建てのマンションが見えてくる。葉山の岬病院の職員寮だった。自分に割り振られた部屋に入った僕は、ユニットバスへと直行する。服を脱いでバスタブへと足を踏み入れ、シャワーのノズルをめいっぱい回した。最初は冷水が降り注ぐが、すぐに温かい湯へと変わっていく。白い湯気が浴室に広がり、硬くこわばっていた皮膚と筋肉がほぐれていった。あごを反らして目を閉じ、顔面にシャワーを浴びる。筆を片手に画用紙に向かっているユカリさんの姿が、脳裏に浮かび上がった。

僕は頭を軽く振ると、顔を拭う。なんであの人が気になっているんだろう？　浮世離れしたその雰囲気のせい？　心の底を見透かすような眼差しのせい？　それとも、全てを諦めて達観したようなその言動のせい？　答えは出なかった。

ノズルを回して湯を止める。冷え切っていた体も、芯まで温かくなっていた。

バスルームから出て部屋着に着替え、脱ぎ散らかしていた服を片付けた僕は、倒れ込むようにベッドに横になる。スプリングの硬いベッドが、抗議するかのようにギシギシと音を立てた。

いつもならこれから深夜まで勉強するのだが、今日はそんな気分になれなかった。

『この中には爆弾が埋まっているの』

『ダイヤの鳥籠に入った小鳥と、大空を自由に飛べる小鳥、どっちの方が幸せ？』

ユカリさんの口にしたセリフが耳に蘇《よみがえ》る。僕は拳で軽くこめかみを叩いた。

彼女は患者の一人だ。担当医と患者、僕とユカリさんの関係はただそれだけだ。

上半身を起こすと、ベッドわきのカーテンに手を伸ばし、外を見る。まだ雨が降り続いていた。

雨は嫌いだった。忘れたいことを思い出すから。

今日はやけに疲れた。少し仮眠をとろう。僕は蛍光灯の紐《ひも》を引く。常夜灯の淡い光が簡素な部屋を薄い橙《だいだい》色に照らした。再びベッドに横になると、すぐに睡魔が襲い掛かってきた。

部屋に満ちる雨音に包まれながら、意識がゆっくりと闇の中に落下していった。

雨が降っている。大粒の雨が。

ここはどこだろう？　傘を差しながら僕は辺りを見回す。目の前には高いコンクリートブロックと門扉《もんぴ》、振り返ると巨大な玄関扉があった。どこか懐かしい光景。

ああ、違う。周りのものが大きいんじゃない。僕が小さいんだ。頭の隅でそのことに気づきながら、門扉のそばに植えてある紫陽花《あじさい》のそばにしゃがみこみ、葉の上で蠢《うごめ》いている蝸牛《かたつむり》を眺める。

扉が開く音が聞こえて振り返ると、スーツ姿の中年の男が立っていた。男は僕を見下ろす。逆光になってその顔は見えなかった。

雨に濡れることも気にせずに近づいてきた男は、僕を抱きしめた。息が詰まるほどに強く。痛みをおぼえながらも、僕はなぜか抵抗しなかった。それどころか、安心感すら覚えていた。

男が僕の耳元で囁《ささや》く。しかし、その言葉は雨音にかき消されて聞き取れなかった。

やがてゆっくりと僕を離した男は、なにかを振り払うように勢いよく身を翻すと、門扉を開けて出て行った。僕は慌ててその後を追う。はるか遠くに、降りしきる雨の中、傘も差さずに去っていく男の後姿があった。僕はその背中に手を伸ばす。

「なんて言ったんだ!?」

僕の叫び声がこだまする。男は消え、辺りに降る雨が一層強くなる。いつの間にか、すぐそばにあったはずの門扉も、家も、そして道さえも消えていた。

「なんて言ったんだよ！」

なにもない空間で雨に打たれながら、僕は再び声を嗄《か》らして叫んだ。その瞬間、体がふわりと浮かんだ気がした。

勢いよく上半身を起こした僕は、薄暗い部屋を見回す。

自分の部屋じゃない……。ここは……。思考にかかった霞《かすみ》が次第に晴れていく。

ああ、そういえば、神奈川に地域医療実習に来ていたんだっけ。僕は再びベッドに倒れこむと、顔の前に手をかざした。指の隙間から常夜灯の淡い光が零れてくる。

「なんて言ったんだよ。……親父」

半開きの口から漏れたつぶやきが、埃《ほこり》っぽい部屋の空気に溶けていった。

3

「足、少しむくんでいますね」

ハナさんのくるぶしを親指で少し押すと、皮膚にはっきりとしたへこみが刻まれた。

「もともとむくみやすいのよね、私。立ち仕事を長くやっていたから。主人が生きていたころは、よくマッサージをしてもらっていたの」

強引に亡くなった夫とののろけ話にもっていかれ、僕は苦笑する。

「少しむくみが強くなっていますね。心臓の負担が強くなってきているんでしょう。ちょっとだけ利尿剤を増やした方がいいかもしれません」

「いえいえ、わざわざお薬を変えなくて結構ですよ。もう九十年以上も生きてきたんですからね、いまさら思い残すことなんてないですよ。私になにかあったときは、あの世から『寂しいから、そろそろ来いよ』って主人に呼ばれたときですから」

しわの多いハナさんの顔に、さらにしわが寄る。その表情はとても幸せそうだった。

「碓氷先生、本当に若い時の主人に似ているわね。あの人、すごくモテてね、女学生の中で取り合いになっていたのよ。それで私がね……」

のろけ話を再開したハナさんを前に、僕は頰を引きつらせることしかできなかった。

二十分近く話し続けたハナさんから解放されて廊下に出た僕は首筋を搔く。あとはユカリさんの診察で回診は終わりだ。しかし、顔を合わせるのが少し気まずかった。

けど、回診しないわけにいかないしな。覚悟を決めたとき、背後からだみ声が響いた。

「よお、碓氷先生、まだ回診終わってないのかい？」

振り返ると、車椅子にのった老人が僕を見上げていた。この階に入院している患者の一人、内村吾平《うちむらごへい》さんだった。

「ええ、あと一人ですけど」

「おいおい、もうすぐ十一時半だぜ。そんなちんたらやってていいのかよ」

内村さんは車椅子を漕《こ》いで近づいてくる。脊髄《せきずい》腫瘍の後遺症で半身不随になっているが、八十歳過ぎとは思えないほど若々しい。車椅子の車輪を漕ぐ両腕は鍛えこんだ若者のように太かった。

「患者さん一人一人、しっかり診察しないといけませんからね」

「診察っていっても、患者の何人かは意識もないだろ。よくやるねえ、先生」

「はあ……。あの、それでなにかご用ですか？」

回診に時間がかかっているのは、あなたのせいでもあるんですけど。僕は胸中でつぶやく。この内村さんもかなりの話し好きだ。二時間前に回診したときは、十五分ほど相手をさせられた。

「いやさ、あんたの診察を受けたあと、いい天気だから中庭に行ったんだよ。二月だっていうのに暖かいな、今日は。あれか？　地球温暖化とかいうやつのせいかね」

　この病院の中庭は、噴水のある小さな泉を中心にして放射状に花壇が広がる、西洋風庭園のような造りになっている。天気の良い日は入院患者たちがそこで散歩や読書などを楽しんでいた。

「温暖化ですか。そうかもしれませんね」僕は適当に答える。

「で、散歩から戻って来たら、先生がいたから、なんとなく声かけてみたんだよ」

やっぱり暇つぶしの相手だったのか。

「午後から、部屋でワイン飲みながら映画を見る予定なんだけど、よかったら先生もどうだい？」

「勤務中に飲めるわけないじゃないですか」

「だよな」内村さんは大声で笑った。

「しかし、ワインを飲みながら映画ですか。贅沢《ぜいたく》ですね」

「ここじゃたいていの希望は叶えられる。それに見合った料金を払えばな」

内村さんは口角を上げた。この葉山の岬病院では病状に明らかな悪影響を与えない限り、個人の病室内なら飲酒や喫煙も認めている。さらに、映画好きの内村さんの病室にはプライベートシアターすら設置されていた。

「患者さんの希望にできるだけ添うのが、この病院のポリシーらしいですからね」

「患者さんの希望ねえ」内村さんは鼻の付け根にしわを寄せた。

「あの、なにか?」

「いやな、俺みたいな奴にとって、ここは理想の病院だ。自然に囲まれ、好きなことができ、持病も診《み》てもらえるんだからな。けれど、そんな患者だけじゃない」

意識もほとんどなく、ベッドに横たわっている患者たちの姿が脳裏をよぎる。僕の表情の変化を読み取ったのか、内村さんは「それだよ」と人差し指を立てた。

「意識のない患者にとっちゃ、『希望を叶えてくれる病院』なんて意味ないだろ。その『希望』ってやつがないんだからさ。そんな奴らが、なんでこんな高額の個室代がかかる病院に入院しているか分かるか? 簡単だよ、家族が望んでいるからだ。意識がない患者たちはほとんど、家族が金を払ってここに入院させているのさ」

「ご家族をできるだけいい環境に置きたいってことじゃないですか」

「俺の解釈は違う。奴らは罪悪感を誤魔化したいんだよ」

「どういうことですか?」

「家族が意識もなく寝たきりの状態になっちまった。最初のうちは見舞いにも行っていたが、そのうちそれが負担になってくる。見舞いに行っても無反応だから仕方ないといえば仕方ないな。けれど、近くの病院に入院しているのに見舞いにも行かないんじゃ、薄情だと思われるし、罪悪感も生まれてくる。そこでこの病院だ」

内村さんは大きく両手を広げた。

「この病院なら言い訳ができる。世間にも、自分にもな。素晴らしい環境で入院生活を送ってもらうために、街から離れた遠い病院に入院させた。そのせいであんまり見舞いには行けないってな」

肩をすくめた内村さんは、ぼそりと一言付け足した。

「つまり、ここはある意味、『超高級姥捨《うばす》て山《やま》』ってわけだ。先生も見てるだろ。意識もないのに腹の穴からどろどろの栄養液流し込まれて生かされている奴らを。あいつら、本当にあんな状態になってまで生きたいと思っているのかね？」

「そういう方たちは自分で意思表示ができないから、仕方なく……」

「分かっているって。自分で意思表示ができなければ、家族の希望通りに治療するしかない。けど、それなら患者の希望を叶える病院なんて言うべきじゃないんだよ」

内村さんは大きく鼻を鳴らす。

「『金を払う奴の希望を叶える病院』、それが正しいだろ。だから俺は自分で金を払っているうちにしっかり希望を伝えているんだよ。もしものときは延命なんかしないで、そのまま死なせてくれってな。死ぬべきときには、じたばたしないでこの世からお暇《いとま》する。それが粋《いき》ってもんだろ」

なんと答えてよいのか分からず戸惑う僕の腰を、内村さんは平手で叩く。

「そんな深刻な顔するなって、先生。単なる年寄りのいちゃもんだよ。この病院が悪いわけじゃないし、ましてやあんたが悪いわけじゃない。ただ、入院している全員が望んでここにいるってわけじゃないことを忘れないでくれってことさ」

内村さんは器用に車椅子を回すと、「じゃあな」と離れていった。

「全員が望んでここにいるわけじゃない……か」

僕は数メートル先にある病室の扉を見る。

『ダイヤの鳥籠』、その言葉には、自らの意思でここにいるわけではないというメッセージが滲《にじ》んでいる気がする。だとしたら、ユカリさんはなぜここに……？

僕は軽い頭痛をおぼえながら、廊下を進みはじめた。


「今日もお疲れ様」

ティーカップに注がれた紅茶から芳醇《ほうじゅん》な香りが立ち上る。研修三日目の午後四時半過ぎ、僕はソファーに腰掛け、昨日と同じようにユカリさんから紅茶をごちそうになっていた。

　昼前に回診した際は、なんと声をかけていいのか分からず、ほとんど会話することなく診察だけして逃げるように病室をあとにした。そして、病棟業務を終えた午後二時頃、再び机を借りるために病室を訪れたのだが、やはり昨日の話題に触れることはできないまま、二時間ほど集中力散漫な状態で参考書をながめていた。

「はい、どうぞ」ユカリさんはクッキーが数個載った皿を差し出す。

「あ、どうも」

「疲れているときは、甘いものでも食べて血糖値を上げないとね」

「……そうですね」

　曖昧に答える僕の目を、ユカリさんが覗き込んでくる。僕は身じろぎして尻の位置をわずかにずらした。この人の茶色がかった瞳で見つめられると、どうにも落ち着かなくなる。

「なにかあったの？　診察に来たときも勉強中も、なんとなく元気なかったし。あと、なにか私に訊きたいことがあったけど、それを我慢してた感じもしたな」

　図星をつかれ顔が引きつる。ユカリさんは手を伸ばして僕の目元に触れた。

「目の下、隈《くま》ができてる。しっかり眠れなかったんじゃないの」

「……ベッドが少し硬すぎるもんで」

「ふーん」ユカリさんは目を細める。

「なんですか？」

「ベッドが硬いのは本当みたいだけど、それだけじゃないんでしょ」

「なんでそんなことが分かるんですか？」

「だって、顔に書いてあるもん。誰かに悩みを聞いて欲しいって」

唇が歪む。家族にすら伝えていない『あのこと』を、他人に話せるはずがない。そのはずなのに、胸の中ではなぜか耐えがたい衝動が湧き上がってきていた。

「この部屋ね、個室料がすごく高いの」ユカリさんは両手を大きく広げた。「だから防音も完璧。会話が外に聞こえることはない。そして、ここいるのはあなたと頭に『爆弾』を抱えた女だけ」

ユカリさんの涼やかな声が鼓膜を越えて、直接心臓に浸透していく。

「ここで話したことは外に漏れることはない。だから、よかったら話して。ウスイ先生のこと」

ユカリさんは微笑んだ。普段の浮世離れした雰囲気とは一線を画した大人の微笑み。

「雨音……」唇の隙間から、かすれ声が漏れだした。そのことに僕自身が驚く。

話すべきじゃない。そう思うのに、舌が自らの意思を持ったかのように動き続ける。

「雨音が嫌いなんです。……強い雨音が」

「雨音が？　なんで？」ユカリさんはゆったりとした口調で先を促す。

「親父が愛人と失踪《しっそう》したことは言いましたよね。親父はアンティーク家具なんかを輸入する、小さな会社を経営していました。事業自体は順調だったみたいですね」

「けれど、なにかが起こった」

「ええ、経理担当の社員に、会社の金を持ち逃げされたんですよ。古い友人で、家族ぐるみの付き合いだったらしいです。まあ、ありがちな話です」

「たしかにありがちね」

「会社はすぐに不渡りを出して倒産して、借金だけが残りました。怖かったですよ。ヤクザみたいな男が家まで怒鳴り込んでくるようになりましたから。親父は『ちょっとだけ待ってください』と、その男たちに必死に頭を下げていました」

その頃の記憶が蘇り、息苦しさをおぼえた僕はシャツの襟に手をやる。

「さっき言ったように、僕の家はけっこう裕福でした。ローンは残っていましたけど、広島市内に一軒家を持っていたし、貯金もかなりあった。家を売って、その貯金を使えば借金を払えたはずなんです。けれど、親父は……、あいつは……」

感情が昂って声がかすれる。僕は奥歯をくいしばり、顔を伏せる。軋《きし》むほどに力を込めていた拳が、ふっと温かいものに包まれた。見ると、ユカリさんが両手で包み込むように、僕の拳に触れていた。

僕は深呼吸を繰り返し、胸腔内に溜まっていた熱を吐き出すと、再び話しはじめる。

「親父は家族を捨てて逃げたんですよ。貯金をおろして、愛人と海外にね。ある日、突然姿を消して、その一ヶ月後にはヨーロッパから封書が届きました。判の押してある離婚届と、若い女と一緒に写っている写真、そして手紙が入っていました。その手紙には『これからは愛人と生きていくから、離婚してくれ』って書かれていたんですよ」

ユカリさんは硬い声で「それから？」と水を向けてくる。

「それからですか？」僕は自虐的に鼻を鳴らす。「嫌がらせなのか、その後も親父は三通ほど手紙と絵葉書の入った封書を送ってきました。母は離婚届を提出したうえで、家を売った金でなんとか銀行に会社の借金を払いました。ただ、家のローンが残っていたんで、親戚の持っている古いマンションに住まわせてもらって、パートをしながら少しずつローンを返しはじめました。僕と妹を育てながらね」

話し終えた僕は天井を仰ぐ。蛍光灯の漂白された光が眩《まぶ》しかった。

「お父さんのこと……、恨んでいるの？」

ユカリさんが静かに訊ねる。僕は間髪いれずに頷いた。

「ええ、恨んでいますよ。できることなら殴り飛ばしたいぐらいにね。けれど、それもできない。もう……死んでますから」

息を呑むユカリさんの前で、僕は重いため息をつく。

「失踪から一年以上経って、警察から連絡が来たんですよ。親父が九州の山で滑落死したって。もともと、山歩きが趣味だったんですけど、まさか、日本で呑気《のんき》に趣味を楽しんでいたとはね」

僕が吐き捨てると、ユカリさんは「雨音……」と小さくつぶやいた。体がこわばる。

「雨音を聞くと、そのお父さんのことを思い出すのね。それはなんで？」

口を開きかけて僕は躊躇《ためら》う。これまで誰にも伝えていないことを本当に言うつもりなのか？　僕は柔和な眼差しを向けてくるユカリさんを見る。なぜか迷いがみるみると溶けていった。

「親父が姿を消した日、雨が降っていたんです。僕が玄関の外で蝸牛《かたつむり》を見ていると、親父が家から出てきて僕を抱きしめたんです。息が詰まるぐらいに強く。そして、……なにか耳元で囁きました。雨の夜は、ときどきそのときの夢を見るんです」

僕は両手で頭を抱える。

「けど、親父がなんて言ったのか聞こえないんです！　雨音が親父の声をかき消すんですよ！」

あのとき、親父がなんて言ったのか。最後になにを伝えようとしていたのか。この十五年間思い出そうとしてきた。しかし、いまだに思い出すことはできなかった。

「ウスイ先生は、お父さんを恨んでいるの？」

さっきと同じ質問。僕はまた即答しようとする。しかし、なぜか喉の奥に言葉が引っかかり、声にならなかった。親父との記憶が頭をよぎる。絵本を読んでもらった記憶。キャッチボールをした記憶。運動会の二人三脚で一位になった記憶。

「親父は……」僕は必死に声を絞り出す。「親父は僕を、僕たちを捨てたんです」

僕はソファーの背もたれに体重をかける。倦怠感《けんたいかん》が血液に乗って全身に回っていく。しかし、気分は悪くはなかった。この十五年間、ヘドロのように体の奥底に溜まっていた澱《おり》、それをほんの一摑みだけ洗い流せた気がした。

「……だからなんだ」

小さな声でユカリさんがつぶやいた。僕は「なにがですか？」と眉根を寄せる。

「ううん、なんでもない」

ユカリさんはティーカップを手に取る。僕もそれに倣《なら》った。もうとっくに冷めてしまった紅茶が、乾燥していた喉を潤してくれる。部屋にどこか気怠《けだる》く、間延びした時間が流れていく。紅茶をすする微《かす》かな音だけが空気を揺らしていた。

「……ダイヤの鳥籠」

僕がつぶやくと、ユカリさんは上目づかいに視線を送ってきた。

「この部屋は『ダイヤの鳥籠』だって言いましたよね。それって、どういう意味なんですか？」

あれだけ訊ねることを躊躇《ちゅうちょ》していた質問が、いまはごく自然に口から滑り出た。

ユカリさんは言葉を探すように視線を彷徨《さまよ》わせる。

「母は私を産んですぐに亡くなったの。父も私が小学生のときに若かったのに癌《がん》で命を落とした」

ユカリさんは宙空《ちゅうくう》を見つめると、淡々と話しはじめる。まるで他人のことを語るかのように。

「私は父方の祖父母に引き取られたの。もともと同居していたから当然の流れだった。その祖父母が大富豪だったのよ。詳しくは知らないけれど、不動産業を営んでいて、特にバブルの頃に大成長したんだって。しかも、運のいいことに、泡がはじける寸前に『十分稼いだから』って事業を売り払って引退していて、手元には目も眩《くら》むほどの大金が残った。ただ、あまりお金を使うことに興味がなかったみたいで、つつましやかな生活を送っていたけどね」

ユカリさんはカップに残った紅茶で口を潤した。

「祖父母は私を大切に育ててくれた。けれど、三年前にまず祖母が脳卒中で亡くなり、数ヶ月後に後を追うように祖父が老衰で逝って、私は天涯孤独の身になったの。祖父のお葬式が終わったあと、弁護士がやって来て言った。遺言により遺産は全て私が継ぐことになるって。その金額を聞いて、耳を疑ったわよ。私が何百年働いても手に入らないような大金だったから」

何百年……、数十億円といったところか。反射的に計算した僕は、自己嫌悪に顔を歪める。

「祖父母がお金持ちだとは知っていたけど、まさかそこまでなんて。ただ、急にそんな大金が自分のものになってどうすればいいか分からなかった」

「結局、どうしたんですか？」

「どうもしなかったわね」ユカリさんは窓の外に視線を送る。「べつに会社も辞めなかったし、なにか高い買い物をしたりもしなかった。あまりにも金額が大きすぎて、現実感がなかったのよね。そうやって、普通の毎日を過ごしているうちに、去年の初めあたりから、朝起きたときに頭痛がするようになった。最初は少し疲れているのかなと思ったけど、だんだんひどくなって、吐き気まで出てくるんで病院で検査を受けたんだ。そして教えてもらったの」

ユカリさんは人差し指でこめかみをつついた。初めて会った日にしたように。

「ここに時限爆弾が埋まっていて、手術で取り出すこともできないってね」

背中を反らしてユカリさんは天井を見上げる。

「最初はショックで混乱した。どうにかして治すことができないか、いろいろな専門病院を調べては診察してもらった。けれど、どこも答えは同じ」

それまで平板だったユカリさんの口調に、感情の揺らぎが生じ始める。

「診断から何ヶ月か経ってようやく悟ったの。もう、爆弾を抱えて生きるしかないって。……カウントダウンに怯《おび》えながらね」

ユカリさんはソファーから立ち上がり、窓辺に立つ。

「だから、人生の最期の時間に少しだけ贅沢することにしたの。祖父母の遺産を使ってね。この病院は結構な料金を取るけど、部屋も広いし、眺めも最高。あと、患者の希望はできるだけ叶えてくれる。これまでの人生でこんな贅沢はしたことなかった。私にとってここはダイヤモンドでできている気がしたの。まあ、潮騒が聞こえるのだけはちょっと憂鬱だけどね」

ユカリさんは窓ガラスに手を触れた。僕はユカリさんのそばへ近づいていく。

「ここが『ダイヤの部屋』ってことは分かりました。でも、なんで『鳥籠』なんですか？」

外を見つめるユカリさんの横顔を、どこまでも深い悲哀の色がかすめた。

「私がいなくなったあと、その遺産はどうなると思う？」

「普通は遺族が相続するんじゃ……」

「普通はね。けれど、私には家族はいない。母方の祖父母ももう他界しているから。だから興信所に調べてもらった。そうしたら分かったの。かなり遠縁の親戚で相続権がある人が一人いるって。その人は私が死ねば、大金が自分の懐に転がり込んでくることをすでに知っていたって」

「知っていた？」

「そう。その人は祖父母の遺産に興味を持っていた。そして、それを相続した私に近親者がいないことや、この病気で残された時間が少ないことも知っていた。あっちの方がずっと先に調べていたのよ。私の全てをね」

「けれど、だからって外出できない理由にはならないんじゃないですか？」

疑問をぶつける僕を横目で見ると、ユカリさんは小さく息を吐いた。

「私の頭の中の爆弾がいつ爆発するか、誰にも分からないでしょ」

ユカリさんのカルテで見た頭部CT画像を思い出す。脳幹に近い部分に浸潤しているグリオブラストーマ。たしかに、それがいつ命を奪うのか、正確な時間は誰にも分からない。しかし、推測できないかと言えば、そんなことはないのだ。

半年はまずもたない。……おそらくあと二、三ヶ月。約二年間の研修医としての経験が、ユカリさんに残された時間を自然にはじき出してしまう。心臓が胸骨を裏側から強く叩いた。表情筋が痙攣《けいれん》しそうになり、僕は慌てて歯を食いしばる。

ユカリさんは窓ガラスの表面を指先でなぞった。

「待てないのかもしれないのよね」

「……どういうことですか？」

「遺産を相続する予定の人は、一刻も早くお金を欲しがっている。なんか、大きな借金があるらしいの。私が重病だってことを知って、その人はとりあえず私の爆弾が爆発するのを待つことにした。けれど、思ったより時間がかかっている。もう、これ以上待っていられないかも」

口が半開きになる。「まさか……」といううめき声が喉の奥から漏れた。

「そう、私の命を奪おうとするかもしれない。私ね、遺産を相続してからこの病気になるまでの間に、何度か車に轢《ひ》かれかけたり、駅のホームで後ろから押されたりしたの。あれはきっとその親戚が誰かを雇って私を殺そうとしていたんだと思う。そんな危険を冒さなくても少し待っていれば遺産が転がり込むと分かって、いまはやめているけど、いつ我慢の限界が来るか分からない」

ユカリさんが窓を開ける。冷たい風が吹き込んできた。

「そんなこと……」

「あるわけないって言い切れる？　お金の魔力は人を狂わせる。知っているでしょ」

たしかに知っている。金がなくなって、うちの家庭は一度、崩壊した。金がなかったせいで、僕は、母は、妹は砂を嚙むような思いで毎日を生きなくてはならなかった。だからこそ僕は、自分の才能をできる限り効率よく金に換えようと、毎日躍《やっ》起《き》になって勉強をしているのだ。

一際強い風がユカリさんの髪をなびかせる。

「少なくとも私は確信している。だから、外出はしない。事故とか自然死に見せかけて殺す方法なんていくらでもあるから。特に、私みたいな病人ならね」

「……それで、ずっとこの部屋に籠《こ》もっているんですか？」

「ここなら安全でしょ。ダイヤモンドみたいに頑丈で、私を守ってくれる」

優美で安全、しかし、出ることはできない場所。だから『ダイヤの鳥籠』……。

「ねえ、ウスイ先生」ユカリさんは髪を搔き上げる。「おかしいと思う？　残り少ない命のくせに、怖がって外に出ないことを」

僕が答えられないでいると、ユカリさんはベッドわきに置かれているイーゼルに近づく。そこにセットされた画用紙には、瀟洒な街を散歩する白いワンピース姿の女性が描かれていた。

「安全な『ダイヤの鳥籠』を出て、残された時間を楽しむべきだと思う？」

そこで一息言葉を切ったユカリさんは、こちらに向き直る。

「ウスイ先生は、私をこの鳥籠から連れ出してくれる？」

どこまでも透明な視線が僕を射抜いた。僕はその場に立ち尽くす。なにか言わなくては。そう思うのだが、舌がこわばって言葉にならなかった。

「僕は……」なんと答えるつもりなのか分からないまま、僕は言葉を紡《つむ》ぎはじめる。その瞬間、どこか間の抜けた電子音で奏でられる『浜辺の歌』の旋律が外から響きはじめた。

「あら、もう五時なんだ。ウスイ先生、お疲れ様」

突然、普段の調子に戻ったユカリさんは、柏手《かしわで》を打つように胸の前で手を合わせる。それを合図に金縛りが解けた。僕は大きく息を吐く。

「今日はここまでね。それじゃあ、また明日」

窓を閉め、ティーセットを片付けだしたユカリさんの背中に、僕は「あの……」と声をかける。

「なあに？」振り返ったユカリさんは、コケティッシュに小首をかしげた。

数十秒前までのやり取りが白昼夢であったかのような感覚。僕は「いえ、なんでもないです」と目を伏せると、デスクの参考書を小脇に抱え出口に向かった。ユカリさんが見送りに来てくれる。

「それじゃあ失礼します。また明日」僕は頭を下げる。

「うん、……また明日」

かけられた声に哀しげな響きを感じ、顔を上げる。しかし、眼前には重厚な扉が立ちはだかり、ユカリさんの表情を見ることはできなかった。一瞬、伸ばしかけた手を引っ込めると、僕は頭を掻きながら廊下を大股で進んでいく。

病室を出ると同時に、夢から醒《さ》めたような気分だった。命を狙われているというのは、きっと被害妄想に違いない。死が近づいた者が精神的に不安定になり、妄想を抱くことは少なくない。

僕はロッカーで私服に着替えて病院をあとにすると、駐車場を横切って県道まで出る。すぐわきを銀色のセダンが走り抜けていった。僕は足を止めて振り返る。

三一二号室の窓に見える華奢な背中が、なぜかいまはさらに小さく感じられた。

4

「ウスイ先生が勤めている病院ってさ、広島市にあるんだよね？」

ペンライトの光で瞳を照らされながらユカリさんが訊ねる。

「ええ、そうですよ」瞳孔反射を確認しつつ、僕は頷いた。

「広島のどの辺りにあるの？　広島駅から歩いて行ける範囲？」

「広電《ひろでん》を使った方がいいですね。平和記念公園の近くですよ」

「ヒロデン？　なにそれ？」

「市内を走っている路面電車ですよ。広島電鉄、通称『広電』」

「ああ、あれのことかぁ。平和記念公園って原爆ドームがあるところだよね？」

「ええ、そうですよ」

「修学旅行で行ったなぁ。原爆資料館を見学してすごくブルーになった」

「広島への修学旅行なら原爆資料館は必須ですからね。それより、聴診するんで黙ってください」

ベッドに横になっているユカリさんは、「はーい」と間延びした返事をした。

葉山の岬病院で研修をはじめてからすでに十日が経っていた。その間、仕事が終わってからユカリさんの病室の机を借りて勉強し、最後にお茶を頂いて帰るという生活が続いている。

この十日間でユカリさんの態度はかなり砕けたものになり、プライベートにも探りを入れてくるようになってきていた。僕も僕で、ユカリさんと話していると時々、古くからの友人と話しているような感覚に陥るときがある。ただ、研修三日目以降、ユカリさんは僕の父について言及することはなかった。同様に、僕も『ダイヤの鳥籠』の話はしなかった。

　おそらくあの日、お互いに感じたからだろう。そこは相手の心の最も柔らかい部分であると。触れるとボロボロと崩れてしまいそうなほど、柔らかくて脆い部分。

「肺の音を聞くんで、深呼吸を繰り返してください」

　聴診器の集音部を、ユカリさんのセーターの胸元に滑り込ませ、目を閉じる。肺雑音がないことを確認した僕は「今度は息を止めて」とつぶやく。呼吸音が消え、代わりにトクトクという心音が鼓膜を揺らしはじめた。

　一定のリズムで刻まれる鼓動音。ユカリさんが生きている証《あかし》。僕は瞼を閉じて聴覚にすべての神経を集中させる。ユカリさんの心音と自分の心臓の鼓動が融《と》けあっていく。世界が自分たちに向かって閉じていくような不思議な感覚。

「特に異常はないですね」僕は聴診器を耳から外す。

　ユカリさんが乱れたセーターの首元を直すと、最後に僕は彼女の足首を確認した。

「ウスイ先生って、入院患者全員をこうやって診察しているの？」

　ユカリさんは上半身を起こす。

「え？　当然じゃないですか」

「いや、もしかしたら若い女性患者だけしっかり診察しているのかなって」

「そんなわけないでしょ！」

「冗談冗談、そんなに怒らないでよ」ユカリさんはけらけらと笑いながら手を振った。「それで、足なんか診てなにか分かるの？」

「体がむくんでいないか確認しているんです。足に症状が一番出やすいですから」

「へー、そうなんだ。てっきり、脚フェチなんだと思ってた」

「ユカリさん！」

「冗談だってば。あ、そういえばさ、ウスイ先生って彼女いる？」

「はい？」突然の質問に眉根が寄る。

「だから、広島に残してきた彼女とかいるのかなーって、気になっただけ」

「どうでもいいでしょ、そんなこと」足の視診を終えた僕は、布団を戻す。

「いいじゃない、教えてくれても。私は胸をまさぐられたうえ、生足を見られているんだから」

「人聞きの悪いこと言わないでください！　いませんよ、彼女なんて」

僕は大きくかぶりを振った。

「あ、いないんだ。お医者さんだし、顔もけっこう可愛《かわい》いからモテそうなのに」

「たしかにモテないわけじゃないですけどね。ナースにもよくアプローチされるし」

「うわ、態度は可愛くない」ユカリさんは顔をしかめる。

「恋人なんて作ったら面倒じゃないですか。僕には定期的にデートする時間も、記念日に高いプレゼントを贈る経済的余裕もないですしね」

「ウスイ先生ってドライよね。そりゃ、彼女もできないわ」

ユカリさんは小馬鹿にするように首を横に振る。その態度が癪《しゃく》に障《さわ》った。

「彼女がいなかったわけじゃないですよ。学生の頃は同級生と付き合っていました」

「あら、そうなの？　どんな人」

「毎日の電話も、デートも、プレゼントも欲しがらない奴ですよ」

僕が答えると、ユカリさんはこれ見よがしに「でしょうね」とため息をついた。

「ほっといてくださいよ。ちなみに、いまも同じ病院で研修しています」

「そうなんだ。なんで別れちゃったの？」

何気ないふうを装って訊ねてきているが、ユカリさんの瞳は好奇心で輝いていた。

「三年前に急にフラれたんですよ。『恋人関係は終わりってことでよろしく』って」

「え？　それだけ？」

僕は「それだけです」と頷いた。

「ふーん、つまり、昔の彼女と同じ職場なんだ。それって気まずかったりしないの？」

「いえ、全然。フラれたあとも、べつに関係は大きく変わりませんから」

「関係が変わらない？」

「そのままの意味ですよ。普通に話しますし、一緒に飯食いにも行きます。ときどき部屋に泊まったりもします」

「部屋に泊まるって、もしかして……」

「ええ、セックスもしますよ」

下手《へた》に隠した方が気恥ずかしいので、僕はあっさりと答えた。ユカリさんは普段より二回りは大きくなった目で、僕の顔をまじまじと見つめてくる。

「……それって、恋人じゃないの？」

「違うみたいですね。あっちが『違う』っていうんだから」

「へぇ、恋人じゃないけど、……泊まっちゃうんだ」

ユカリさんの眼差しに軽蔑の色が混じった気がする。

「いいじゃないですか、お互い同意のうえなんですから」

「べつに私はいいけどねー。ウスイ先生がどんな爛《ただ》れた女性関係をもっていても」

視線に含まれる軽蔑の濃度が上がっていく。僕は慌てて話をそらした。

「ユカリさんはどうなんですか？　付き合っている男性とかいないんですか？」

「私？」ユカリさんは形の良い鼻先を指さす。

「そうですよ。いまは恋人はいないんですか？」

「私、中高大学と女子校だったから、あんまり男子と接点がなかったのよね。まあ、社会人になってからはなにもなかったってわけじゃないわよ。なんといっても、どこかの爛れた先生よりも、ちょっとお姉さんなわけだから」

「爛れた先生ってやめてもらえませんかね」

僕の抗議を黙殺すると、ユカリさんは空中を眺める。

「私、ずっと『この人だ』っていうような相手を探していたのよね。『この人と一生過ごしたい』って思うような運命の相手」

「運命の相手ですか？」

「あっ、馬鹿にしているでしょ？」

「いや、そんなことないですよ」僕は慌てて胸の前で両手を振る。

「昔、聞いた話なんだけどね、人間って生まれたときに、一人が二つの体に分けられるんだって。だから人間はまた元の一人になるように、自分の分けられた半身を探して彷徨うの。もともと一つだった二人だから、自然に引かれ合っていく」

「それが運命の相手……」

「そう。この人こそ、自分の引き裂かれた半身だと思える人を見つけて、その人と一緒になる。そうすれば幸せになれるって教えてもらったんだ」

「ロマンチックですね」

「爛れた先生には、ちょっと背中が痒《かゆ》くなるようなお話かな？」

「本当に、その呼び方やめてください。結局、その運命の相手とは会えたんですか」

「だめよ、そんな野暮なことレディに訊いたら。デリカシーのない男はモテないよ」

おどけるユカリさんに、僕は「はいはい」と肩をすくめて出口に向かう。

「カルテを書かないといけないんで、そろそろ行きますね」

「はーい」

「また二時ごろお邪魔します」

「あっ、ごめん。今日はちょっとだけ遅くからでもいい？」

ユカリさんは両手を合わせる。

「来客があって、三時頃までかかりそうなの。終わったら呼ぶから、それまで待ってもらってもいいかな？」

「はぁ、もちろんかまいませんよ」

「ありがと。それじゃあまたあとでね」

手を振るユカリさんに見送られ病室を出た僕は、廊下を進みながら首を捻る。僕を見送ったユカリさんの表情にこれまでにない緊張の色が浮かんでいる気がした。

昼食をとり、診療記録や処方箋の記入を終えた僕は、手持ち無沙汰で一階の廊下を歩いていた。腕時計を見ると、時刻は午後二時半を回っている。さっきまで控室での勉強を試みていたのだが、やはり室外機の唸り声に耐えきれず、こうしてさしたる目的もなく院内を徘徊《はいかい》していた。

天井を見上げる。今頃、ユカリさんの部屋には『客』が来ているはずだ。数時間前に見た、ユカリさんのこわばった表情を思い出す。誰が訪れているのだろう。……患者のプライベートに首を突っ込むべきじゃないな。僕は首を振って再び歩き出す。右手の全面ガラス窓の外に美しい中庭が広がっていた。庭園散策も悪くないと思い、わきにある扉から外に出る。外は二月とは思えないほど暖かかった。顔に降り注ぐ柔らかい日差しが心地よい。

僕は泉を中心に広がる花壇の間を歩いて行く。中庭には数人の患者の姿があった。噴水のある泉の近くでは、内村さんが顔見知りの看護師に散髪してもらっていた。

「髪を切ってもらってるんですか」

近づいていくと、散髪用のガウンを羽織った内村さんは得意げにあごを反らした。

「彼女、元美容師なんだよ。だから、頼めばいつでも散髪してもらえるんだ。しかもこんなに景色がいいところで。なっ、すごいだろこの病院は。頼んだらなんでもやってくれるんだよ」

「いつでもではないですよー。私の手が空いているときだけですからね」

看護師が櫛《くし》とハサミを素早く動かしながら言う。完全にプロの手さばきだった。

「碓氷先生もシフト終わったあとなら散髪してあげますよ。ご希望ならパーマかけたり、茶髪にしてかっこ良くしてあげましょうか」

「遠慮しときます」僕は苦笑しつつ庭園の散策を再開する。少し離れた位置に車椅子を看護師に押してもらっているハナさんの姿を見つけ、僕は早足で近づいてく。

午前に診察したとき、やはり足のむくみが気になったので利尿剤の処方を提案したのだが、いつものようにのらりくらりと拒否されてしまったのだ。

「こんにちは、ハナさん」

「あら、珍しい。碓氷先生もお散歩？　今日はすごくお天気よくて暖かいわよね。こんな天気のいい日に、この綺麗《きれい》なお庭をお散歩しているとね、うちの人と昔一緒に歩いたことを……」

いつものように旦那さんとの思い出話をはじめたハナさんに「ちょっと失礼しま

すね」と声をかけると、僕は車椅子のそばに跪《ひざまず》いて足を見る。足首のくびれが消えるほどにむくんでいた。

「ハナさん、足のむくみがひどくなっていますよ。利尿剤を使わせてください」

「……どうしても飲まないとだめ？」ハナさんは下唇を突き出す。

「さすがにここまでむくんでいると、かなり心臓に負担がかかっていると思います」

　ハナさんは「心臓が限界になったら、あの世で主人に会えるのにねえ」と冗談めかして言う。

「そんなこと言わないで。処方しておきますんで、あとで飲んでくださいね」

　看護師に「フロセミド処方しておきます」と言うと、ハナさんが声を上げた。

「利尿剤、明日の朝からじゃだめですか？　午後に利尿剤を飲むと、夜に何度もトイレに起きないといけなくてつらいんですよね。明日の朝からちゃんと言われたとおりに飲みますから」

「明日ですか……」

「夜にトイレ行くの、怖いんですよ。暗いし眠くてふらふらするから転びそうで」

「……分かりました。それじゃあ、明日の朝から絶対に飲んでくださいね」

　仕方なく譲歩すると、ハナさんは嬉しそうに会釈した。

院内に戻っていくハナさんを見送っていると、スーツ姿の中年男が二人、一階廊下を正面玄関に向かって歩いているのが見えた。見たことのない男たちだった。笑顔で会話を交わしていた男の一人がこちらを向いた。視線が合う。背中に冷たい震えが走った。顔の筋肉は笑みを形作っているにもかかわらず、その眼差しにはまったく感情が浮かんでいなかった。爬虫類《はちゅうるい》に睨《にら》まれているような心地になる。

男は僕から視線を外すと、隣の男と談笑しながら消えていった。

首を捻りつつ、僕は近くにあったベンチに腰掛ける。うららかな日差しが全身に降り注ぐ。春のような陽気に眠気が襲ってきた。色とりどりの花が咲き誇る庭園を眺めつつ、数分うとうとしていると、唐突に背後から肩を叩かれる。振り返ると、眼鏡《めがね》をかけた若い女性が立っていた。

細身の体をセーターとジーンズで包み、コートを羽織っている。ベリーショートに整えられた髪は、明るいオレンジ色に染められていた。年齢は僕と同じか、少し上くらいだろうか。大きな目、細く通った鼻筋、なかなかの美人だが、濃い化粧と派手なヘアスタイルのせいで近づき難い雰囲気を醸し出している。

アイシャドーで縁取られた少し垂れ気味の目が、レンズの奥から僕を見る。

「あなたがウスイ先生？」なんの前置きもなく女性は言う。

僕がおずおずと頷くと、女性は右手を差し出して無邪気な笑みを浮かべた。

「私はアサギリユウ。朝の霧に、理由の『由』。よろしくね」

勢いに呑まれた僕は、「はあ、どうも」と差し出された右手を握る。

「えっと、あの……朝霧《あさぎり》さん」

「ユウでいいよ。友達はそう呼ぶからさ」ユウと名乗った女性はテンション高く言う。

「いや、僕は友達じゃ……」

「ユカリさんの友達なら、私の友達も同然でしょ」ユウさんはベンチの隣に勢いよく座る。「いやあ、ようやくウスイ先生に会えた。ずっと話したかったんだよね」

「あの、ユウさんはユカリさんのお知り合いなんですか?」

「ユカリさんと私は固い絆《きずな》で結ばれた親友なの。『魂の友』って感じかな」

「魂の友……。ユカリさんのお友達で、お見舞いに来ているってことでしょうか?」

「お見舞い?」ユウさんは悪戯っぽい笑みを浮かべる。「私は患者だよ。この病院に入院している患者」

僕は思わず「え?」と呆けた声を上げる。

「まあ、こんなファッションだし、そもそも私、めちゃくちゃ元気だから、気づかないのも仕方ないよね。けどね、これでも結構大きな病気なんだよ」

ユウさんは眼鏡をはずして横を見る。左右の目で、眼球の動きにわずかに差があった。おそらく眼球の運動を司《つかさど》る神経に異常をきたしているのだろう。

「ときどき、物が二重に見えたりするのよね。不便だけど、慣れてきたかな」

ユウさんは眼鏡を掛け直す。僕が会ったことがないということは、二階に入院しているのだろう。

「それで、僕になにかご用ですか？」

「ご用ってわけじゃないけどさ、親友の彼氏なら一度会っておきたいじゃない」

「……誤解があるみたいですけど、僕はユカリさんの恋人じゃないですよ」

「またまたぁ、知っているんだからね。午後、ユカリさんの部屋で、二人で過ごしていること」

ユウさんは僕の脇腹を肘《ひじ》でつついてくる。

「部屋の机を借りて勉強しているだけです。控室が室外機のせいでやかましいんで」

「ユカリさんもそんなこと言っていたけど、たんに口裏合わせているだけでしょ。本当は二人でイチャイチャ……」

「していません！」

僕がはっきり言うと、ユウさんはアイシャドーで縁取られた目をしばたたかせる。

「え、本当に机、借りてるだけなの？　ユカリさんが恥ずかしがって誤魔化していたんじゃ？」

「違います」

「なぁんだ。ユカリさんにも彼氏ができたって喜んでいたのに。ごめん、変な誤解しちゃって」

「いえ、べつに気にしてませんけど……」

「あ、そうだ。お詫《わ》びにいいこと教えてあげる」

ユウさんは両手を合わせる。ぱんっという小気味のいい音が響いた。

「ウスイ先生、寮から通っているんでしょ。それなら近道があるよ」

「近道ですか？」

「そう。正面玄関から県道に出ると、寮までかなり迂回《うかい》しないといけないでしょ。けれど、あの林を突っ切ると、寮のすぐそばの道まで まっすぐ行けるよ。五分は短縮できる」

ユウさんは中庭の先にある林を指さす。たしかに、そこに獣道が見えた。

「あそこを通るんですか？」

「ちょっと足元は悪いけど、かなり便利だよ」

僕は「はぁ」と生返事をするとユウさんは後頭部で両手を組み、背中を反らせる。

「けれど本当に彼氏じゃなかったのかぁ。せっかく安心したのになぁ」

「安心？」

「私とユカリさん、同年代だからすごく仲いいの。けど、ユカリさんって病室に閉じこもりがちでしょ、だから心配だったんだよね」

ユウさんは噴水を見る。噴き上がる水柱が、太陽の光をきらきらと乱反射していた。

「私が先にいなくなったら、ユカリさん、一人ぼっちになるんじゃないかって」

先にいなくなったら。先に逝ってしまったら。僕は口を固く結ぶ。

「けどさ、ウスイ先生が来てから、ユカリさん、いい顔するようになったんだ。それまではなんて言うのかな……。毎日つらそうで、ただ病室に籠もっているだけだったのが、少しだけ前向きになったように見えたの。だから、てっきり彼氏ができたんだと思ったんだ」

「すみません。なんか、がっかりさせちゃったみたいで」

「ああ、気にしないで。私が勝手に勘違いしてただけだからさ」

ユウさんはひらひらと手を振ると、少し首を傾けて微笑んだ。

「恋人じゃなかったけど、ウスイ先生がユカリさんの気持ちを明るくしているのは間違いないから。色々話ができる人ができて嬉しいんだと思う。だからお願いね」

ユウさんは立ち上がると、泉に近づいていく。

「お願いって、なにがですか?」

ユウさんは振り返る。噴水の雫《しずく》に反射した光が、オレンジ色の髪を照らした。

「私がいなくなったら、ユカリさんの支えになってあげてね」


「ユウちゃんに会ったんだ」ユカリさんがカップに紅茶を注いでいく。

十数分前、「ユカリさんの支えになってあげてね」と言われた僕が戸惑っていると、三階の看護師が中庭にやってきて、「もう病室に来てもいいって、弓狩さんがおっしゃってますよ」と言った。

ユウさんに「それじゃあ、いってらっしゃい」と背中を押された僕が三一二号室へとやって来ると、ユカリさんは紅茶の準備をしていたのだった。

「ええ、ついさっき」

「なんか変なこと言われなかった」ユカリさんは探るような目付きになる。

「僕がユカリさんの恋人じゃないかってことですか?」

「ああ、やっぱり。何度説明しても『またまたぁ』って聞いてくれないのよ」

ユウさんの口調を真似《まね》たユカリさんは、片手で顔を覆った。

「一応、ちゃんと説明しておいたんで、誤解は解けたと思いますよ」

「そうだといいけど……。他には変なこと言われなかった？」

　噴水を背に、「支えになってあげてね」と微笑むユウさんの姿が脳裏をかすめる。

「……いえ、特には」僕は表情を読まれないように、俯《うつむ》いて紅茶をすする。「ユウさんとはそんなに仲が良いんですか？」

「うん、同じ時期に入院してきたし、年齢も近いから。この病院の患者さんって若い人少ないでしょ。だから、自然と話すようになったの。そうしたらすぐに気が合っちゃって。ユウちゃんが暇なときは、よくこの部屋でお話しているんだ」

「それにしては、僕とは顔を合わせたことがありませんでしたけど」

　首を捻ると、ユカリさんはため息をつく。

「午後二時前になると『彼氏との時間をお邪魔しちゃ悪いから』って、いなくなっちゃうの」

「ああ、なるほど。だからですか」

「思い込みが強くて困るのよね。前だって……」

　ユウさんとの思い出を語るユカリさんは、とても幸せそうに見えた。

「まあ、そんな感じで、いつも振り回されているわけ」

　十数分後、話を終えたユカリさんは、はにかみながら肩をすくめる。

「けれど、あのファッション、最初見たときはまさか患者さんとは思いませんでしたよ。なんか格好よくて、ファッション誌から出てきたモデルさんみたい……」

僕がそこまで言ったとき、ユカリさんは「ウスイ先生！」と身を乗り出してきた。

「な、なんですか？」

「ユウちゃんを狙ってたりする？　ユウちゃんを口説《くど》いたりするつもり？」

「なんでそうなるんですか⁉」声が裏返ってしまう。

「だって、『格好よくて』とか『モデルさんみたい』とか言うから」

「感想を言っただけですって」

「よかった」ユカリさんは安堵の息を漏らす。「ユウちゃんには恋人がいるの。『運命の人』がね」

「引き裂かれた半身ってやつですか？」

茶化《ちゃか》すように言うと、ユカリさんは真顔で頷いた。

「そう。だから、二人の関係を掻き乱したりしないで欲しいなと思って」

「しませんよ。けれど、そこまで心配するなんて、よっぽど大事な親友なんですね」

ユカリさんは哀愁の漂う笑みを浮かべると、自らのこめかみを指さした。

「ええ、だって、頭に爆弾を抱える仲間だから」

二階のナースステーションに足を踏み入れると、中年の看護師が訝《いぶか》しげな視線を向けてきた。僕は小さく会釈をする。看護師は興味なさげに自分の仕事に戻った。内心で胸を撫《な》でおろしつつ、僕はステーションの中を進んでいく。

午後五時になり、三一二号室をあとにして帰ろうと思ったのだが、ユカリさんが言っていた『頭に爆弾を抱える仲間』という言葉が気になり、二階のナースステーションへと足が向いていた。

これまでここに来たことはなかった。カルテラックに近づくと、十数個のバインダーの背表紙を目で追っていく。すぐに『朝霧由様』という文字を見つけた。

僕はラックからそのカルテのバインダーを引き抜くと、そばにあった椅子に座る。

カルテを開いて、最初のページである一号用紙に視線を落とす。患者氏名の下に『外傷性クモ膜下《まくか》出血後遺症　高次脳機能障害　巨大脳動脈瘤《りゅう》』と病名が記されていた。

「クモ膜下出血……」つぶやきながら、病歴の欄に目を通していく。

『今年五月、両親と乗車中にトラックと正面衝突する交通事故に遭い、救命センターに搬送（両親は即死）。後部座席でシートベルトをしていたため、外傷は軽微だったが、CTにてクモ膜下出血を認め、ICUで保存療法にて治療。全身状態安定するが、後遺症として高次脳機能障害が残る。また、造影MRIにて巨大脳動脈瘤を発見、事故前から存在したこの動脈瘤が衝撃により破裂したものと考えられる。開頭手術による再破裂予防が検討されたが、深部に存在するため手術困難、カテーテルによるコイル塞栓術《そくせんじゅつ》も、脳血管の末梢《まっしょう》に存在するため不可能とされた。以上より、再破裂の危険性は高いものの経過観察となり、当院に転院となった』

「たしかにこれも爆弾だな」僕はカルテから視線をあげる。

脳動脈に生じた血管のこぶ、動脈瘤。そこがなにかのきっかけで破裂し出血すると、クモ膜下出血という脳卒中の一種を引き起こす。ユウさんの場合、それは交通事故による頭部への衝撃だった。

動脈瘤からの出血は一度止まっても、高確率で再破裂を起こす。その際はさらに深刻な病状になることが多いため、一般的には手術などで再破裂を防ぐ処置がなされる。しかし、ユウさんの場合、動脈瘤の場所が悪く、それができなかったらしい。

ページを捲っていくと、MRI画像のコピーが挟まっていた。脳血管に食らいついている、金平糖《こんぺいとう》のように歪《いびつ》な形の巨大な動脈瘤。その大きさに頬が引きつる。

動脈瘤は大きければ大きいほど破裂する可能性が高くなる。すでに一度破裂し、さらにこの大きさ。まさにいつ破裂して命を奪うかも分からない『爆弾』だ。

ユウさんの眼球運動の異常も、クモ膜下出血の後遺症なのだろう。僕は最初のページに記された『高次脳機能障害』の病名を思い出す。

脳の損傷によって引き起こされる障害は多岐にわたる。記憶障害、注意障害、遂行機能障害、社会的行動障害、失語や失読、病識の欠如など、多くの症状が高次脳機能障害に含まれる。

ユウさんにはどんな障害が？　カルテを捲ろうとした僕の腕を、横から伸びてきた手が摑んだ。驚いて顔を上げると、いつの間にか院長がすぐそばに立っていた。

「なにをしているんだ？」僕の前腕《ぜんわん》を摑んだまま、院長は低く籠もった声で訊ねる。

「いえ……、二階の患者さんの情報も把握しておいた方がいいかと思いまして」

院長は細い目で僕を見下ろす。その視線の冷たさに、背筋が震えた。

「そんな必要はない。君は三階の患者さえしっかり管理しておけばいい」

院長はユウさんのカルテを取り上げると、尖ったあごを軽くしゃくった。

「……僕が二階の患者さんのカルテを見て、なにか問題があるんですか？」

「問題はない。必要ないだけだ。今後、指示がなければ二階には来ないように」

僕は奥歯を嚙みしめて立ち上がると、ナースステーションをあとにする。院長はこの病院の責任者だ。彼がその気になれば、実習を中止させて僕を追い出すこともできる。指示に従うしかなかった。

階段を下りた僕は、足を止めて振り返る。なぜ、院長はあんな反応をしたんだ。まるで、なにかやましいことを必死に隠しているかのようだった。

患者の希望をできる限り叶える理想的な病院、その裏でなにか恐ろしいことが行われているのでは？　そんな疑惑が胸に湧き上がってくる。

窓の外では中庭が夕陽《ゆうひ》に紅《あか》く照らされている。その光景が、僕にはいつもよりくすんで見えた。


大音量のジャズが部屋に響き渡る。ベッドで寝ていた僕は慌てて上半身を起こすと、枕元に置いてあるスマートフォンに手を伸ばした。液晶画面を見ると『葉山の岬病院』と示されている。

重い頭を振って『通話』のボタンに触れながら、壁時計に視線を向ける。常夜灯の薄い光に照らし出された時計の針は、四時二十三分を示していた。

こんな深夜に電話なんて……。嫌な予感が胸に湧き上がる。

『碓氷先生、急変です！』

スマートフォンから若い女の金切り声が響いた。おそらくは夜勤のナースだろう。『急変』という言葉に、頭にかかっていた霞が一気に晴れる。

「誰が急変したんですか？　どんな状態ですか？」

『ハナさんです。「苦しい」ってコールがあって、病室に行ったら意識がありませんでした』

ハナさんが……。目を剝《む》きつつ僕は「バイタルは!?」と叫ぶ。

『血圧七十六の三十二、脈拍百三十二、サチュレーションは八十八パーセントです』

危険な状態だ。背筋が震える。

「院長先生に報告は？」

『これからします。三階の患者さんは、まずは碓氷先生に報告することになっていますんで』

葉山の岬病院は夜間、院長が自宅待機し、急変時に駆けつける体制を取っている。しかし、院長の自宅から車で五分ほどかかる。急げば僕の方が先につくはずだ。

「すぐに行くので、それまで酸素を十リットルで投与していてください」

僕は指示を出すと、ベッドから飛び起きる。寝巻にしているジャージのズボンを脱いで、椅子の背に掛けてあるジーンズを穿《は》くと、Tシャツの上からダウンコートを羽織って玄関へと走る。

寮を出た僕は全力で走りだす。街灯が少ない暗い道を、何度か転びそうになりながら病院へと到着した。明かりの落とされた廊下を走り、階段を駆け上がっていく。

「状況は！」ハナさんの病室へと駆けつけた僕は、息を乱しながら声を絞り出した。部屋では看護師長と若い看護師の二人が、ハナさんのベッドのそばに立っていた。

「血圧微弱で測定不能。呼吸も不安定になってきています！」師長が早口で言う。

ベッドに横たわるハナさんは薄目を開け、浅く早い呼吸をしていた。入院着で覆われた胸部が小さく上下するたび、ヒューヒューと笛の鳴るような音が響く。

慢性心不全の急性増悪《ぞうあく》だ。症状を見て、僕はすぐに診断をくだす。弱った心臓が負荷に耐えきれなくなり、限界に達したんだ。

昨日のうちに利尿剤を投与しておけば……。激しい後悔が襲い掛かってくる。

「先生、処置は？」師長が訊ねてくる。

「強心薬を投与します。それに利尿剤も投与するので、フロセミドの注射薬を」

指示を出すと、師長は「すぐに用意します」と病室から出て行った。部屋の中には僕とハナさん、そして若い看護師だけが残された。

「院長先生とハナさんのご家族には連絡は？」

「院長先生はあと数分でいらっしゃるそうです。ハナさんの甥《おい》にも連絡を取りましたが、離れたところに住んでいるので、到着するのに時間がかかるそうです」

部屋にアラーム音が鳴り響く。モニターを見ると、血中酸素濃度がみるみる低下していた。

「呼吸を補助しないと！　挿管して人工呼吸管理にします。準備を！」

看護師は「は、はい！」と、救急カートから気管内チューブと喉頭鏡《こうとうきょう》を取り出す。喉頭鏡を受けとった僕は、ハナさんの頭側に立って酸素マスクを外した。

「やめて！」

ハナさんの口元に手を伸ばした瞬間、大声が部屋に響き渡った。聞き慣れた声。振り返ると、いつの間にか入り口辺りに寝間着姿のユカリさんが立っていた。

「ユカリさん、自分の部屋に戻ってください」

声を張り上げるが、ユカリさんは大股で近づいてくると縋《すが》りつくように言う。

「ハナさんにそんなことしないで！」

「なに言っているんですか!?　邪魔しないでください」

「ダメなの！　そんなことをしたら！」ユカリさんの潤んだ瞳が僕を見つめる。

なにを言っているんだ？　混乱しつつも、やるべき仕事を全《まっと》うしようと、再び右手をハナさんの口元に伸ばす。そのとき、看護師が「心電図！」と悲鳴じみた声を上げた。横目で心電図モニターを見た瞬間、氷の手で心臓を鷲掴《わしづか》みにされた。

ついさっきまで、一定のリズムで波打っていた心電図が、不規則で歪なダンスを踊っていた。心室細動。心臓全体が細かく痙攣し、全身に血液を送り出せなくなる状態。心停止の一形態。

「蘇《そ》生《せい》術を開始します！　除細動をするんでカウンターショックの準備を。あと、点滴の側管からエピネフリンを一アンプル急速投与してください」

指示を飛ばしながら、僕はベッドによじ上る。ハナさんの胸骨の中心で両手を重ね、心臓マッサージを開始しようとした瞬間、右腕を強く引かれて、僕はベッドから落ちそうになる。

「お願いだからやめて！」僕の右腕にしがみつきながらユカリさんが叫ぶ。

「いい加減にしてください！」僕は無造作に右手を振った。

バランスを崩したユカリさんはその場で尻餅をつき、小さく悲鳴を上げる。

「あ……」一瞬、ユカリさんに手を伸ばしかけた僕は、すぐにそんな場合でないと思い直し、心臓マッサージを開始しようとする。

「碓氷先生、蘇生をやめてください！」

部屋に響き渡った声が僕の動きを止めた。ユカリさんより明らかに野太い声。部屋に戻ってきた師長が、息を切らしながら僕を見ていた。

「ハナさんはＤＮＲです！」

師長の言葉に崩れ落ちそうになる。ＤＮＲ、それは心肺停止状態になった場合、蘇生を行わず自然に逝かせてほしいという患者の意思表示だった。前もってその意思が確認できている患者に対しては、本人の意思を尊重して挿管しての人工呼吸や心臓マッサージは行わない。

僕はハナさんの胸骨に置いていた両手を引くと、ベッドから下りる。モニター上で激しく揺れていた心電図のラインの動きがやがて小さくなり、そしてついには一本のまっすぐな線になった。けたたましく鳴り響くアラーム音を師長が切る。耳がおかしくなったと思うほどの静寂が部屋を包み込んだ。

完全に心停止した。三分ほどで脳細胞が死滅していく。その後、他の臓器も次々にその機能を停止し、やがて完全なる『死』が訪れる。僕はそれをただ見守ることしかできない。

無力感が体を内側から蝕《むしば》んでいく。呆然《ぼうぜん》とハナさんを眺めていた僕は、すぐそばでユカリさんが倒れていることに気づき、慌てて手を差し出す。

「あの……、すみませんでした……」

ユカリさんが視線を上げる。その顔からは表情が消えていた。まるで仮面を被っているかのような顔。背筋に冷たい震えが走る。

ユカリさんは僕の手を掴むことなく立ち上がると、小走りに病室から出て行った。

「……碓氷先生。死亡確認をお願いいたします」

師長がペンライトと聴診器を差し出してくる。力無く頷きながらそれを受け取った僕は、枷《かせ》が嵌《は》められたかのように重い足を引きずってベッドに近づいた。

ベッドに横たわるハナさんはどこか満足げで、ただ眠っているように見えた。

死亡診断書にサインを書いて判子を押す。書きあがった診断書に抜けがないか見直していた僕は、『直接原因』の欄に記された『慢性心不全急性増悪』の文字を見て唇を嚙む。

数日前から、ハナさんが亡くなってから、すでに二時間ほどが経っていた。

数日前から、ハナさんの下肢のむくみは悪化していた。心臓に負担がかかっていたことは分かっていたのだ。もっと早く利尿剤を投与しておけば……。

後悔が刃《やいば》となって心を切り刻んでいく。

すでにハナさんの甥は来院し、彼が依頼した葬儀社の社員が遺体を搬送する準備を整えていた。あとはこの死亡診断書を遺族に渡し、遺体を見送るだけだ。

僕は肘をデスクに置くと、両手で顔を覆って目を閉じる。ハナさんの死に顔、そして無表情で見上げてくるユカリさんの顔が交互に脳裏に浮かんでは消えていった。

「碓氷先生、お疲れ様」

抑揚のない声が掛けられる、顔を上げるといつの間にかすぐそばに院長が立っていた。来院後、院長は師長から報告を受けたり、ハナさんの遺族への説明を行ったりしていたので、僕とは顔を合わせていなかった。

「ナースから話は聞いた。しっかり対応してくれたようだね」

「いえ、そんな……」予想外のねぎらいの言葉に戸惑ってしまう。

「この調子で、残りの実習期間もよろしく頼む」院長は離れていく。

「待ってください！」

僕が呼び止めると、院長は「どうした？」と振り返った。

「ハナさんが急変したのは……、僕のせいなんです」

僕は顔を伏せながら、浮腫に気づいていながら利尿剤の投与を怠ったことを報告する。話し終えた僕は、院長の反応を待った。

「彼女が望んだからこそ、君は利尿剤を投与しなかった。そうだろう？」

「なんでそのことを？」驚いて僕は顔を上げる。

「患者の治療については全て看護師から報告を受けてチェックをしている」

「じゃあ、ハナさんのことも」

「もちろん聞いている。今回の君の行動に大きな問題はない」

「けれど、利尿剤を早めに投与しておけば……」

「彼女はリスクを理解したうえで、それでも利尿剤を飲まないことを選択した。十分なインフォームドコンセントが取れている。医学と医療は似て非なるものだ。医学的に正しい治療でも、患者にとっては望ましくないということは少なくない」

「でも……」

「彼女がなにを本当に望んでいたか、君は理解していたのか？」

「ハナさんが……、望んでいたこと……？」

「君が『医学』をよく学んでいることは、これまでの実習で十分に分かった。ただ、『医療』に対する理解が不十分だ。残りの実習で、それを学びなさい。今回の件で君が反省するべきは、ハナさんがＤＮＲであることを前もって把握していなかったことだ」

平板な口調で言い終えると、院長は去っていく。これまで、なにかとつらく当たってきた院長からの励ましの言葉に眉をひそめていると、ナースステーションの外から看護師が声をかけてきた。

「ハナさんのお見送りの準備ができましたので、正面玄関前にいらしてください」

「……分かりました」

死亡診断書を持って正面玄関へと向かう。玄関前に遺体搬送用の車が後部ドアを開けて停《と》まっていた。すぐわきには、三階の看護師たち、そして院長が立っている。

やがて、職員用の通路から葬儀社の社員が純白の衣装に着替えたハナさんを乗せたストレッチャーを押してやってきた。そのそばに中年の男性、ハナさんの甥が寄り添っている。葬儀社の社員たちがハナさんの遺体をストレッチャーごと後部扉から車内に運びこんでいると、ハナさんの甥が僕の前にやって来た。

「このたびはご愁傷様です。こちらが診断書になります」

僕は硬い声で言いながら、死亡診断書が入った封筒を渡す。受け取った甥は、つむじが見えるほど深々と頭を下げた。

「叔母《おば》が本当にお世話になりました。この病院で過ごすことができてとても幸せだと叔母は言っていました。叔父が亡くなって気落ちしていた叔母が笑顔でいられたのは、皆様のおかげです」

僕が「いえ、そんな……」と言いよどんでいると、すっと院長が一歩前に出た。

「ハナさんの笑顔は、この病院を明るくしてくださいました。この病院で過ごした時間がハナさんにとって幸せであったなら、とても嬉しいです」

院長はかすかな笑みを浮かべる。甥はもう一度「本当にありがとうございました」と頭を下げると、振り返って駐車場に停めてある自分の車へと向かっていった。ハナさんの遺体を乗せた車が発進し、それを甥が運転する車が追っていく。僕たち医療スタッフは、頭を下げて車を見送った。

やがて二台の車が見えなくなると、僕たちはゆっくりと頭を上げる。看護師たちが緩慢な足取りで次々と院内に戻っていく。あとに続こうとした僕の足が止まった。

ここからはなんとか一部だけ見える三一二号室の窓から、ユカリさんが身を乗り出していた。おそらくはハナさんを見送っていたのだろう。

僕はユカリさんから視線を外し院内に入る。

全身の関節が錆びついたかのように体が重かった。

「診察……終わりました」

声をかけると、ユカリさんはベッドの上で気怠そうに上半身を起こす。

ハナさんの見送りが一段落したことで、病院は通常業務に戻っていた。僕もいつものように、三階の患者の回診を行い、最後のユカリさんの部屋にやってきていた。

普段と違うことといえば、三一一号室にハナさんがいないこと。そして、昨日まで気の置けない友人のように接していたユカリさんとの間に、居心地の悪い空気が漂っていることぐらいだ。

聴診器を首にかけながら、横目でユカリさんを見る。なにか声をかけるべきか迷っているうちに、ユカリさんが先に、いつもより血色が悪い唇を開いた。

「今朝のこと、怒っている？」

「……怒ってなんていません。ハナさんはDNRだった。ユカリさんが正しかったんですから」

「でぃーえぬあーる……？」ユカリさんは虚《うつ》ろな目を向けてくる。

「万が一、心肺停止状態になったときには人工呼吸とか心臓マッサージなどの蘇生を行わないで、自然に任せてほしいっていう意思表示ですよ」

「ああ、あれかぁ。そう言えば、入院するとき確認されたっけ」

「なんて答えたんですか？」

反射的に訊ねてしまった僕は、デリカシーに欠けた質問を後悔する。ユカリさんの顔に、どこまでも痛々しい笑みが浮かんだ。それだけで十分だった。

「ハナさんが蘇生術に同意していないこと、知っていたんですね」

「ううん、知らなかった」

「……じゃあ、なんで僕を止めようとしたんですか？」

冷静に訊ねようと思うのだが、どうしてもわずかに詰問調になってしまう。

「自分でもよく分からないけど……」ユカリさんは言葉を探すように視線を彷徨わせた。「ハナさんと話していると、いつも亡くなった旦那さんとの思い出話になったの。そして、最後に話はこう終わる。『私も早く主人のところに行きたいんだけどねえ』って」

たしかに僕も、そのフレーズは何度も聞いていた。

「私、ハナさんがうらやましかったの。人生でやるべきことはやって。あとは穏やかに『死』を待つだけなんて。私はまだやりたいことがいっぱいある。やりたいのにできないことが……」

ユカリさんは窓の外に視線を送る。

「それにハナさん、こうも言っていた。『でも、あんまり汚い死に方をするのは嫌だねえ。主人に会ったときに嫌われちゃうかもしれないから』って」

無理に命を長引かせることなく、綺麗な姿のまま先に逝った夫の元に行きたい。それこそがハナさんの願いだった。僕はそれを理解していなかった。僕が奥歯を噛みしめていると、ユカリさんが「けど……」と蚊の鳴くような声でつぶやいた。

「けどたぶん、私はハナさんのために、ウスイ先生を止めたんじゃない」

「……どういう意味ですか？」

「あのとき外でなにか騒ぎになってる気配で目が覚めて、廊下に出たの。そうしたら、師長さんがハナさんの部屋から飛び出してきた……」

天井を見つめるユカリさんの目は、白昼夢を見ているかのように虚ろだった。

「部屋を覗き込んだら、ウスイ先生が必死にハナさんの治療をしようとしていた。

けど私にはそれがハナさんじゃないように見えたの」

「ハナさんじゃないなら、誰が急変したと思ったんですか」

「私よ」ユカリさんは焦点の合ってない目を僕に向ける。「死にかけている私を、ウスイ先生が必死に助けようとしている気がした。そして気が付いたら、ウスイ先生を必死に止めていたの」

「なんでそんなことを？　まだやりたいことがいっぱいあるんでしょ」

ユカリさんは答えない。重い部屋の空気を潮騒がかすかに揺らしていた。

「……三千六十八万円だったよね？」

ユカリさんが沈黙を破る。僕は「え？」と聞き返した。

「ウスイ先生の借金の総額。そのお金さ、私が払ってあげようか？」

「なにを……言っているんですか？」

「私、お金を持っているけど、このままじゃ、ほとんど会ったこともない親戚にもっていかれる。だから遺言状を書いて、私が死んだら三千六十八万円をウスイ先生に渡るようにしてあげようか。ここで私とのお話に付き合ってくれたお礼として」

「……本気で言っているんですか？」声が震える。

「もちろん本気。もっと多く遺した方がいい？　妹さんの学費とか必要に……」

「ふざけないでください！」

怒声が部屋の壁を揺らした。怒りが理性を飲み込んでいく。

「僕は物乞いじゃない！　金が欲しいから机を借りて、この部屋に来ていたんじゃありません！」

「わ、私は別にそういうつもりじゃ……」ユカリさんの顔に激しい狼狽《ろうばい》が浮かぶ。

「じゃあ、どういうつもりなんですか。話し相手をしたから大金をめぐんであげる？　そんなに、金持ちって偉いんですか？　貧乏でもプライドがないわけじゃない。この状況から抜け出すために必死に努力しているんです！」

僕は荒い息をつく。腹に籠もっていた熱が空気と一緒に吐き出されていく。怒りの嵐が凪《な》いだあと、心は鉄のように冷たく、そして硬くなっていた。

「申し訳ありません、大きな声を出して」

無味乾燥な謝罪をした僕は出口へと向かう。ユカリさんが呼びとめようとする気配を感じたが、足を止めなかった。

「今後は机を貸していただかなくて結構です。それでは失礼いたします」

扉の取っ手を掴みながら慇懃無礼《いんぎんぶれい》に言うと、僕は振り返ることなく部屋を出た。

5

重低音が内臓を震わせる。右手に持っていたボールペンを机の上に放ると、僕は頭を抱える。目の前には英文の問題集が開かれているが、この二時間余りほとんど進んでいなかった。

ハナさんを見送ったあの日から三日が経っていた。この葉山の岬病院での実習も二週間が過ぎ、すでに折り返し地点に来ている。この三日間、僕は午後にユカリさんの部屋を訪れることはなく、一通りの仕事を終えた後はこの六畳ほどの狭い控室で勉強をしている。しかし、窓の外に設置された巨大な室外機が生み出す騒音と振動で、全く集中できなかった。

いや、それだけが原因じゃない。僕は乱暴に頭を掻く。勉強が進まない理由は分かっている。脳裏に、縋りつくような表情で見上げてくるユカリさんの姿がよぎる。

「今日は午後、部屋に来る？」

僕が午後に病室を訪れなくなってからというもの、回診で診察を終えると、ユカリさんはそう訊ねてくるようになっていた。それに対して、僕は「分かりません」と目を逸《そ》らし続けた。

「悪いのはユカリさんだ。僕じゃない」

口から漏れた弱々しい言葉が、室外機の騒音にかき消されていく。

ユカリさんに対する怒りはいまだに体の奥深いところで燻《くすぶ》っている。しかし、時間が経つにつれ、なぜ自分があそこまで激昂《げっこう》したのか分からなくなっていた。

ユカリさんの言動に金持ちの驕《おご》りを感じたため？　馬鹿にされたように感じたから？　たしかにそれはある。けれど、それだけが原因だとは思えなかった。

自らの感情の根源がなんなのか分からないもどかしさが、神経を毛羽《けば》立《だ》たせる。

僕は机に両手をついて勢いよく立ち上がった。少し気分転換をしよう。

控室を出て廊下を歩いて行く。この病院の一階にはビリヤード台やダーツ機が置かれたプレイルームや、小さな図書室、暖炉があるリビングルームまで備わっている。

これだけ金をかけているんだから、控室に防音設備ぐらいつけておいてくれよ。心の中で愚痴《ぐち》をこぼしつつ廊下を進むと、僕は中庭へと続くガラス扉に手をかける。少し外の空気を吸いたかった。

屋外の清冽な冷気が肌を刺す。細く吐いた息が白く凍《こお》った。

最近は暖かい日が続いていたが、今日は二月らしく厳しい寒さだった。散策している患者の姿は見えない。中庭の中心にある泉までまっすぐに進むと、その前で深呼吸を繰り返す。体に溜まっていた熱が希釈《きしゃく》されていく。風に乗って霧状になった噴水の水が顔に吹きかかる。目を細めて頬を拭った瞬間、後頭部に衝撃が走った。

慌てて振り返ると、いつの間にか背後に、ショートカットの髪をオレンジ色に染めた細身の女性が、平手を振りぬいた体勢で立っていた。

「いきなり、なにするんですか？」

「なにするんですか、じゃない！」

頭を押さえる僕を、オレンジ髪の女性、ユウさんは怒鳴りつける。その剣幕に気《け》圧《お》され後ずさると、首を傾けたユウさんが睨《ね》め上げてきた。

「あなた、なんでここにいるのよ？　いまの時間はユカリさんの部屋で勉強しているはずでしょ。まあ、なにがあったのかは全部聞いているけれどさ」

「……ユウさんには関係ないでしょ」

「関係ないわけない！」ユウさんは再び怒声を上げる。「ユカリさんは私の恩人なの。こんな病気になって、怖くてなにもできなくなっていた私を救ってくれたのがユカリさんなのよ」

先日見た『朝霧由』と記されたカルテの内容を思い出す。いつ破裂し、命を奪うかも分からない巨大脳動脈瘤を患っているユウさん。同じように頭の中に『爆弾』を持つ仲間であるユカリさんの存在があったからこそ、彼女は前向きになれた。そういうことなのだろう。

「この二、三日、午後にユカリさんの部屋へ行っていないんだってね」

「……そんなの僕の勝手でしょ」

顔を背《そむ》ける僕の白衣の襟を、ユウさんは両手で摑んで引きつけた。

「勝手じゃない！　ユカリさんがどんなに傷ついているか分かっているわけ？　この病院は患者の希望を叶えてくれるんでしょ。それなのに、あなたのやっていることは全然違うじゃない！」

「あんな侮辱されてヘラヘラしていられませんよ」僕はユウさんの手を振り払う。

「侮辱？　ユカリさんが馬鹿にするために、借金を払ってあげようとしたと思っているの？」

「意識してとは思いません。けれど、無意識に馬鹿にしているんですよ。そうじゃなきゃ、金を恵んでやるなんて発想にならないでしょ！」

「恵んで……？」ユウさんの目がすっと細くなる。「本気で言っているわけ？」

「違うっていうんですか？」

「全然違うわよ」

ユウさんは僕の目を覗き込んでくる。ユカリさんに似た大きな目。

「ユカリさんにはね、なにもなかったの」

さっきまでと違い、淡々とした口調でユウさんは語りはじめる。

「部屋に籠もって、ただ絵を描くだけの毎日。『爆弾』が破裂するまでの時間を、ただ無駄に浪費するだけの日々。その中に、あなたが現れた」

「僕が……」

「あなたにとっては単に机を借りただけかもしれないけど、ユカリさんにとっては大きな変化だった。あなたと過ごす時間、それがユカリさんには、すごく新鮮で楽しかったの。だから、退屈な毎日を変えてくれたあなたに、お礼がしたかった」

「それが借金を払うことだっていうんですか？」

「じゃあ、どうすればよかったの？」

質問を返され、即答できない僕を見て、ユウさんは呆れ顔になる。

「それがユカリさんにできる唯一のお礼だったのよ。たくさんお金を持っていても、それを使うことはできない。だから、自分が死んだら、あなたを縛っている借金を消してあげようと思った」

「縛っている？」と眉間にしわを寄せると、ユウさんは皮肉っぽく口角を上げた。

「あなたは頑張って医者になった。これから普通に働けば、そんなにすごい贅沢はできなくても、借金を返して、家族を養っていくことぐらいできる。けれどあなたは、可能な限りの収入を得ようと、目を血走らせて勉強しているんでしょ。体と心を壊しかけてまでしてね。どうみても貧乏であることに縛られているじゃない。まあ、実際に縛られているのは、それだけじゃないみたいだけど」

含みのあるユウさんの口調が癪に障る。

「なんですか？　言いたいことがあるならはっきり言ってください」

「私が言いたいのは、そうやって雁字搦めになっているあなたは、正直痛々しいってこと。だからユカリさんはあなたを解き放つために、お金を遺そうと考えた。いまのユカリさんにとって単なる通帳上の数字であるお金が、そうすることで初めて意味を持つから」

そこで一息言葉を切ったユウさんは、目を閉じて付け足した。

「あと、ユカリさんの命もね」

「……どういう意味ですか？」

「私やユカリさんぐらいの年で、『死』を宣告されるってどういうことか分かる？」

夕陽で紅く染まった空を仰ぐユウさんの前で、僕は答えに詰まる。

「分かんないよね、これぱっかりは経験してみないと。最初は信じられないし、怖いし、ショックだしでパニックになる。けど、落ち着いてくると、なんというか……、ただただ虚《むな》しくなるのよね。自分の人生が無意味だったんじゃないかって」

「無意味……」

「そう。病気になる前は八十歳くらいまでは人生があると思っていた。だから大学まで出て、就職した。そのうち運命の人を見つけて結婚、出産、育児、そうやって年を重ねていって、最期は家族に見守られて……。そんな一生をイメージしてきたのよ。けど、その未来が一気に消え去った。それまでの苦労とか努力が全て無意味になる。自分の人生ってなんだったのって思うのも当然でしょ」

ユウさんはおどけるように肩をすくめる。

「だから、私たちは慌てて新しい人生の意味を探すの。残された時間で、なにかを遺したい、なにか意味のあることがしたいってね。ユカリさんにとってそれが……」

「……僕を解き放つことだった」僕は呆然とユウさんの言葉を引き継ぐ。

ユウさんは微笑むと、「よくできました」と僕の頭を撫でた。

ユカリさんのあの提案には、そこまでの想《おも》いが込められていた。それなのに僕は……。顔から血の気が引いていく音が聞こえる気がした。

「けどさ、実はウスイ先生が激怒したって聞いて、私、少し嬉しかったんだ」

「どういうことですか?」

「だって、お金がないことを揶揄《やゆ》されたぐらいで、普通、患者に対してそこまでキレたりしないでしょ。これまでの人生で、お金についての嫌な思いはたくさんしてきただろうしさ」

「……ユウさんはなんで僕がこんなに苛《いら》ついているか、分かるんですか」

「やっぱり、分かってなかったんだ」ユウさんは指先で僕の頰を撫でた。「ウスイ先生はね、ユカリさんが死ぬことで利益を得ることが赦《ゆる》せなかったのよ。あの提案を受け入れることが、自分がユカリさんの死を望んでいるように感じられたの」

ユウさんは手を引く。夕陽がユウさんの横顔を淡い紅色に照らしていた。

「あなたはユカリさんに生きて欲しかったのよ」

胸の奥で硝子が割れるような音が響いた。

そうだ。だからこそ、僕はあのとき激昂した。

「ねえ、ウスイ先生、今日はなんの日か分かる？」

「え？　なんの日……？」

「これだから、男は」ユウさんはこれ見よがしにため息をつく。「今日、ユカリさんの回診をしたときになにか言われなかった？　ほら、思い出して」

ユウさんに促され、今朝の回診を思い出した僕は、はっと顔を上げた。

事務的に診察をして部屋を出ようとしたとき、ユカリさんに弱々しく声をかけられた。「今日、よかったら、帰る前に少しだけでいいからここに寄ってもらえないかな？」と。

「思い出した？　ユカリさんね、お詫びをしようとしていたのよ。いいものを用意してね」

「いいもの？」

「行けば分かるって。ほら、ぼさっとしていないで」

　ユウさんは僕の背中を強めに叩いた。僕は「ありがとうございます」と頭を下げると、小走りに中庭を横切り院内に戻る。背後から「世話が焼けるね」というユウさんの声が追いかけてきた。

　三階まで駆け上がり、ユカリさんの病室の扉をノックした僕は、返事を待たずに扉を開く。

「ユカリさん」

　声を張り上げて室内に入る。しかし、室内にユカリさんの姿はなかった。

「ユカリ……さん？」

　洗面所にいるのかと思って再び名前を呼ぶが、やはり返事はない。そのとき、白衣のポケットの中で院内ＰＨＳが電子音を奏でた。

　なんだよ、こんなときに。僕は顔をしかめつつ電話に出る。

『碓氷先生、すぐに一階の廊下に来てください！』

　女性の金切り声が聞こえてきた。そのただならぬ様子に、僕は両手でＰＨＳを持つ。

「なにがあったんですか?」

『ユカリさんが倒れて痙攣を……』

　手から滑り落ちたPHSが床で跳ねる前に、僕は身を翻した。部屋を出て廊下を走り、階段を駆け下りていく。一階に着いた僕は、せわしなく左右を見回す。廊下の奥、図書室の前辺りに二人の看護師、そしてユウさんに取り囲まれて、空色のワンピースを着た女性が倒れていた。

「状況は!?」駆け寄った僕は声を張り上げる。

「分かりません。急に倒れて痙攣を」

　若い看護師が上ずった声で報告する。ハナさんが急変したときにもいた看護師だった。僕は、「救急カートを!」と指示を出しつつユカリさんの傍らに跪く。中年の看護師が慌てて離れていくのを視界の隅で確認しつつ、僕はユカリさんを観察する。

　細くしなやかな手足が溺《おぼ》れているかのように大きく動き、見開いた目の焦点が合っていない。固く食いしばった口の端からは白い泡が零れていた。てんかん発作による全身強直性痙攣《きょうちょくせいけいれん》だ。

　脳腫瘍や脳卒中後遺症を患っている患者がてんかん発作を起こすことは珍しくな

い。脳内の病変部から生じた異常な電気刺激がなにかの拍子に拡散し、脳全体の神経を発火させるのだ。ユカリさんの頭に埋まった『爆弾』、そこから零れた火花が脳神経をショートさせている。

僕はユカリさんの首筋に触れる。指先にはっきりと頸動脈の拍動が伝わってきた。血圧は保っている。けれど、呼吸は……。

「ねえ、ユカリさん大丈夫なの？」ユウさんが、震え声で訊ねる。

僕が答えられないでいると、中年看護師が救急カートを押して戻ってきた。

「ジアゼパム！　鎮静剤を！　早く！」僕は喉を嗄らして叫ぶ。

看護師は手早くガラス製のアンプルの中身を注射器で吸い取ると、それを僕に渡す。僕は注射針を覆うプラスチックカバーを噛んで外すと、左手でユカリさんのワンピースの襟を掴み、力任せに引いた。生地が破れ、肩から胸元にかけて、新雪のように白い肌が露《あら》わになる。華奢なその肩に注射針を突き立てようとした瞬間、若い看護師が「待って！」と声を上げた。

「なんですか！」僕はくわえていたプラスチックカバーを吹き捨てる。

「ユカリさんはＤＮＲだったはずです。あの……、治療してもいいんでしょうか？」

注射器を構えたまま、僕は硬直した。ハナさんが亡くなった際の記憶が頭をよぎる。

あの日、心肺停止したハナさんに、ユカリさんは自分を重ねた。そして、蘇生処置をしないよう、僕に鬼気迫る態度で詰め寄った。

このまま発作を放置すれば、ユカリさんの命の灯火《ともしび》は消えてしまうかもしれない。けれど、それがユカリさんの意思だとしたら……。

身を裂かれるような葛藤に責め立てられ、僕は唇を強く噛む。そのとき、ユカリさんの姿が脳裏をよぎった。哀しげに窓の外を見ながら、「私はまだやりたいことがいっぱいある。やりたいのにできないことが……」とつぶやいた姿が。

僕はユカリさんの肩に注射針を突き立てると、鎮静薬を一気に押し込んでいく。

「碓氷先生、いいんですか⁉」

「DNRは心肺停止状態での蘇生を拒否する意思表示です。ユカリさんの心臓はいまもしっかり拍動している。DNRには当たりません。全責任は僕が取ります。なにか問題がありますか？」

若い看護師は弱々しく「いえ、そういうことでしたら……」と視線を外した。

「ウスイ先生、ユカリさんが！」

ユウさんが声を上げる。見ると、ユカリさんの体の痙攣が次第に弱くなっていった。大きく振られていた四肢の動きがおさまり、苦しそうに歯を食いしばっていた表情が穏やかになっていく。

「ストレッチャーを持ってきてください。このまま病室に運んだあと、点滴ラインを取って、再痙攣しないように鎮静剤を追加投与します」

看護師たちは頷くと、ストレッチャーを取りに離れていった。

「ユカリさん……、大丈夫?」

床に落ちた紙袋を拾い上げながら、ユウさんが訊ねてくる。

「大丈夫、問題ないですよ」

「よかった。本当によかった……」

ユウさんが両手で顔を覆うのを横目に、僕は血の気が引いたユカリさんの頬に手を伸ばす。

掌にユカリさんの体温が伝わってきた。


長いまつ毛がピクリと動いた。瞼がゆっくり開いていく。

「気が付きましたか?」

間接照明に淡く照らされた室内。ベッドわきに置いたパイプ椅子に腰掛けた僕が声をかけると、ユカリさんは首だけ動かしてこちらを見る。

「ウスイ先生？　あれ、私……？」

「一階の廊下で痙攣発作を起こしたんです。治療の影響でかなり眠っていました」

僕は壁時計を指さす。その針は午後十一時過ぎを指していた。

「ウスイ先生は、ずっとここに？」

「ええ、僕はユカリさんの担当医ですから」

「……そうなんだ」ユカリさんは橙色《だいだい》に照らされた天井を見上げる。「まだ私、生きているんだ」

無色透明なそのセリフに、僕は膝の上に置いた拳を握りしめる。

「僕の判断で治療させてもらいました」

「もし、治療しなかったら、私はどうなっていたの？」

「脳に大きな障害を負ったかもしれないし、呼吸が止まっていたかもしれません」

「死んでいたかもしれないってこと？」

「……ええ、そうです」

僕は頷くと、ユカリさんは数秒黙り込んだあと、僕に視線を向けた。

「なんで助けたの？　蘇生は必要ないって意思表示はしていたはずなのに」

「僕が駆けつけた時点で、心肺停止状態ではありませんでした。それに、ユカリさんはまだ死ぬべきじゃない。死んじゃいけないと思ったからです」

「死ぬべきじゃない？」ユカリさんの目付きが鋭くなった。「誰がいつ死ぬべきかなんて、なんでウスイ先生に決められるの？　医者ってそんなに偉いわけ」

「そんなことはありません」僕は首を横に振る。

「じゃあ、なんで私が死ぬべきじゃないなんて言えるのよ？」

「これまで、ユカリさんを見てきたからです」

　ユカリさんは「私を見てきたから？」と眉をひそめる。

「ユカリさんはハナさんとは違います。まだ生きてやりたいことがたくさんあって、それを毎日絵に描いている。そんな人を見捨てるわけにはいきませんでした。それに僕は……」

　一瞬ためらったあと、僕はその言葉を口にする。

「僕はユカリさんに死んでほしくなかったんです」

　ユカリさんは目を見開いた。やがて僕を見るその顔に、皮肉っぽい笑みが広がっていく。

「私に死んでほしくなかったって、完全に私情じゃない？」

「それは……」

「たしかにさ、私にはまだやりたいことがいっぱいある。けど、無理なんだってば」

「そんなことありません。きっと、できることがありますよ」

ユカリさんは「分からず屋なんだから」と苦笑を浮かべると、僕に向かって右手を伸ばした。

「それじゃあ、これでおあいこってことにしない？」

「おあいこ？」

「そう、この前、私が失礼なことを言ったことと、今日ウスイ先生が私の希望を無視して治療したこと。これでおあいこ。仲直りってことでどう？」

「いい取引ですね。それ」

僕はユカリさんの小さな手を握りしめる。ここ数日、全身の細胞を冒していた濁りが洗い流されていくような心地がした。

「あっ、そうだ。紙袋」握手を終えたユカリさんは、せわしなく辺りを見回す。

「ああ、それならナイトテーブルの抽斗《ひきだし》に入っていますよ。ユウさんがしまってくれたんです」

ユカリさんはベッドから身を乗り出して抽斗を開けると、安堵の息を漏らした。

「なにが入っているんですか？　そもそも、なんで一階にいたんですか？」

「はい、これ」ユカリさんは紙袋を差し出してくる。「この前、怒らせちゃったから、お詫び」

「お詫び？」

受け取った袋の中には、リボンのかかった小さな箱が入っていた。僕は凝ったデザインの箱を取り出すと、リボンを外して蓋を開ける。

「これって……」薔薇《ばら》や蝶《ちょう》、月、星などをかたどった小さな塊《かたまり》が入っていた。

「そう、チョコレート。今日ってバレンタインデーでしょ。よかったら食べて」

僕はようやく今日が二月十四日であることを思い出した。

「ど、どうもありがとうございます」

「でも、あくまで義理チョコだから勘違いしないでね。爛れた先生とは恋愛できないから」

ユカリさんは小悪魔的な笑みを浮かべる。

「その『爛れた先生』っていうの、もうやめてもらえませんか」

僕は頬を引きつらせながら、薔薇の形をしたチョコレートを頬張る。口の中でトロリと溶けたチョコレートが舌を包み込む。上品な甘みと、爽やかな苦みが口腔内に広がっていった。

「どう、美味しい？」ユカリさんが顔を覗き込んでくる。

「ええ、美味しいです。甘くて、少し苦くて」

「甘くて苦い……。それってなんか、人生みたいね」

ユカリさんは僕が手にしているチョコレートの箱から一粒つまんで、口の中に放り込んだ。

「そうですね。人生みたいですね」

僕たちは黙って、人生に似たビターな味を堪能《たんのう》する。

「やっぱり、今日、死ななくてよかったかも」不意にユカリさんがつぶやいた。

「さっき死んでいたら、ウスイ先生と仲直りできないままだったから。ウスイ先生だって嫌でしょ。自分にチョコを届けに来る途中で死なれたりしたら」

「ユカリさんが一階に下りたのって、僕にチョコを届けるためだったんですか？」

「うん。ウスイ先生の控室に行こうとしたところまで覚えているんだけど」

「図書室の前辺りで倒れていました」

「ああ、そうなんだ。……なるほどね」

なにが「なるほど」なのだろう？　疑問に思うが、ユカリさんはそこで口をつぐんでしまった。僕は横目で壁時計を見る。すでに時刻は午後十一時半を過ぎていた。

「じゃあ、そろそろ僕はお暇しますね。あとのことは夜勤の看護師にしっかり指示を出してありますから、安心して休んでください」

立ち上がろうとすると、ユカリさんが僕の白衣の裾を握った。

「もう少し……。もう少しだけでいいから、ここにいてくれないかな」

「どうかしました?」僕は再びパイプ椅子に腰掛ける。

「……怖いの」ユカリさんは顔を伏せると、蚊の鳴くような声で答えた。

「怖い? 発作がですか? 大丈夫ですよ。点滴で予防薬を投与してありますから」

ユカリさんは「そうじゃない」と弱々しく首を左右に振る。

「死ぬことが……、消えちゃうことが……、すごく怖い」

ユカリさんの縋りつくような眼差しが僕を捕らえる。

「昼は平気。けど、夜、ベッドで波の音を聞いていると、堪《こら》えきれないぐらい怖くなるの。波音が頭の中に響いて、脳が……『自分』が少しずつ崩れていくような心地になる」

ユカリさんは痛みに耐えているような表情を浮かべる。

「いま、『私』は間違いなくここにいる。ここに存在している。こんな言い方すると陳腐《ちんぷ》かもしれないけれど、『魂』みたいなものが体の中にあるのを感じ取れる」

胸の前でユカリさんは両手を重ねた。

「けど、死んじゃったら、この『私』がどうなるのか分からない。体を離れてどこかに行っちゃうのか、それとも……シャボン玉が割れるみたいに消えてなくなっちゃうのか」

　ユカリさんは自分の体を抱きしめるように両手を回す。僕は一瞬躊躇したあと、おずおずとその華奢な肩に手を添えた。細かい震えが掌に伝わってきた。

「なにも考えられなく、感じられなくなる。『私』が完全に消えちゃって、時間だけがずっと過ぎていく。それを想像すると怖くて怖くて、どうしていいか分からなくなっちゃうの」

　悲痛な声色で言うと、ユカリさんは潤んだ目で僕を見つめる。

「そんな怖い思いをこれ以上するのは耐えられない。だから、もし私の心臓が止まったら、助けないでそのまま逝かせて欲しかったの」

「でも、それって……」

「そう、矛盾しているよね。死ぬのが怖いから、早く死んでなにも感じなくなりたいなんてさ。自分でも分かってる。けれど、それが私の正直な気持ち」

　ユカリさんは涙の浮かぶ目元を拭って、大きく息をついた。

「ああ、なんでこんなこと言っちゃったんだろ。誰にも言わずに我慢していたのに。こんな病気になっても飄々《ひょうひょう》と生きる格好いい女を気取っていたのにな」

　冗談めかしながら、ユカリさんは肩に添えられた僕の手に自分の手を重ねる。

「ウスイ先生を前にすると色々話しちゃうんだよね」

　ユカリさんは人工的な笑みを浮かべると、ごしごしと袖で目元をこすった。

「ごめんね、変な話して。吐き出したらなんだかすっきりした。……また明日ね」

ユカリさんは明らかに無理をしているのが分かる口調で僕を送り出そうとする。しかし、僕は立ち上がらなかった。

「寮までの道は暗くて気味が悪いし、寒いんですよね。もうこんな時間ですし、今夜は当直室に泊まろうかな。けど、当直室は狭くて息苦しいんですよ。だから、寝るまでの時間、もし良かったら、話し相手にでもなってくれませんか？」

まだ濡れているユカリさんの目が大きくなる。

「それとも、僕がいると邪魔ですか」

「そんなことない！」ユカリさんは素早く身を乗り出して、僕の手を握りしめた。

至近距離で僕とユカリさんは見つめ合う。視線が絡み、融け合っていった。間接照明の淡い光に照らされたユカリさんの頬に、赤みが差す。間近にみるユカリさんの顔は、……綺麗だった。僕は息をすることも忘れ、ユカリさんと見つめ合う。

やがて、僕たちは同時に俯いた。

「あの、……すみません」

ユカリさんは耳を澄まさなければ聞こえないほどの声で「ううん……」とつぶやく。すこし居心地が悪く、それでいてどこか暖かい空気が僕とユカリさんの間に広がっていく。温《ぬる》い液体につかっているかのような、不思議な気持ち。

「……ちょっとだけ分かる気がするんです」

　僕がつぶやくと、ユカリさんは「え？」と聞き返した。

「消えるのが怖いっていう、ユカリさんの気持ちです」

　ユカリさんの表情が硬くなる。

「もちろん、ユカリさんとは比較にならないことは分かっています。ユカリさんの気持ちが完全に理解できるなんて無責任なこと、言ったりしません。ただ昔、夜、無性に『死』が怖くて、眠れなくなる時期が僕にもありました」

「……いつ頃の話？」

「医学部に入ってすぐです。一年生のとき、オリエンテーションとして数日間、医師について臨床現場を見学するんです。僕が見学したのは……救急救命部でした」

　語りはじめた僕を、ユカリさんは少し垂れ気味の目で見つめてくる。

「重症患者がひっきりなしに運ばれてきて、毎日、何人もの患者さんが亡くなっていきました。それを目の当たりにして、僕は思ったんです。『ああ、人間って、本当に死ぬんだ』って」

　ユカリさんの目がなにか言いたげに細められる。

「分かってます。人がいつか死ぬなんて子供でも知っていますよね。けれど、知識として知っているのと、本当に人が亡くなるのを見るのじゃ、全然違うんですよ」

「……そうかも。私も病気になるまで、自分が死ぬなんて、真面目に考えたことはなかった」

「だから、怖くなりました。ユカリさんと同じように、自分がいつか消えてしまうことに」

「ウスイ先生は、どうやってそれを克服したの？」

「完全に克服できたわけじゃありません。いまでも、ふと怖くなることがあります」

ユカリさんの顔に、失望の色が浮かぶ。僕は「けど……」と続けた。

「医学の勉強をしていくうちに、少しずつ恐怖が薄くなってきたんですよ」

「どういうこと？」

「人間の身体って物すごく複雑にできているんですよ。ありとあらゆる器官がお互いに影響を与え合いながら働いて、絶妙なバランスのうえに人間は生きている。そのほんの一部が狂うだけで、簡単に生命活動なんて停止する。勉強をしていくにつれ人間が生きていること、生命活動を維持できていること自体が奇跡だ、そう思えたんです」

「奇跡……」ユカリさんはその言葉を繰り返す。

「もちろん、長い年月をかけた進化の結果、その奇跡的なバランスが偶然できあがったっていう考え方もある。けれど僕には、いくら時間をかけても、偶然にこんなに複雑でこんなに……美しい機構ができあがると思えなかったんですよ」

「じゃあ、どうして私たちは生きているの？　どうして私たちはここにいるわけ？」

「僕にも分かりません。けれど、なにかの、誰かの意思が働いている。そんな気がするんです」

「それって……神様ってこと？」内緒話でもするように、ユカリさんは声を潜めた。

「そこから先は哲学というか、宗教の話なんで僕にははっきりした答えがあるわけじゃありません。けれど、僕は『僕』がここに存在しているのには、なにか意味があるって気がしたんです。そして、それ以来、少しずつ怖くなりました。『僕』がいつか消えることが」

「ウスイ先生にとって、その『意味』ってなんなの？」

「いまのところは、必死に勉強して、めちゃくちゃ金を稼ぐことですかね」

「あら、急に俗物的な話になっちゃった」ユカリさんの唇に苦笑が浮かんだ。

「とりあえず借金を返して、家族を楽にさせることができたら、そのあと改めて考えます。『僕』がこの世界にいるもっと本質的な理由をね」

「本質的な理由かぁ」ユカリさんの口から吐息が漏れる。「興味深い話だったけど、

『私』がここに存在していることに理由があるなんて信じられないな。まだ、なにかを成し遂げたわけでもないのに、頭に『爆弾』が埋め込まれちゃったんだからさ。私はこれに怯えて、ただ毎日を過ごすだけ」

ユカリさんはこめかみを人差し指で軽くたたいた。

「……爆弾なら、僕も持っていますよ」

「え?」ユカリさんの眉根が寄る。

「これまでの研修で、若くして事故や病気で亡くなる患者さんを何人も見てきました。その中には、亡くなる直前まで普通に生活していた人も多かった。だから僕は思うんです。どんな人間も『見えない爆弾』を抱えながら生きているって。いつ破裂するか分からない時限爆弾を」

「なら、どうしてみんな平気なの? 私みたいに怯えていないの?」

「ほとんどの人は、それに気づいていないからでしょうね。この国では、人の『死』にリアルに触れる機会が極端に少ないですから」

「でも、ウスイ先生は気づいているんでしょ。その『爆弾』に」

「ええ、けれど無視しています」

「無視?」

「どうやったって爆弾のカウントダウンを止めることはできない。それなら、怯えるだけ損じゃないですか。それに、僕にはやらないといけないことがあります。だから、前に進んでいくことにしたんです。……爆弾を抱えていたとしても」

「ウスイ先生は強いね」ユカリさんは悲哀に満ちた微笑を浮かべる。「私にはできないな、『爆弾』を抱えたまま、前を向くことなんて」

「そんなことありませんよ！」

僕は無意識に椅子から腰を浮かしていた。ユカリさんは軽くのけぞる。

「だって、ユカリさんは毎日描いているじゃないですか、やりたいことを。僕も協力しますから、その中からできることをやっていきましょうよ！」

「……でも、この病院の外に出たら私、襲われるかも」

「大丈夫です。ユカリさんが外出するなら僕もついて行きます。万が一ユカリさんに危害を加えようとしている奴がいても、男が一緒にいたら、そう簡単に襲ったりしませんよ。それに、ユウさんに教えてもらったんです。中庭から寮に抜ける裏道を。そこを使えば、たとえ監視されていても、外出したなんてばれませんよ」

僕は早口で説得する。なぜ自分がここまで必死になっているのか分からなかった。ただ、この病室、ユカリさんが籠もる堅牢な『ダイヤの鳥籠』にひびが入っている感触が、僕を前のめりにさせた。

僕は急《せ》かすことなく答えを待つ。ユカリさんは窓に顔を向けた。月も雲で隠され、外は闇に支配されている。やがて、ユカリさんは外を見たまま口を開いた。

「……明日の夕方、私、行きたいところがあるの」

「それは、病院の外でということですか？」

ユカリさんは僕に向き直り、頷いた。

「ウスイ先生、一緒に行ってくれる？」

「もちろんです。僕はユカリさんの担当医ですから」

「ありがとう。なんか、すごく体が軽くなった気がする」ユカリさんは起こしていた上半身をベッドに横たえる。「けど、そのぶん、瞼が重くなったかも」

「まだ、鎮静剤の効果が効いていますからね。今夜はゆっくり休んでください」

「ねえ、ウスイ先生」ユカリさんは目を閉じると、右手を伸ばしてくる。「私が眠るまで、ここにいてくれない？　そうしたら……怖くない」

「いいですよ。ここにいます」

僕は差し出された手を壊れやすい硝子細工を摑むように、そっと握った。ユカリさんは薄目を開けて、悪戯っぽく微笑む。

「それは担当医として？」

「……ええ、担当医としてです」

「そうなんだ」

含みのある口調でつぶやくと、ユカリさんは再び瞼を閉じる。

小鳥の囀《さえず》りのような寝息が聞こえてくるまで、僕はユカリさんの手を握り続けた。

「大丈夫ですか？」

懐中電灯で辺りを照らしつつ、僕は息を弾ませるユカリさんに手を差し出した。

しかし、ユカリさんは「大丈夫」と僕の手を掴まずに獣道を一歩一歩進んでいく。

翌日の午後七時すぎ、僕たちは病院の中庭から寮のそばへと続く裏道を進んでいた。

「けれど、なんで外出届を出さなかったんですか。ナースに見つかったら大騒ぎになりますよ」

ユカリさんが「内緒で外出する」と言い張ったのだ。どうにか説得を試みたのだが、ユカリさんの意思は固く、最終的には僕が折れることとなった。

僕は急変時に使う薬剤や器具をリュックに詰め込み、看護師に気づかれないように病院から出てきたユカリさんと中庭の隅で合流し、この裏道を進んでいた。

「だって、病院の人たちに内緒でどこかに行くっていうのも、やってみたいことの一つだったの。ウスイ先生、私がやりたいことに付き合ってくれるんでしょ」

ユカリさんは息を弾ませる。

「見つかって、僕が一緒だったことがばれたら、大問題になるんですけど……」

「大丈夫だって。看護師さんに『今日は一人になりたい気分だから、誰も部屋に入ってこないで』って伝えてあるから。九時に夜勤の看護師さんが見回りに来るまでに戻れば問題ないはず」

ユカリさんはやけに明るい声で言う。その様子が僕には、必死に不安を隠そうとしているように見えた。

「それより、この道、まだ続くの？　さすがに疲れたんだけど」

「そこを出れば寮の前の道に出ますよ」

僕があごをしゃくると、ユカリさんは早足で進んでいく。獣道を抜けると舗装された歩道に出た。ガードレールの向こうには、片側二車線の県道が走っている。歩道に立ったユカリさんは、神経質そうに左右を見回す。監視されていないか確かめているようだ。

ユカリさんはセーターの上に襟を立てたロングコートを羽織り、さらにつばの広い帽子をかぶって、その中に長い黒髪を押し込んでいた。変装なのだろう。

まだ七時過ぎなので、交通量が多い。ユカリさんは車道に背を向ける。帽子のつばから覗く表情がこわばっていた。

「大丈夫ですか？」

　僕はユカリさんに寄り添う。外出恐怖症のユカリさんにとって、数ヶ月ぶりの病院外の世界だ。緊張するのも当然だろう。街灯の明かりに照らされた顔は蒼白《そうはく》だった。

「もしきついようなら、今日はここまででも」

「……大丈夫」ユカリさんはか細い声で答える。

　本当に大丈夫だろうか？　迷いつつ、僕は数十メートル先にあるバスの停留所を指さした。

「あそこからバスに乗れますけど。本当に行けますか？」

「……うん」ユカリさんはコートの生地を握りしめた。

　停留所に着くと、すぐに乗客の少ないバスが目の前に停車した。僕は開いた後部ドアから乗車する。しかし、ユカリさんはドアの前で固まっていた。

「お連れさんは乗らないんですか？」運転手が苛立たしげに訊ねてくる。

「あっ、乗ります。ちょっと待ってください。ほら、ユカリさん」

　手を差し出すが、ユカリさんは動かなかった。僕の手を見る瞳が焦点を失っている。

「ユカリさん」

少し声量を大きくすると、ユカリさんは体を震わせ、僕の顔を見上げた。僕はできるだけ柔らかく微笑む。

「大丈夫です。乗りましょう」

ユカリさんの右手が少しずつ上がってくる。僕はその手を強く摑み、腕を引いた。予想よりはるかに軽いユカリさんの体が僕の腕の中に飛び込んできた。

「それじゃあ、出発しますよ」運転手の合図とともにバスが発車する。

「す、すみません」

抱きしめるような形になっているユカリさんから、僕は慌てて離れようとする。しかしその前に、ユカリさんの両手が僕のジャケットを強く摑んだ。

「ユカリ……さん？」

ユカリさんは僕の胸元に埋《うず》めていた顔を上げる。そこには、迷子の子犬のような表情が浮かんでいた。一瞬迷ったあと、僕はユカリさんの体に両手を回す。想像以上に細く、力を籠めれば折れてしまいそうな感触に心臓が跳ねる。お互いに言葉を発することなく、僕たちはバスに揺られ続けた。

「図書館前、図書館前です」

運転手の声が響き、バスが停車する。ものの数分で目的地に着き、前方のドアが開いた。僕はユカリさんの体を支えながら二人分の運賃を払ってバスから降りる。

停留所の前には、前衛的なつくりの建物が鎮座していた。一階部分は全面ガラス張りになっていて、二階より上の部分は幾何学的な模様が彫られている。公立の図書館。ここそが、ユカリさんが指定した場所だった。

「ユカリさん、行けますか？　無理はしないでいいんですよ」

ユカリさんの顔色は、バスに乗る前より明らかに悪かった。吐き気がするのか、胸元を押さえつつユカリさんは図書館を見る。

「大丈夫……。行く……」

とても大丈夫とは思えない口調で、ユカリさんはつぶやく。おそらく、病院からほど近い施設としてこの図書館を目的地に選んだのだろう。それなのに、ここまで消耗するなんて……。

ユカリさんの外出恐怖症は、僕の想像を超えていた。これ以上は危険だ。ここまでにしよう。僕がそう決断しかけたとき、唐突にユカリさんが大股で歩き出した。

「あ、ちょっと……」僕は慌ててユカリさんに追いつき、横に並ぶ。「ユカリさん、今日はもう戻りましょう。いきなり無理をするとよくないですって」

「それじゃあダメなの！　いま帰ったら、なにも意味がないの！」

ユカリさんの足は止まらない。顔は蒼白だが、前を見つめる瞳には強い決意が込められていた。その眼差しに圧倒された僕は口をつぐむと、ユカリさんと並んで進んでいく。館内に入ると、正面に受付があった。

「あの、あと十五分ほどで閉館なんですが」

職員の女性が声をかけてくる。壁時計の針は午後七時四十五分を指していた。

「十五分あれば十分です。行きましょう、ユカリさん」

本を借りに来たわけではない。ユカリさんにとって、図書館まで来られたという事実が重要なのだ。戸惑い顔の職員を尻目に、僕はユカリさんを促す。ユカリさんは緊張を湛《たた》えた表情で頷いた。

新聞や雑誌などが並んでいるロビーを抜けると、四階まで吹き抜けになっている広い空間に出た。一階の中心部分にはデスクが数十台設置され、それを取り囲むように書棚が何重にも並んでいる。

顔を上げると二階から四階部分も同様に書棚が並べられていた。もうすぐ閉館時間だからか、それとももともと利用者が少ないのか、人の姿はほとんど見えなかった。

「行きましょう」

僕は隣に立つユカリさんに声をかける。しかし、答えはなかった。不審に思い隣を窺《うかが》うと、ユカリさんの横顔にこれまでになく強い恐怖が刻まれていた。

あごが震え、上下の歯がカチカチと音を立てている。過呼吸でも起こしたのか、呼吸は浅く早い。背中を曲げ、体を小さく折りたたんでいるその姿は、肉食獣に追い詰められた小動物が、必死に身を隠しているかのようだった。

あまりにも異常な様子に僕が言葉を失っていると、ユカリさんが僕の手を握った。爪が掌に食い込み、鋭い痛みがある。

「……ウスイ先生」かすれ声で、ユカリさんは言う。

「手、握っていて……。さっき、バスに乗ったときみたいに」

「でも、これ以上は……」

「あと少し、あと少しで壊せるの」

「壊れる？　なにが？」

「『ダイヤの鳥籠』、私を閉じ込めている檻《おり》」

ユカリさんは言葉を絞りだすと、胸を張って正面を向いた。

「……分かりました。行きましょう」覚悟を決めた僕は、ユカリさんの手を握り返した。

僕とユカリさんは、一歩一歩踏みしめるように進んでいく。ユカリさんの手にさらに力が籠もる。僕もそれにこたえ、細く柔らかい手を強く握りしめた。

やがて僕たちは足を止める。周囲には勉強用のデスクが置かれていた。

「ここが、この図書館の中心です」僕はユカリさんに微笑みかける。「こここそが、今夜の冒険の目的地、終着点ですよ」

「目的地……、終着点……」

たどたどしくつぶやいたユカリさんは僕の手をそっと離すと、周囲を見回した。ユカリさんの半開きの口から「ああ……」と声が漏れる。その声にはかすかに、歓喜の色が滲んでいた。

つぼみが花咲くように、こわばっていたユカリさんの表情がほころんでいく。

「はは、あはは」桜色の唇の隙間から、幸せそうな笑い声を漏らしながら、ユカリさんは、ゆっくりとその場で体を回しはじめた。

一回、二回、三回、四回と、書棚を眺めては体を回転させていく。遠心力でユカリさんの頭に載っていた帽子が落ちる。黒髪が、ふわりと広がった。その姿はバレリーナが舞っているかのようだった。僕は一歩離れた位置で、そのダンスに目を奪われる。やがて、ユカリさんは回転を止めると、桜色の唇を開いた。

「波……。波の音が聞こえる」

ここも海が近いのだろう。たしかに耳を澄ますと、人気《ひとけ》がなく静まり返ったこの空間に潮騒がかすかに響いていた。ユカリさんが爆弾のカウントダウンにたとえた音。

「きれい……」

　ユカリさんは夢見るような表情でつぶやく。ブラウンの瞳が涙で潤んでいった。

「波の音って……こんなにきれいだったんだ。こんなに心地いい音だったんだ」

　瞳から零れた涙の雫が、ユカリさんの頬を伝っていく。

「爆弾の音が……消えた」

　僕は涙を流すユカリさんを無言で見つめていた。胸が温かい感情で満たされる。

「『ダイヤの鳥籠』は壊せましたか？」

　答える代わりに、ユカリさんは僕の胸に飛び込んできた。華奢な肩が震える。しかし、聞こえてくる嗚咽《おえつ》は、これまでに聞いた哀しみに飽和したものではなく、歓喜に満ち満ちていた。

　胸の奥に溜まった感情をすべて吐き出すように、ユカリさんは泣き続ける。僕はその体に両手を回して抱きしめた。

　バスで感じたような抵抗はおぼえなかった。いまユカリさんは、何ヶ月間も閉じ込められていた檻から解放されたのだ。その喜びをただ味わってほしかった。

　僕はユカリさんの柔らかい黒髪を撫でる。嗚咽が一際大きくなる。

　職員の女性がおずおずと「あの、もう閉館時間なんですけど」と伝えに来るまで、僕はユカリさんを抱きしめ続けた。

図書館を出ると、ユカリさんがバスではなく、歩いて病院へ戻りたいと言いだした。この時間はバスの本数が少ない。ユカリさんの体力がゆるすのなら、反対する理由はなかった。海沿いの道を、僕とユカリさんは並んで歩く。潮の香りが鼻孔をくすぐり、時折、海からの風が首元を吹き抜けていった。

十数分の道のりを進む間、会話はなかった。時々、僕とユカリさんの小指が触れる。それだけで千の言葉より想いを交わしているような、不思議な気持ちだった。

僕は横目で隣を歩くユカリさんを見る。その横顔は、息を呑むほどに美しかった。これまで、伏し目がちだった瞳は強い意思の光を宿し、前を向いていた。長いまつ毛、形よく尖った鼻、薄い唇。街灯の光がそれらを官能的に浮かび上がらせていた。めまいをおぼえた気がして、僕は軽く頭を振る。

僕たちは来たときと同じように、寮のそばにある裏道を使って病院へと戻っていく。病院の中庭にたどり着いて腕時計を見ると、時刻は午後八時四十分だった。なんとか看護師の夜間巡回までに戻ることができた。中庭の中心にある泉の前で、僕とユカリさんは向き合う。

「今日の冒険はいかがでしたか、お姫様」

冗談めかして言うと、ユカリさんは幸せそうに目を細めた。

「夢みたいだった。ううん、夢見ていたことが実現した」

ユカリさんは祈るように胸の前で両手を組んだ。

「心臓が動いているのを感じる。いま、……私は生きてる。やっと、膜が消えた」

「膜、ですか？」

「そう、この病気だって宣告されてから、ずっと私と現実の間に薄い濁った膜が張っていたの。だから、全てがくすんで見えていた」

ユカリさんは空を仰いだ。闇が深いこの辺りは、都市部とは比較にならないほどの星々が輝いていた。天空の中心を淡い光の帯、天の川が横切っている。

「けど、いまは全てが美しく見える。夜空がこんなに綺麗だなんて、これまで気づかなかった」

天球をすべて観察するようにユカリさんは一回転した。

「全部ウスイ先生のおかげ」

「そんなことないですよ。僕は少し手伝いをしただけです」

「じゃあ、今度は私がお手伝いをする番ね」ユカリさんは歌うように言う。

「お手伝い？　なんのですか？」

「決まっているじゃない。ウスイ先生の『膜』を取り去るお手伝い」

「僕の？」

首を傾ける僕に、ユカリさんは哀愁のこもった眼差しを向ける。

「やっぱり気づいていないんだ」

気づいていない？　なにを？　眉間のしわが深くなる。

「なんで私が、病室の机をウスイ先生に貸してあげたか分かる？」

「え、僕が室外機の騒音で困っていたからじゃ……」

「だからって、よく知らない男の人と、午後の時間を過ごそうなんて思わないわよ」

「じゃあ、なんで僕に机を貸してくれたんですか？」

「あなたが仲間だから」

「仲間？」

「そう、初めてあなたの目を見た瞬間に気づいたの。あなたは私の同類だって」

初めてユカリさんと会ったとき、その茶色がかった瞳を見たとき、たしかにどこかで会ったことがある気がした。なにかシンパシーに近いものを感じた。

「僕がどんな目をしていたっていうんですか？」

「うーん、死んだ魚の目？」

酷《ひど》い言われように、僕は絶句する。ユカリさんは慌てて胸の前で両手を振った。

「そんな怒らないで。私も同じだったんだから。あなたの目は、毎朝鏡の中で見る私の目にそっくりだった。未来への希望を失って、惰性で生きている人間の目」

「僕は未来への希望を失ってなんていません。何度も言っているでしょ。僕はアメリカで一流の脳外科医になって、金を稼ぐって」

「それって本当にあなたが望んでいることなの？」

ユカリさんは僕の目をまっすぐに見る。心の奥底まで覗き込まれているような気がした。

「もちろんです！」そう言おうとした。しかし、その言葉は棘《とげ》でも生えているかのように喉に引っかかり、口から零れることはなかった。

「あなたは私を解放してくれた。だから、今度は私があなたを縛っている鎖から解き放つ番」

「僕がどんな鎖に縛られているっていうんですか!?」

思わず声が大きくなってしまい、僕は慌てて口を押さえる。

「……お父さん」ユカリさんが囁く。「きっと、お父さんとの思い出があなたを縛り付けている」

「そんなことありません！　あんな男のこと、なにも気にしていません！　あんな奴……」

声がかすれる。土砂降りの雨の中、親父に抱きしめられた光景が、その感覚が蘇る。

「大丈夫だよ」歯を食いしばり立ち尽くす僕の体に、ユカリさんは優しく両腕を回した。図書館で僕がしたように。「大丈夫だから安心して」

なぜか、一瞬体が軽くなった気がする。そのとき、扉が開く音が響いた。

「誰かいるんですか？」

物音を聞きつけたのか、看護師が懐中電灯を片手に中庭に出て来る。ユカリさんは僕の胸を軽く押して、看護師から死角になる生け垣の後ろに僕を移動させた。

「すみません、私です」

「えっ、ユカリさん。どうしたんですか、こんな時間に」

「ちょっと星を見たくなっちゃって。ダメでした？」

「ダメってことないけれど、夜に外に出るときは念のため教えてくださいね」

「はーい、ごめんなさい。今度から気をつけます」

軽い口調で言うと、ユカリさんは看護師とともに病院に戻っていく。院内に入る寸前、振り返ったユカリさんが艶《つや》っぽくウインクするのを、僕は生け垣の陰からただ眺めていた。

6

「ダージリンティーと、えっと、モンブランってあります？　じゃあ、それを」

ユカリさんがすらすらと注文する前で、僕は慌ててメニューを捲る。無言で注文を待つウェイトレスのプレッシャーに負けて、僕は「ブレンドをお願いします」とつぶやいた。

「かしこまりました。では、メニューをおさげしますね」

ウェイトレスが去っていくと、僕は対面の席に座るユカリさんに湿度の高い視線を向ける。

「そんな急いで注文しなくてもいいじゃないですか。メニュー見るぐらいの余裕ください よ」

「あら、ウスイ先生はゆっくり選んでくれても良かったのに」

「そんなに神経図太くないですよ」

嘆息しつつ大きな窓の外を見る。白い砂浜が広がっていた。

ユカリさんと図書館に行った夜から、すでに四日が経っていた。あの翌日から、ユカリさんは毎日（今度は看護師にしっかりと行く先を告げて）、外出をするようになった。ユカリさんの変化を、病院のスタッフたちは好意的に受け入れたが、つい先日、てんかん発作を起こした患者を一人で外出させるのは危険ということで、外出には医療スタッフの同行が必要とされた。それならと、ユカリさんはその『医療スタッフ』を指名した。患者の希望を第一に考える病院で、その『医療スタッフ』に拒否する権利などなかった。

ということで、この四日間、一通りの病棟業務を終えた午後二時から終業時刻の午後五時まで、僕はユカリさんの外出に同行している。勤務時間内に院外に出ることは躊躇われたが、院長に「これも業務の一環だ」と言われては、従わないわけにはいかなかった。

ユカリさんは病院からさほど離れていない砂浜を歩いたり、ヨットハーバーを見学したり、小さな雑貨屋で買い物したりした。今日は、海岸線を散歩したあと、病院から徒歩で十五分ほどのところにあるこの海沿いのカフェでお茶をするのが外出の目的だったようだ。

ユカリさんはコートをわきの椅子の背にかけるが、帽子を取ることはなかった。それどころか、外出時は常に長い黒髪を帽子に押し込み、さらに伊達《だて》メガネまでかけている。病院を出る際も、正面からではなく、毎回中庭から伸びる裏道を使っていた。まだ、外出時に危害を加えられるかもしれないという恐怖が完全に消えたわけではないのだろう。

「こんな近くでいいんですか？」

目を細めて窓の外を眺めているユカリさんに声をかける。

ユカリさんは「どういうこと？」と小首をかしげた。

「せっかく外出できるようになったんだから、もっと遠出してもいいんじゃないですか。電車を使えば、色々なところに行けますよ」

「いいの、病院の近くで」ユカリさんははにかむ。「こうやって外に出られるっていうだけでも幸せだから。ほら、この辺りの景色って、すごく綺麗なのよね」

「たしかに、綺麗な海ですね」

「泳いだら気持ちよさそう」

「いま泳いだら凍《こご》えちゃいますよ」

「そうよね。泳ぐなら……夏まで待たないとね」

「そうですね……。夏になったらきっと泳げますよ」

ユカリさんの脳に巣くう『爆弾』、グリオブラストーマ。それが夏まで時間を与えてくれる可能性はほぼないだろう。僕は顔に力を込め、表情が歪みそうになるのを耐える。

「お待たせいたしましたー。ダージリンティーとモンブラン、それにブレンドです」

ウェイトレスの軽い口調が、僕とユカリさんの間にわだかまっていたアンニュイな空気を吹き飛ばす。遠い目で窓の外を眺めていたユカリさんは、テーブルに置かれたモンブランを見て満面の笑みを浮かべると、フォークで崩して口に運びはじめた。

「けれど、明日からウスイ先生いないのかー。つまんないなー」

「すみません、明日は母の誕生日なもので」　明後日の日曜には戻ってきますから」

明日、二月二十日は母の五十二回目の誕生日だった。土曜日ということもあって、午前の回診を終えてから実家のある広島県福山市へと帰り、一泊する予定だった。

「お母さんの誕生日じゃしょうがないよね」

つまらなそうにモンブランを崩していたユカリさんの表情が引き締まる。

「それで、ウスイ先生のお父さんの話なんだけど」

飲んでいたコーヒーの苦みが増した気がした。

「またその話ですか？」

この四日間、ユカリさんはなにかにつけて親父の話を聞いてくる。そのたびに、体の奥底から黒く粘着質なものが湧いてきていた。

「ウスイ先生がはぐらかすから、話がなかなか進まないんでしょ」

ユカリさんは桜色の唇を尖らせると、ダージリンティーを一口飲んだ。

「はぐらかしているんじゃなくて、覚えていないんですよ。昔のことだから」

「それは分かるけど、頑張って思い出してよ」

「……できるだけ思い出したくないんです、あいつのことは」

「なんで思い出したくないの？」

「なんでって、当然でしょ。僕たちを捨てて女と逃げた奴ですよ」

「本当にそれだけ？」

「……それだけですよ」

なぜ答えるまでに一瞬間ができたのか、自分でも分からなかった。僕はカップに残る冷めたコーヒーを一気にあおる。べたつくような苦みが口腔内を冒していった。

「それじゃあ、もう思い出さなくていいから、これまでに聞いた経緯について確認させてね」

いい加減にしてくれないかなぁ。僕は辟易《へきえき》しつつ曖昧に頷く。

「まず、ウスイ先生のお父さんは会社を経営していた。けれど、信頼していた経理担当者の横領によってその会社が潰れた。それでいいのよね？」

「ええ、そうですよ」

「そのせいで多額の借金を抱えるようになって、家にはヤクザみたいな男たちが取り立てに来るようになった。そのあと、お父さんは家を出て行方《ゆくえ》知れずになった」

「貯金を全部持ってね」僕は唇を歪めながら付け足す。

「それで、ウスイ先生はお母さんと妹さんと一緒に家を出て、親戚の家に逃げたら、海外からお父さんが送った封書が届いた。そこには女の人と写った写真と、判を押した離婚届、自分はその女の人と暮らすっていう手紙が入っていた」

「はい、……そうです」僕は押し殺した声で答える。

「その後、何度か封書が届いて、中には絵葉書が入っていたけど、それもそのうちに届かなくなった。お母さんは家を売ったお金でなんとか銀行にお金を返すことができた」

「家のローンが残っていたので、借金がなくなったわけじゃないですけどね」

「そして一年以上経って、お父さんは九州の山で滑落して亡くなったのね」

「そうですよ。ひどい話でしょ。僕が親父を恨むのも当然だと思いませんか。それの一体なにが気になるんですか？」

「違和感があるのよね。お父さんの行動が腑《ふ》に落ちないというか。それに……」

ユカリさんは意味ありげな視線を送ってきた。

「本当に、ウスイ先生ってお父さんを恨んでいるの？」

「なに言っているんですか！　当たり前じゃないですか！」

声が跳ね上がってしまう。店内にいた客やウェイトレスの視線が僕に集中した。僕は首をすくめ、体を小さくする。

「……すみません、興奮しちゃって」

「ううん、私も気づかいが足りなかった。ごめんね。でも、ただ憎いだけの存在なら、最後になにを言ったかなんて気にならないと思うんだよね」

土砂降りの雨の中、息が詰まるほど強く僕を抱きしめ、耳元になにか囁いた親父。セピア色に変色した記憶がフラッシュバックし、僕は目元を掌で覆う。

「僕はただ、けじめをつけたいだけなんです。けれど、あれからもう十五年も経っているんですよ。そんなこと、できるはずがないでしょ」

投げやりに言うと、ユカリさんはテーブル越しに身を乗り出してきた。

「このままだと、ずっとお父さんの呪縛から逃れられないわよ」

べつに、僕は親父に縛り付けられてはいない。少し気になっているだけだ。

「じゃあ、いったいなにをすればいいっていうんですか？」

投げやりに言うと、ユカリさんはにっと口角を上げた。

「まずは資料がなくっちゃね」

リュックを背負いケーキ箱を片手にホームに降りた僕は、『福山駅』と記された駅名標を見上げながら背中を反らす。新幹線の狭い自由席に三時間以上も座っていたので、全身の筋肉が硬くなっていた。

ホームの外を眺めると、駅のすぐわきにライトアップされた福山城が見える。一六二二年に水野勝成《みずのかつなり》によって築城され、その後に再建したものだった。その奥には、市街地の夜景が広がっている。福山市、四十七万人の人口を擁し、広島県では広島市に次いで第二の規模を誇る都市だ。五月には、市のイメージフラワーである薔薇をテーマにした『福山ばら祭』が開かれ、全国から多くの観光客が訪れる。

「もうこんな時間か。急がないとな」

時刻は午後七時を過ぎていた。ここから実家のある鞆《とも》の浦《うら》までも、それなりの距離があるので、もっと早く着きたかった。しかし、午前の回診が長引いてしまい、こんな時間になっていた。

駅を出てロータリーに向かうと、タイミングよく鞆港《ともこう》行きのバスが出るところだった。僕はバスに飛び乗ると窓際の席に腰掛ける。すぐにエンジン音が響き渡り、バスは出発した。

三十分ほど揺られていると、左手に暗い海が見えてきた。小さな造船所がちらほらと建っていて、港には漁船が何艘《そう》もつないである。同じ海沿いでも、ハイソな別荘やお洒落なカフェが散在する葉山とは雰囲気が異なっている。あちらの方が洗練されてはいるのだろうが、僕にはこの生活感に溢れた情景の方が落ち着いた。慣れ親しんだ景色に口元が緩む。

やがて、沖合に二つの島が見えてきた。手前が弁天島《べんてんじま》、そしてその奥の闇の中にこんもりと浮かび上がるのが観光名所の仙酔島《せんすいじま》だ。

空を飛んでいた仙人が鞆の浦周辺の美しい景観に酔いしれ、そのまま海に落ちて島になったという伝説が残るその島には、フェリーで渡ることができる。最近では西日本屈指のパワースポットとして注目されているらしく、多くの観光客が島に渡り、ハイキングなどを楽しんでいた。

バスが終点である鞆港停留所に到着する。バスを降りた僕は、夜の冷えた空気を大きく吸い込む。葉山よりも濃密な潮の香りに、実家に戻ってきたことを実感する。

小さな入り江の向こう側に、鞆の浦のシンボルである石造りの巨大な常夜燈がライトアップされ、闇の中、壮麗に浮かび上がっていた。

「やっぱり、波音はしないな」

二週間以上葉山の岬病院に勤め、太平洋の潮騒に慣れた僕の耳には、瀬戸内海の静けさがやけに物寂しく感じた。僕は実家のマンションへ向かい、歩きはじめる。

常夜燈を中心にした一帯には、歴史ある蔵や町屋などが建ち並んでいる。観光客たちはそこを回り、かつて栄えた港町の風情を楽しむのだ。

江戸時代を彷彿させる町並みを横目に進んでいくと、いたるところに来週から開催される、『鞆・町並ひな祭』のポスターが貼られていた。歴史あるこの街に代々伝わる大量の雛《ひな》飾りを、町全体に展示するという催しだ。五月に行われる鯛網《たいあみ》と呼ばれる伝統漁法の見学と並ぶ、鞆の浦の一大イベントだった。

数分歩いていると観光地の雰囲気は消え去り、辺りは寂れた住宅地へと変化していった。街灯も少ない暗い道を進み、実家のマンションへと到着する。

四階建ての直方体の建物。外壁のコンクリートには染みが目立つ。築四十五年を超えるこの建物は、マンションというより、小型の団地といった様相を呈していた。遠い親戚が所有している物件だが、買い手も借り手もつかず持て余していたため、格安で借りることができていた。

階段で四階まで上がり、外廊下を進んだ僕は、ポケットからキーケースを取り出す。

「ただいま」

玄関扉を開けると同時に、「あ、やっと帰ってきた」と声が響く。

「お兄ちゃん、遅いよ」

妹の恵《めぐみ》がエプロン姿で廊下に仁王立ちしていた。ポニーテールの髪が揺れる。

「悪い。ちょっと仕事が長引いて。母さんは？」

「ダイニングで休んでもろうとる。さっきから何度も料理手伝おうとしてくるけど、自分の誕生日ぐらいゆっくりさせてあげたいでしょ」

「そうだな」僕は手にしていたケーキ箱を差し出す。「ほら、頼まれていたケーキ」

「ありがとう……。って、これ、めちゃくちゃ有名なお店のケーキじゃない？ この前、テレビで特集しとったなぁ。なかなか手に入らんて。なんでこんなもの買えたん？」

「いや、まあせっかくの誕生日だしな」

ケーキ箱をひったくるように奪い去った恵は、廊下を小走りし、扉を開けてダイニングに飛び込んでいった。「ねえ、お母さん。お兄ちゃんがすごいケーキ買《こ》うてきてくれたよ！」という声が聞こえてくる。苦笑した僕は、リュックを下ろすと、その中から取り出したチョコレート箱を冷蔵庫にしまい、恵のあとを追ってダイニングへと向かう。

「おかえり、蒼馬」

ダイニングテーブルのそばに座った母さんが柔らかい声をかけてきた。小学生の頃から、帰宅するたびにかけられた優しい声。実家に戻ってきた実感が体に染み入ってくる。

「ただいま、母さん。誕生日おめでとう」

「もうおめでとうっていう年じゃないけどね。またおばあさんに近づいちゃった」

冗談めかしながら、母さんは幸せそうに微笑んだ。僕は気づかれないように、一瞬だけテーブルに置かれた母さんの手に視線を送る。細い手の甲には、痛々しいあかぎれが走っていた。

この家に引っ越してきてから現在に至るまで、母さんは週に六日、定食屋で朝の仕込みから夕方の片づけまで手伝っている。その給料から、すでに売却した家のローンと生活費、そして僕たち兄妹の教育費を捻出してきたのだ。

きつい労働環境と厳しい財政状況のせいか、母さんは実年齢より老けて見られることが多い。しかし、母さんの口から文句や恨み言を僕は一度たりとも聞いたことがなかった。それが僕には不満だった。自分たちを捨てて逃げた父、なぜあの男のことを悪く言わないのかと。

もうすぐだ。もうすぐ、僕が大金を稼いで母さんを楽にする。これまでの苦労に見合った幸せを得てもらう。僕は内心で決意を固める。

「わあ、なにこのケーキ、チョコレートでできた蝶が載っとる。これ、食べていいん？　なんか、綺麗すぎて食べるのもったいないんだけど」

ケーキ箱を開けた恵がはしゃいだ声を上げている。

「ケーキは最後だろ。冷蔵庫にしまっとけよ。こんな時間だし、早く誕生会をはじめようぜ」

「なによ。こんな時間になったの、お兄ちゃんが遅うなったからだがぁ」

恵は頬を膨らませると、宝石でも扱うように慎重にケーキ箱を両手で持ってキッチンに戻っていく。僕は料理を運ぶのを手伝おうと、恵のあとを追った。

「それじゃあ、カンパーイ」

恵の明るい掛け声とともに、ダイニングテーブルの中心で三つのコップがぶつかる。コップの中でしゅわしゅわと泡立っているビールを、僕は一気に飲み干した。痛みにも似た刺激が喉を滑り落ち、口の中に心地よい苦みが広がる。思わず「はぁー」と声が漏れてしまう。

「やだ、お兄ちゃん。おっさんくさい」

オレンジジュースを飲みながら、隣に座る恵が冷たい視線を浴びせてきた。対面の席の母さんは、舐《な》めるようにビールを飲んでいた。空になったコップに僕がビールを注いでいると、ジュースを飲み干した恵が、物欲しげな視線を浴びせてくる。

「なんだよ？」

「ねえ、ビールってそんなにおいしいの？　一口だけ味見しちゃだめ？」

「ダメに決まってるだろ。お子様は黙ってジュース飲んでろ」

僕は恵から離れた位置にビール瓶を置いた。恵は「ケチ」と頬を膨らませると、皿に盛られた唐揚げを口に押し込む。そんな僕たちのやり取りに、母さんは柔らかい眼差しを向けていた。

お互いの近況などを報告しつつ食事を終えると、ケーキに立てた蠟燭《ろうそく》に火を灯し、照れる母さんを前に兄妹で『ハッピーバースデー』を歌った。僕たちにはやし立てられた母さんは、少し頰を赤らめながら蠟燭の火を吹き消した。

「このケーキ、ぶち美味しい！　神奈川に住んだら、毎日こんな美味しいもの食べれるん？」

目を丸くする恵に、「そんなわけないだろ」と突っ込みを入れたりしつつ、母さんの五十二回目の誕生会はお開きになった。

片づけを手伝おうとする母さんを「誕生日ぐらいはゆっくりして」と説得した僕と恵は、キッチンで並んで食器を洗う。

「そういえば恵、お前チョコ好きだったよな。冷蔵庫にお前用のチョコがあるから、あとで食っていいぞ」

「えっ、嘘!?」恵は手に水が付いたまま、飛びつくように冷蔵庫を開けた。

「あとでって言っただろ」

「これって、さっきのケーキと同じお店のチョコじゃぁ!? 本当に食べてええん?」

「まだ、片づけが終わっていないだろ」

「一粒だけ、一粒だけだから！ お願い！」

恵は拝むように両手を合わせると、チョコを一粒、口の中に放り込んだ。その表情が蕩《とろ》ける。

「たしかにうまかったけど、そんなにか？ それより、さっさと終わらせるぞ。そのあと、全部食べていいからさ」

「全部すぐ食べるなんて、もったいないことできんよぉ！ 一日三個、いや……もったいないから二個ずつ、大切に……」恵は葛藤しつつ皿洗いを再開した。

「なあ、勉強の調子はどうだ？」皿を乾拭《からぶ》きしながら、話を振ってみる。

「うーん、まああってとこかねぇ。一応、模試ではA判定とってる」

高校二年生の恵は、来年、国立大学の薬学部を受験する予定だった。

「そうか。べつに国立にこだわらなくてもいいんだぞ。私立でも授業料は僕が……」

そこまで言ったところで、恵が指先に付いていた水滴を僕の顔に飛ばしてきた。

「なにするんだよ」

「お兄ちゃんは背負いこみ過ぎなんよ。自分の学費ぐらい、奨学金とか使ってなんとかするよ。うちの借金は、お兄ちゃんと、薬剤師になった私の二人で返していこ。そして借金なくなったら、お母さん連れてハワイ旅行でも行くの」

恵はにっと唇の端を上げると、濡れた手で僕の背中を叩く。

「そうか。それはいいな」理想的な未来像に、頬が緩んでしまう。

恵の陽性の性格は、家族の支えだった。親父が消えたとき、恵はまだ二歳。恵に父親の記憶はほとんどなく、自分が捨てられたという認識もない。最初から父親はいないものとして、しっかりと割り切っている。それに比べて僕は……。いまだに親父が出て行った日の記憶に囚《とら》われている自分が情けなくなる。

ふと気づくと、僕の顔を恵がまじまじと覗き込んでいた。

「なんだよ?」

「お兄ちゃんさ、なんかあったん? さっきみたいなこと言うと、いつも『いや、借金は僕が全部返す!』とか、必死に反論しとったのに」

「そうか……?」

「そうよ。大金を稼いで私たちを楽にするって意固地になって勉強しとったんじゃろう。頑張ってくれるんはありがたいけど、正直心配だったんよ。じゃけど、今日はなんかいい顔しとる。神奈川の病院でなにかあったん？」

「なんにもないよ。自然に囲まれてる病院だから、気分転換できたのかもな」

僕の答えを聞いて不満げに眉根を寄せた恵は、急に「あっ」と声を上げた。

「女の人じゃが？　その病院で彼女ができたんじゃろ？」

「そんなわけないだろ！」脳裏を窓際で水彩画を描いている黒髪の女性がよぎる。

「だって、あのお店のチョコとケーキ、お兄ちゃんが選んだとは思えんよぉ。その人のチョイスじゃろ」

鋭い指摘に頬が引きつってしまう。今朝の回診の際、ユカリさんが「ご家族にどうぞ」と渡してきたのだ。以前、妹がチョコレート好きだと言ったことをおぼえていたらしい。一度は固辞したのだが、「一人じゃこんなにたくさん食べられないから、貰《もら》ってくれないと逆に困るんだけど」と眉を八の字にされたので、ありがたく頂戴《ちょうだい》することにした。

「あー、やっぱり彼女ができたんじゃあ」恵が鼻先に指を突きつけてくる。

「違う。そんな関係じゃない」

僕が指を払うと、恵は「じゃあ、どんな関係なん？」と攻め込んできた。

「あの人とは……」

言葉が続かなくなる。ユカリさんとの関係、それをどう説明すればいいのか分からなかった。

「お兄ちゃんがこんなに変わるなんて。冴子《さえこ》さんと付き合っとった頃は、特に変化なかったのに。それってきっと本当の恋よね」

「なんだよ、恋って」背中が痒くなりそうな単語に、思わず顔をしかめてしまう。

「恋は恋だよ。体中に電気が走ってさ、胸が締め付けられて息ができんようになるほど苦しいけど、すごく幸せな気分になるの。お兄ちゃんだって一度ぐらい経験あるじゃろ」

「ないよ。まあ、宝くじにでも当たったら、そんな感覚になるかもな」

かぶりを振る僕に、恵が軽蔑を含んだ視線を投げかけてきた。無視をして皿洗いを続けようとすると、恵は僕の両肩を摑んで自分の方に振り向かせ、「お兄ちゃん」と鼻先が触れそうなほどに顔を近づけてくる。

「真面目な話、その女の人を大切にしないといけんよ。こんな頑固なお兄ちゃんを変えるってことは、その人はお兄ちゃんにとって特別な人なんよ」

思い込みの激しい恵の思い違いを訂正するのが面倒になり、僕は曖昧に頷いた。

恵は満足げな表情になると、わきに掛けてあったタオルで手を拭く。

「お皿、半分は洗ったんで残りはよろしく。私、これから勉強じゃけん。いい、ぜったいにその彼女、他の男に奪われたりしたらいけんからね」

一人でまくし立てると、恵はすぐそばにある自室へと消えていった。

「奪われたらいけん……か」

相手が他の男ならなんとかなるかもしれない。けれど、彼女を奪おうとしているのがグリオブラストーマ、最悪の脳腫瘍では……。

いや、なにを考えているんだ。僕は頭を振る。ユカリさんは患者の一人だ。これから医者として、何万とみていく患者の一人にすぎない。そう、それだけの関係だ。

胸に湧く正体不明の感情から目を逸らしつつ、僕は皿を拭き続ける。一通り皿洗いを終えた僕は、タオルで手を拭きながら、細く長く息を吐いた。

これから、『あること』をしないといけなかった。昨日、カフェでユカリさんから頼まれた『あること』を。しかし、気が進まなかった。僕は目を閉じる。あの雨の日、僕を抱きしめながら親父がなにか囁いている情景が頭に浮かんだ。

僕は覚悟を決めると、ダイニングへと戻っていく。母さんはダイニングテーブルでお茶を飲みながら、僕と恵からのプレゼントとして渡されたストールを眺めていた。

「片づけお疲れ様。恵は？」

「勉強だってさ。まだ試験まで一年あるのに、そんなに根詰めて大丈夫かね」

「あら、あなたの大学受験前なんて、鬼気迫りすぎとって、恵と怯えとったん」

「そこまでだったかな……」

頭を掻きながら椅子に座ると、母さんは「なにがあったん？」と訊ねてくる。

「え？　なにがって……」

「顔に書いてあるわよ。なにか言いにくいことを言おうとしとるってね」

なんで女性はこう勘がいいのだろう。そら恐ろしくなりながら、僕はおそるおそる口を開く。

「……親父のことなんだ」

「お父さんがどうかしたの？」拍子抜けするほどあっさりと、母さんは言った。

「いや……、親父が消えてから送ってきた郵便物って、取ってあるのかなと思って」

「もちろん、取ってあるわよ」

「それって、見せてもらえないかな？」

からからに乾燥した口腔内を唾液で湿らせながら、なんとか言葉を絞り出す。母さんはまじまじと僕の顔を見つめたあと、「こっちよ」と立ち上がった。

なぜ親父からの郵便物が見たいのか、訊かれなかったことに安堵する。僕自身も、なぜこんなことをしなくてはいけないのか分からないのだ。ただ、それらを見て、写真を撮ってくるようにユカリさんから指示を受けていた。

母さんはリビングの奥にあるふすまを開ける。そこに四畳半の和室が広がっていた。きれいにたたまれた布団と小さな鏡台だけが置かれた空間。そここそが、母さんの部屋だった。

部屋に入った母さんは、鏡台の抽斗を開ける。そこには質素な部屋には不似合いな、桐《きり》の箱が置かれていた。母さんは慎重にそれを取り出す。

「お父さんとの思い出は全部この中」

懐かしそうに眼を細めながら箱を開けると、母さんは中から大量の写真や便箋、絵葉書などを手に取り、鏡台の上に置く。写真の中には母さんと親父が並んで写っているものもあった。

一枚の写真に気づき、奥歯が軋みを上げる。やや色落ちした写真、その中では濃い化粧をした派手な顔つきの若い女と親父が身を寄せ合って微笑んでいた。

「なんで……、こんな大切に保管しているんだよ？　親父は僕たちを捨てたのに」

その質問が残酷なものだと自覚しつつも、僕は問わずにはいられなかった。

「きっとね、お父さんがあんなことをしたのには、なにか理由があったんよ」

「若い女と駆け落ちするのに、どんな理由があるっていうんだよ！」

「さあ、どんな理由だったんかねえ……」母さんは親父と若い女の写真を手に取った。「じゃけど、私は知ってるの。この写真と一緒に送られてきた別れの手紙、あれはあの人の本心じゃなかったって」

母さんは僕の顔の前に写真を掲げる。

「だって、ここに写っているお父さん、全然幸せそうじゃないじゃろう」

僕の目には、中年男が若い女の隣で鼻の下を伸ばしているようにしか見えなかった。

「蒼馬には分からんかねぇ？　でも私には分かるんよ。あの人は私にとって……特別な人じゃけん」

なんで自分を捨てた相手を『特別』なんて言えるんだ。僕は唇を噛む。

「母さんは腹立たなかったのかよ。いきなり消えた親父からこんなものが届いて、そのあとも当てつけるみたいに手紙やら絵葉書が送られてきたりしてさ」

「最初はショックじゃったし、腹も立ったわよ。あの人のことを信じられるようになったんは、あっちの家を売って、借金返済のめどがついて落ち着いてから」

「じゃあ、なんでこんなの取っておいたんだよ。普通なら捨てるだろ」

「あら、覚えていないの？」母さんは目を大きくする。「あなたが捨てないでって言ったんよ」

「僕が!?」

「そう。何度目かにあの人から手紙と絵葉書が送られてきたとき、私、癇癪《かんしゃく》を起こして破り捨てようとしたんよ。そうしたら、『葉書を捨てちゃいけん』ってあなたが泣きながらしがみついてきたんよ」

僕はなぜそんなことを？　記憶を浚《さら》っていると、母さんが僕の頬を撫でた。昔と違い硬くざらついた手、けれど温かい手だった。

「ありがとうね、蒼馬。あなたが止めてくれなかったら、私はあの人との思い出を捨てとった」

捨てるべきだったんだ。そうすれば母さんは前に進めたはずだ。もしかしたら、ほかの男と結婚して、いまより幸せになっていたかもしれない。

死んでまで母さんを……、僕たちを縛り付けるな。心の中で罵声を上げながら、僕は鏡台の上に散らばった写真や手紙を箱の中に戻していく。

「これ、二、三十分借りてもいいかな？」

母さんは理由を訊ねることもせず、「どうぞ」と微笑んだ。箱を手にした僕は、部屋を出てリビングを横切り、恵の部屋の隣にある自室に入る。四畳半の和室に、年季の入った勉強机と本棚が置かれただけの質素な部屋。大学に進学するまでの数年間を過ごした懐かしい部屋。

僕は汚れが目立つ机の上に箱の中身を出すと、小さな山となった写真や葉書の中から、親父の失踪後に送られてきたものだけを選別していく。

若い女と写っている写真。ヨーロッパで買ったと思われる数枚の絵葉書と、こちらの神経を逆撫《さかな》でするような女との旅行について記された手紙。僕はジーンズのポケットからスマートフォンを取り出し、それらを一枚一枚撮影していった。

こんなことになんの意味があるというのだろう。ユカリさんの真剣な眼差しに呑まれ、思わず引き受けてしまったが、いまはそのことを後悔していた。

エッフェル塔が写っている絵葉書を撮影しながら、僕は小さく舌打ちをする。切手が貼ってある表側には、『エッフェル塔は観光客が多かった』という、どうでもいい報告が記されていた。

この絵葉書は手紙と一緒に封筒に入れられて送られてきたものだ。わざわざ絵葉書にそんなこと書かなくても、伝えたいことがあれば手紙に書けばいいではないか。そもそもどんな神経をしていたら、捨てた家族に近況を伝えるなどという、非常識なことができるのだろう。

僕は最後の絵葉書を接写で撮影すると、写真や手紙などを箱に押し込んでいく。乱暴に箱の蓋を閉めると同時に、霧のように頭に浮かんでいた親父との記憶も、脳の奥底へとしまい込んだ。

「あら、お帰りなさい」

病室に入ると、セーターにロングスカート姿で窓際に座り、絵を描いていたユカリさんが振り返る。窓の外には小雨がぱらついていた。

「お帰りなさいって、ここ、僕の家じゃないんですけど」

二月二十二日の昼前、昨夜実家から戻ってきた僕はいつものように午前の回診を行っていた。

「実家はどうだった？」

ユカリさんはいつものように、診察のためにベッドに横になる。

「別にどうってことはありませんでしたよ。母も妹も元気でした。あっ、ケーキとチョコレートありがとうございました。ものすごく喜んでいました。特に妹が」

「よかった。喜んでもらえて」

屈託のない笑顔に、一瞬心臓の鼓動が速くなった気がした。僕は軽く胸に手を当てたあと、診察をはじめる。

「問題なさそうですね」

診察を終えると、ユカリさんはベッドに腰かけ、足をパタパタと前後させた。

「それで、約束のものはちゃんと揃《そろ》えてくれた？」

「写真をプリントアウトしてありますよ。けど、あんなもの見てどうするんですか？」

「約束はできないけど、なにか分かるかも」ユカリさんは右手を差し出す。

「……なんですか？　握手？」

「そうじゃなくて、資料持ってきたんじゃないの？」

「ロッカーにしまってありますよ」

「そうなんだ。それじゃあ、お仕事終わったらこの前に行ったカフェに連れて行ってくれない？　そこでゆっくり見たいから。久しぶりに外出もしたいしさ」

ユカリさんは胸の前で両手を合わせる。

「久しぶり？　昨日と一昨日は外に行かなかったんですか？」

「だって、ウスイ先生いなかったじゃない」

「べつに、僕がいなくても外出できるでしょ。看護師にでも同行してもらえば」

「看護師さんじゃ、ウスイ先生みたいにボディガードにはなってくれないでしょ。そもそも、看護師さんたちは忙しいから、そんなことまで頼んだら悪いし」

そんな理由？　僕が唇をへの字に歪めると、ユカリさんは小悪魔的な笑みを浮かべて付け加えた。

「それに、ウスイ先生とじゃなきゃ、外出してもあんまり楽しくないしね」

さっきより強く動揺しつつ、僕は頭を軽く振る。この人は僕をからかって楽しんでいるだけなんだ。あまり真面目にとらない方が良い。

「だから、ずっとこれ描いていたんだ」

ユカリさんは窓際のイーゼルを指さした。そこには画用紙ではなく、キャンバスがセットされていた。描かれている絵のタッチも、普段とは一線を画している。

「油絵ですか？」

僕はまじまじと絵を眺める。そこにはヨーロッパの田舎《いなか》のような街並みが描かれていた。奥に向かって緩やかな上り坂が伸びていて、片側一車線の車道と広い歩道が青々と葉の茂った街路樹で区切られている。歩道の両側には、広い庭をもつ瀟洒な洋館が連なっていた。坂の頂上には雄々《おお》しく枝を広げた大樹がそびえ立っている。

「うん、油絵。久しぶりだから苦労したけど、思ったよりうまく描けたかな。ここね、ちょっと特別な場所なんだ」

「いつもは水彩画だったのに、どうして油絵を？」

「油絵って重ね塗りしたり乾燥させたりで、かなり時間がかかるんだよね。けど、そのぶん色々と表現できるし、保存にも適しているから、プレゼントにはこっちの方がいいの」

「この絵、誰かにプレゼントするんですか？」

「うん、とっても大切な人に」

大切な人。恋人だろうか。はにかむユカリさんを見て、なぜか胸に鋭い痛みが走った。ユカリさんから視線を外した僕は、再び絵を見る。歩道にいる人々の中に、ユカリさんらしき長い黒髪の女性の姿があった。オレンジのショートヘアの女性は、おそらくユウさんだろう。

絵をまじまじと眺めていた僕は、ふと違和感をおぼえる。

「この絵、もう完成なんですか？」

「そうだけど、どこかおかしい？」

「いえ、なにがってわけじゃないんですけど。ちょっと気になるっていうか……」

「なによ。芸術には疎いって言ってたくせに、私の渾身《こんしん》の作品に文句つけるの？」

ユカリさんは目をすっと細める。僕は慌てて「そういうわけじゃ」と両手を胸の前で振った。

「冗談だってば。そんなに焦らないでよ。それで、午後のカフェはオーケー？」

「え、ええ、もちろん。それじゃあ、二時頃に迎えに来ればいいですか」

「うん、楽しみにしてるね」

ユカリさんの声は、少女のように無邪気な期待に溢れていた。

『勝手なことを言っているのは重々承知しているが、これが私の選択だ。どうか理解して離婚に同意してほしい。蒼馬と恵のことを……』って聞いていますか？」

僕は顔を上げ、対面の席でチョコレートパフェをぱくついているユカリさんに声をかける。

「ちゃんと聞いているって。ほら、だから早く続きをお願い」

ユカリさんは左手に持った写真を凝視しつつ答える。その間も、右手のスプーンはせわしなくパフェと口の間を往復していた。

午後になり、一通りの仕事を終えた僕は、約束通りユカリさんと海岸通りのカフェに来ていた。やはりまだ、親戚から命を狙われているという妄想から完全には逃れられないのか、今日も小雨が降る中、足場の悪い裏道を使わざるをえなかった。

先週と同じようにメニューを見ることもせずにパフェを注文したユカリさんは、「それじゃあ、さっそく」と僕が実家で撮影してきた写真を見はじめた。

手持ち無沙汰でいると、「悪いんだけど、手紙の内容読み上げてくれない？　その方が時間節約になるし」とユカリさんが言い出した。かくして僕は親父の手紙を読み上げるという苦行を行う羽目になっている。そこに書かれている身勝手な内容を口に出していくにつれ、濁った感情が胸郭に溜まっていく気がした。

「『……じゃあ、君と子供たちの幸せを陰ながら祈っている』。これでいいですか?」

親父の手紙を読み切った僕は視線を上げる。ユカリさんはパフェグラスの底に残っているクリームを、長いスプーンで必死に掬《すく》い取っていた。

「ユカリさん!」

「あ、ごめんね、パフェなんて食べるの久しぶりだからさ」

「それで、なにか分かりましたか」

「そうね、まず」ユカリさんは親父と若い女が写っている写真を手に取る。「ウスイ先生のお母さんが言うとおり、このお父さんは心からは笑っていない。無理やり笑顔を作っているだけ」

「なんでそう言い切れるんですか?」

「前にも言ったでしょ。私は他人の表情を読むのが得意なの」

そんなの、なんの根拠にもならないじゃないか。

「例えば、いまのウスイ先生は『なんの根拠もないじゃん』って顔している」

的確に胸の内を読まれ、頬の筋肉が引きつってしまう。ユカリさんは得意げに鼻を鳴らした。

「なんにしろ、ウスイ先生のお父さんと、この女性の間に本当の愛はない。それだけはたしか」

僕が「そうでしょうね」と頷くと、ユカリさんは不思議そうにまばたきをした。

「あら、思ったより素直」

「べつに、ユカリさんの勘を信じたわけじゃないです。もともと、男女の間に『本当の愛』なんて存在しないって思っているだけですよ」

「素直じゃなくて、ひねくれてるのか」ユカリさんは嘆息する。

「だってそうじゃないですか。『愛している』なんて言ってるカップルだって、簡単に別れたりするでしょ。男女の『愛』なんて結局、セックスをしたい相手を口説くための口先だけの言葉なんですよ。特に男が言う場合はね」

「体の関係がなくても、その人と一緒にいるだけで幸せ。そういう経験はウスイ先生にはないの？」

「ないですね」僕は即答する。「男女が惹かれ合うのは、子孫を残すために遺伝子にインプットされた本能にすぎないんですよ。それを『愛』なんて言葉で誤魔化していますけど、結局……」

突然、口の中にスプーンが突っ込まれた。クリームの甘く濃厚な味が舌を包み込む。

「そんなに興奮しないで」ユカリさんは僕の口からスプーンを引き抜く。

むきになっていた自分が恥ずかしくなり、僕は俯いた。

「きっと、いつか分かるわよ。本当の『愛』っていうのがどういうものなのか」

同じようなこと、恵にも言われたな。ゆるゆると顔を上げると、ユカリさんはやけに大人びた表情で微笑んでいた。

これまで、数人の女性と交際したことはある。けれど、その間も、僕は相手に『恋』などしていなかった。告白されて断る理由もなかったから。そんな理由で付き合っていただけだ。相手にもそれが見透かされていたのか、それらの交際はほとんどが一、二ヶ月で破綻していた。たった一人を除いて。

「私ね、ウスイ先生が恋愛ができないのって、お父さんの件が関係している気がするんだ。お父さんが、お母さんを置いて出て行ったから」

ユカリさんは小雨が降る外を眺める。僕もつられるように窓の外を見た。雨粒がいくつもガラス窓を伝い落ち、複雑な模様を描いている。

「だから、この件から解放されたら、本当の恋ができるようになるよ。素敵な恋が」

そんなことがあり得るとは思えなかった。けれど、僕の口からは反論の代わりに、質問が零れた。

「ユカリさんはそんな恋をした経験があるんですか？」

ユカリさんは窓を眺めたままなにも言わなかった。小さな雨音が鼓膜を揺らす。

「……それで、写真とか絵葉書を見て、なにか分かったんですか?」

沈黙に耐えきれなくなった僕が訊ねると、ユカリさんは横目でこちらを見た。

「うん、まだ完全じゃないけど、少しヒントを摑んだ手ごたえはあるかな」

「本当ですか⁉」僕は椅子から腰を浮かす。

十五年間、ずっと心の隅に引っかかっていた棘。それが抜けるかもしれないという期待が体温を上げる。ユカリさんは僕の顔の前で人差し指を一本立てた。

「一日だけ考える時間をちょうだい。私もまだ完全に理解できたわけじゃないから。けれど、落ち着いて考えたら、ウスイ先生が求めている答えが見つかるはず」

はやる気持ちを抑え、僕は頷く。十五年も答えを探してきたんだ。たかだか一日待つぐらい、なんでもなかった。

「それじゃあ、そろそろ病院に戻ろっか」

ユカリさんに促され、僕は席を立つ。会計を終えて店を出ようとすると、ユカリさんは入り口近くに置かれたガラスケースをのぞき込んでいた。このカフェでは、土産用の雑貨や装飾品の販売もしている。

「なにか気になるものがありますか?」

「あれ綺麗じゃない?」ユカリさんは桜色の貝殻があしらわれた指輪を見つめる。

「ええ、まあ綺麗ですね。値段に見合うとは思いませんけど」

僕が『29，800円』の値札を指さすと、ユカリさんが湿った視線を向けてきた。

「いや、あの、……気に入ったなら買ったらどうですか？　きっと、ユカリさんに似合いますよ」

慌てて取り繕う僕の前で、ユカリさんは肩をすくめた。

「自分で買ったら寂しい女みたいじゃない。指輪は男の人からプレゼントしてもらいたいのよ」

7

「大丈夫ですか？」

両膝に手をついて荒い呼吸をするユカリさんに、僕は訊ねる。ユカリさんは頷くが、その足は動かなかった。翌日、二月二十三日の午後四時過ぎ、僕とユカリさんは病院から歩いて十五分ほどの場所にある鬱蒼《うっそう》とした森に覆われた丘を登っていた。

午前の回診の際、僕が緊張しつつなにか分かったか訊ねると、ユカリさんは「今日の午後、行きたいところがあるんだ。そこで説明するね」と言った。

その『行きたいところ』は、この階段の先にあるらしい。すでに十五分以上、森の中の坂に丸太を埋めただけの、かなり急な階段を上っている。昨日の雨で土がぬかるんでいるため、神経と体力を消耗する。僕でもきついのだ、体力が落ちているユカリさんはもう限界だろう。

「無理しない方がいいですよ。今日は戻りませんか？」

やんわりと提案してみるが、ユカリさんは呼吸を乱したまま、激しく首を左右に振った。どうやら翻意させるのは難しそうだ。

……仕方がないか。僕は「失礼します」と前置きすると、ユカリさんに近づき、背中と膝裏に腕を差し込んで一気に持ち上げる。想像より遥《はる》かに軽い体に、一瞬バランスを崩しかけた。目を丸くしたユカリさんが、腕の中で「わっ、わっ!?」と声を上げて暴れる。

「危ないから動かないでください。このまま、目的地まで連れて行きますから」

「でも、そんなこと……」

「これが一番です。別に下心とかはないですから安心してください」

ようやく落ち着いたのかユカリさんは暴れるのをやめた。僕は「それじゃあ、行きますよ」と階段を上っていく。数十秒して、ユカリさんが口を開いた。

「これって、お姫様抱っこってやつよね？」

体勢上、ユカリさんの口が耳元に近いので、耳朶《じだ》に吐息がかかる。

「黙っていてください。これが一番効率よく運べると思っただけです」

「夢、一つ叶っちゃった」

「なんのことですか？」

「死ぬまでにやりたいことリスト。その中に、お姫様抱っこしてもらうっていうのがあったんだ」

ユカリさんの表情は見えないが、その口調は冗談ではなく、本当に喜んでいるように聞こえた。

「その夢では、こんな森の中で、汗だくの担当医に持ち上げられていたんですか？」

「ううん、海辺の砂浜だったけど、そこまで贅沢は言えないしね。なんにしろ……嬉しいな」

「……いつか、本当に好きな相手にやってもらえますよ。綺麗な砂浜でね」

ユカリさんはなにも言わなかった。僕も無駄口をたたく余裕はあまりない。僕たちは言葉を交わすことなく、階段を上っていく。

やがてユカリさんが「あっ、あそこ」と声を上げた。苦しさに伏せていた顔を上げると、十数段先で階段が途切れていた。僕は残った力を振り絞って足を動かす。最後の一段を上り切った瞬間、覆いかぶさるように生えていた枝が途切れ、視界が大きく開けた。

　そこは展望台だった。直径十メートルほどの半円状の土地に古ぼけたベンチだけが置かれた空間。しかし、そこから見える光景は、息を吞むほどに美しかった。

　高台から見下ろす海は百八十度以上、水平線が広がり、眼下には閑静な住宅街やマリーナが見える。すでに西に傾いている太陽の光が、その光景をわずかに紅く色づかせていた。

「ウスイ先生、もう下ろしてくれて大丈夫」

「あ、すみません」

　景色に見入っていた僕は、慌ててユカリさんを下ろす。ユカリさんは「ありがとう」と言うと、展望台の端まで進んでいき、木製の柵に手をかけた。その先は急な斜面になっている。

「綺麗ね……」ユカリさんは柵に手をかけたまま、囁くように言った。

　紅く色づいた海と街を背景に微笑むユカリさんの姿は、まるで映画のワンシーンのようだった。

「ベンチ、座らない？　疲れたでしょ」

　促された僕はユカリさんとともに、木製の古ぼけたベンチへと腰掛ける。小さなベンチなので、お互いの肩がわずかに触れた。

「一度、ここに来てみたかった」ユカリさんの頬がほころぶ。「看護師さんから最高の景色が見える場所があるって教えてもらっていたんだ。けど、自分がここに来られると思わなかったな」

「なんで今日、ここに？　親父の件となにか関係あるんですか？」

「一つは、ウスイ先生が病院にいる間に、一度連れて来てもらいたかったから。今日はすごく天気もいいいし、二月にしては暖かいからちょうどいいかなと思って」

そんな理由なのか、僕がこめかみを掻くと、ユカリさんは「もう一つは」と続けた。

「ここは地元の人もあまり来ない穴場。ここならゆっくりと話ができると思って」

「ユカリさんは分かったんですか？　あの日、親父が僕になにを言ったのか」

勢い込んで訊ねると、ユカリさんはゆっくりと首を横に振った。

「残念だけど、そこまでは分からない。けど、思い出す手助けはできるかも」

「どうやってですか？　どうやったら、僕はあの日のことを思い出せるんですか!?」

「そうね。日も沈みそうだし、はじめましょうか」

ユカリさんは目を細めて、水平線に触れそうな太陽を眺める。

「まずウスイ先生の話を聞いて、最初に違和感を持ったのは、ヤクザみたいな男たちが家にやって来るようになったっていうところだった」

「借金があったんだから、借金取りが来るのは当然じゃないですか？」

「けれど、家を売って銀行にお金を返したら、その借金取りたちは来なくなったのよね。そうなると、そのヤクザみたいな借金取りは銀行が送り込んだってことになる。それって変じゃない？　いくら借金の催促をするにしても、銀行がそんな男たちを使うとは思えない」

口が半開きになる。たしかに言われてみればその通りだ。でも……。

「でも、実際ヤクザまがいの男たちが押しかけてきたんですよ」

「だとしたら考えられることは一つ、ウスイ先生のお父さんは銀行以外からも借金していたのよ」

「いや、そんなはずないですよ」僕は手を振る。「親父の会社が倒産したとき、銀行以外に債権者はいなかったはずです」

「会社が倒産した原因って、家族ぐるみでの付き合いがあった社員が横領して姿を消したから。たしか、そうだったわよね？」

「はい、そうですけど……」

急に話題が変わり戸惑う僕に、ユカリさんは低い声で言う。

「もしその社員が横領以外のこともしていたら？　もともと友人を裏切って姿を消

すつもりだったら、できるだけ多くのお金を手に入れようとしたとしても不思議じゃないんじゃない」

「できるだけ多くの金って、どうやって……？」

「簡単よ。可能な限り借金をするの。連帯保証人をつけてね」

「連帯……保証人……」

「そう、その横領犯は、ウスイ先生のお父さんを騙《だま》して、借金の連帯保証人にした。多分、非合法の金融業、俗にいう闇金ってやつでしょうね。そして横領犯は姿を消し、闇金業者への借金だけが残って、ウスイ先生の家に取り立てにやってきた。こう考えれば、辻褄《つじつま》が合うでしょ」

ユカリさんが口にした内容を、僕は頭の中で咀嚼《そしゃく》していく。たしかにそれは、十五年前の状況にぴったりと合致していた。

「でも、親父が貯金を全部おろして、若い女と逃げたってことに変わりはないじゃないですか！」

僕が嚙みつくように言うと、ユカリさんは遠い目で景色を眺める。

「闇金からの借金ってどれくらいだったのかしらね。そういう悪徳業者はとんでもない金利を要求して、雪だるま式に借金を増やしてから請求することもある。もしかしたら、もう絶対に払えないような金額だった可能性もある。いまなら、そういう場合は弁護士にでも相談すればなんとかなるけど、十五年前じゃあ、誰も助けてくれる人がいなかったのかも」

「だから、親父は自分だけ外国に逃げることにしたんですよ」

「それで、闇金業者が諦めると思う？　もしお父さんが逃げたら、家族に取り立てに来る。それが当然。けれど、お父さんが失踪したあと、その男たちは来なくなったんでしょ。なんでだと思う」

「なんでって言われても……」

「答えは簡単。お父さんはその闇金業者にちゃんと借金を払ったのよ」

「それは、おろした貯金でってことですか？」

僕の質問にユカリさんは首を横に振った。

「ううん、もし貯金でなんとかなる金額なら、お父さんは家を出たりしていないはず。お父さんは違う方法で借金を清算することにした。そこでヒントになってくるのが離婚届。たぶん、あの離婚届には二つの意味があったのよ」

ユカリさんは、僕の顔の前で人差し指を立てる。

「一つは離婚することで、できる限り残された家族に影響が及ばないようにした」

ユカリさんは続いて中指を立てた。

「そしてもう一つ、写真の若い女性と籍を入れる必要があった。ある目的のために」

　そこで言葉を切ったユカリさんの表情が険しくなっていく。

「……ここから先は、つらい話になる。それでも、聞きたい？」

「もちろんです！」

　十五年間、求め続けた真実が、手を伸ばせば摑めそうなところまで近づいている。その実感に心拍数が上がっていた。

「ウスイ先生のお父さんは、失踪から約一年後に山で滑落して亡くなった。それによって、……ある人が大金を得た可能性がある」

「親父が死んで大金って……まさか……」

「そう、生命保険よ」

　一瞬、視界がぐらりと揺れる。ユカリさんは心配そうに僕を眺めながら話し続ける。

「あくまで予想だけれど、ウスイ先生のお父さんは高額の借金を生命保険で支払うことで闇金業者と話をつけたんだと思う。そのために若い女と形だけ籍を入れ、高額の生命保険の受取人としたうえで事故に見える形で……自殺した。たぶん受取人の女は、業者の愛人かなにかなんでしょうね」

　衝撃で思考が真っ白に塗りつぶされていく。

「お父さんが亡くなったのが一年後っていうのも、この説を裏付ける状況証拠になる。保険加入後一年以内の自殺には保険金が払われないことも多いはず。事故じゃなく自殺と判断される可能性も考えて一年間待つように指示を受け、そしてお父さんは山に登り、自分から崖に……」

言葉を切ったユカリさんの前で、僕は荒い息をつく。親父の行動がすべて僕たちを守るためだった。僕たちを守るために親父は自らの命を絶った。そんなこと……。

「そんなことあり得ない！　そんなの単なる仮説でしょ！　それとも、いまの話を証明する方法でもあるんですか？　それがなければ、僕にとって親父は裏切り者のままなんです！」

支離滅裂なことを口走っていることは分かっていた。それでもどうにか知りたかった。いま聞いたことが真実なのか否かを。ユカリさんは僕を見つめると、再び語りはじめた。

「まだ説明が付いていない点があるよね。なんで、お父さんが預金をおろしてヨーロッパに行ったのか。そして、別れの手紙と離婚届を送ってきたあとも、手紙と絵葉書を送ってきたのか」

「そうです。そこまで説明できない限り、いまの話は信じられません」

「ねえ、私の話が正しいとして、お父さんはおろした預金をどうしたと思う？」

「どうしたって……、そりゃあ闇金への借金返済に使ったんじゃないですか？」

「どうせ死んで生命保険で払うつもりなのに、預金まで闇金に渡す必要はないはずでしょ。そのままでは預金まで闇金に奪われたうえで殺される。だったら、その前に預金だけでも有効に使いたいと思ったんじゃないかな」

「有効に使いたいって、具体的にはどう使うっていうんです？」

「決まっているじゃない。あなたたちに遺したいと思ったのよ」

「僕たちに？」

「そう。自分の死後、できるだけウスイ先生たちが苦労しないよう、預金だけでも遺したかった。けれど、大金を預金していることがばれたら、それも闇金に奪われる。だからその前に預金をおろしてヨーロッパに逃げたのよ。アンティーク家具の輸入をしていたお父さんは、ヨーロッパに詳しかったんじゃないかな」

「逃げてどうするんですか？　そもそも、ユカリさんの仮説が正しいなら、親父はヨーロッパで闇金に見つかっているじゃないですか」

「たぶん、見つかったんじゃなくて、お父さんは自分から闇金に連絡を取ったんだと思う。『生命保険で払う覚悟ができたから、家族には手を出さないでくれ』って。準備を整えたあとに」

「準備？　なんの準備ですか？」

「別れの手紙と離婚届まで送りつけてきた後も、手紙と絵葉書を送ってきた。そんなのまともじゃないって、ウスイ先生言っていたわよね」

「ええ、まあ……」話題が変わり、拍子抜けした僕は曖昧に頷く。

「けれど、あれこそがお父さんにとって重要なことだったんだと思う」

「手紙になにか書いてあったってことですか？　預金を隠した場所とか」

「ううん、あの手紙は出す前も、日本に届いたときも、闇金に読まれる可能性があった。そんな危険なことはできない。重要なのは、手紙と一緒に入っていたもの」

「一緒に入っていたものって、……絵葉書？」

「そう、絵葉書を送ることがなにより重要だった。ヨーロッパに行ったのは、絵葉書を送ってもそれほど違和感がなかったっていうのも理由なのかも」

「絵葉書がなんだっていうんですか？　観光土産に売っている程度のものでしょ」

僕は先日、母さんが「『葉書を捨てちゃいけん』ってあなたが泣きながらしがみついてきたんよ」と言っていたことを思い出す。

「まだ気づかない？　送られてきた絵葉書には明らかにおかしなところがある。あの絵葉書は手紙と一緒に封筒に入れられて送られてきたのよね」

太陽が水平線に触れる。薄紅色に照らされたユカリさんの顔に、柔らかい微笑が浮かぶ。一拍の間を置いて、夕日に照らされた唇が、蕾《つぼみ》が咲くように開いた。

「なのに、なんであの絵葉書には切手が貼ってあったの?」

全身に電気が走った気がした。僕は目尻が裂けそうなほどに目を見開く。

「そう、ウスイ先生のお父さんは、封筒に入れた絵葉書に、わざわざ切手を貼って送った。それはなぜか。理由は簡単、切手に消印を押されたくなかったから」

言葉を失って固まる僕を尻目に、ユカリさんは滔々《とうとう》と説明を続ける。

「つまり、封筒に入っていた手紙や絵葉書はカモフラージュだったのよ。もし、闇金に中身を見られたとしても、真意に気づかれないようにするための」

「親父の真意……それって……」こわばった舌を動かして、僕は声を絞り出す。

「一般人から見たら価値がないように見えるものでも、コレクターの間では高額で取引されるものってある。絵画とか美術品とかコインとか、あと……切手とか」

一陣の風が展望台を吹き抜けた。ユカリさんは髪を押さえる。

『……絵葉書……大切だから……絶対に捨てないでくれ……』

風の中から悲痛な男の声が聞こえた気がして、僕は慌てて周囲を見回す。

『……母さんと恵を……お前が支えて……』

また声が聞こえる。それとともに雨音も。ようやく僕は、それが頭の中、深い記憶の底から響いてくることに気づいた。十五年間求め続けた記憶が、劣化したテープレコーダーのように再生されている。

頭蓋の中で響く雨音が、一際大きくなる。それとともに、嗚咽交じりの男の声が響いた。しかし、その声はかすれ、ひび割れ、砕け散り、雨音の中に溶けていく。なんで聞こえないんだ！　本当に聞きたいのはその言葉、親父が最後に言った言葉なんだ。僕は必死に意識を自らの内側に沈みこませていく。しかし、もはや男の声も雨音も、まるでスピーカーの電源が落ちたかのように聞こえなくなっていた。

「なにか思い出した？」

ユカリさんが顔を覗き込んでくる。僕は額に手を当て、細かく首を振った。

「……思い出した気はしました。けれど、それが本当にあったことか分かりません。ユカリさんの話を聞いて、自分の記憶を改竄《かいざん》したのかも。そもそも、絵葉書に高級な切手が貼ってあったなんていうのは、あくまで仮説でしかなくて……」

「なら、確認すればいいじゃない。簡単に調べる方法があるでしょ」

喘《あえ》ぐように言う僕にユカリさんは言葉を被《かぶ》せてくる。

調べる方法……。僕はポケットからスマートフォンを取り出すと、震える指先で画面に触れ、恵の電話番号を表示する。『通話』のボタンに触れようとするが、脳との間の神経が断線したかのように、人差し指はぴくりとも動かなかった。

「大丈夫……」横から差し出された白い手が、僕の手に触れた。温かい手。切れていた神経が癒され、繋《つな》がる。指先が画面に触れ、呼び出し音が鳴りだした。

『ヤッホー、お兄ちゃん。なにか用』

妹のテンションの高い声が響いてくる。すでに高校から帰宅していた恵に僕は頼んだ。母さんの部屋に入って親父の絵葉書を見つけ出し、その切手部分をアップにした写真を送ってくれと。

最初は訝しがり、無断で部屋に入ることを嫌がっていた恵だったが、懇願にも近い僕の口調になにか感じ取ったのか、最終的には『分かった。ちょっと待っとって』と了承してくれた。

通話を切った僕は、両手でスマートフォンを握りしめたまま、恵からの連絡を待つ。肌寒いのに、全身の汗腺《かんせん》からは粘着質な汗が滲み出してくる。

まだか？　しびれを切らして腕時計を確認するが、通話を終えてからまだ一分余りしか経過していなかった。粘度を増した時間が全身に纏わりつき、このままでは精神が腐食していきそうだった。無意識に手に力が入り、スマートフォンがみしりと悲鳴を上げる。

「ねえ、すごく綺麗よ」

不意にユカリさんがつぶやいた。意味が分からず「え？」と隣を見ると、ユカリさんはうっとりと正面を見ていた。つられて視線を上げた僕は息を呑んだ。

町が、そして海が深紅《しんく》に染め上げられていた。燃え上がるように紅く色づいた太陽が水平線に触れ、その境界線が淡く融け合ってルビーのごとく輝いている。

昼と夜が重なるわずかな刻《とき》にのみ生じる自然の芸術、それを僕とユカリさんが独占していた。

「……波の音、聞こえるね」

ユカリさんはゆっくりと水平線に呑み込まれていく太陽を眺めながらつぶやく。

たしかに耳を澄ますと、かすかに潮騒が鼓膜を揺らした。

「けれど、いまは怖くない。それどころか、心地よく聞こえる」

ユカリさんはゆっくりと、淡い紅色に照らされた顔をこちらに向ける。

「全部、あなたのおかげ。私にどれくらい時間が残されているのか分からないけど、いま私は生きている。いま私はここにいて、すごく幸せな気持ちでいられる。それは、あなたが私を解き放ってくれたから」

ユカリさんは包み込むような微笑を浮かべつつ僕の頬を撫でる。その柔らかく温かい感触にこわばっていた心がわずかに緩んだ。

「心配しないで、あなたもきっと解き放たれる。だから、景色を楽しんで待ちましょ。この光景は『いま』しか見られないんだから」

「ええ……、そうですね」

僕とユカリさんは肩を並べ合い、幻想的な景色を眺め続けた。やがて、太陽が水平線の下に姿を消したころ、手の中でスマートフォンが震える。見ると、恵からメールが入っていた。『これでいいの?』という本文とともに、数枚の画像ファイルが添付してある。

ファイルを開くと、指示通り絵葉書に貼られていた切手を接写した写真が現れた。失踪後に送られてきた三枚の絵葉書すべてに、外国製の古い切手が貼ってある。

僕は細く呼吸をして緊張を必死に希釈しつつ、その画像データをコピーしたうえで、検索サイトで似たような画像がないか調べる。すぐに、大量の検索結果が液晶画面に表示された。

僕の口から「ああっ……」という声が漏れ出す。

『超希少』『高額で取引』『コレクター垂涎《すいぜん》』『数千万円』

それらの文字が画像とともに掲載されていた。僕はサイトの一つを開く。そこには、絵葉書に貼られていたものとまったく同じ切手の画像があり、『状態によっては数千万円で取引されることもある』との記載があった。

命を失うことを覚悟した親父は、必死に知恵を絞り、僕たちにこの切手を遺したのだ。

またあの日の光景が蘇る。息が詰まるほど強く僕を抱きしめる親父。しかし、なぜかいつも親父の声を掻き消していた雨音がいまは聞こえなかった。

『愛している！　お前を、母さんを、恵を……。いつまでもお前たちを愛しているからな』

悲痛な声がはっきりと聞こえてくる。十五年間、記憶の底に眠っていた親父の遺言。硬い金属が砕け散るような音が響いた。

僕たちは親父に捨てられていなかった。それどころか、親父は僕たちを心から愛してくれていた。

僕は夜色《よるいろ》に染まりはじめている天空を仰ぐ。うっすらと浮かんでいる月が、やけに鮮やかに輝いて見えた。いや、月だけじゃない。頬を撫でる風の冷たさ、揺れる葉のざわめき、鼻腔に感じる潮の香り、全てがこれまでより遥かに強く、五感を刺激した。

「どう？」囁くような声が耳をくすぐる。ユカリさんが少し首を傾け、顔を覗き込んでいた。「あなたを縛っていた鎖は、消えた？」

僕は「はい」と答えようとした。しかし、開いた口から零れ出たのは嗚咽の声だった。それを必死に抑え込もうとした僕は、激しく咳《せ》き込む。ユカリさんは両手で包み込むように、僕の頭を優しく抱きしめてくれた。

「泣いていいんだよ。こういうときは、思いっきり泣いていいの」

ユカリさんの小ぶりな、柔らかい胸の膨らみを頬に感じながら、僕は耐えることを諦める。

深い慟哭《どうこく》が口をつき、目からは止《と》め処《ど》なく涙が溢れ出て、ユカリさんの着ているセーターに染み込んでいく。

十五年間溜まり続け、そして腐敗し続けていた想いを、僕は涙に溶かして洗い流し続けた。

僕を救ってくれた女性に抱きしめられながら。


どれだけ時間が経ったのだろう。少なくとも三十分、もしかすると一時間以上も幼児のように泣き続けていたかもしれない。その間、ユカリさんは我が子をあやす母親のように僕の頭を抱き、髪を撫でていてくれた。

ようやく感情の嵐が収まってきた僕は、涙が溜まった目で視線を上げる。泣き出す前はまだ赤みが残っていた空は、完全に夜の色に染め上げられていた。漆黒の夜空に浮かぶ無数の星々が、涙で美しく滲んでいる。

僕はおずおずとユカリさんの胸元から顔を離していく。年上とはいえ、女性の前で子供のように泣きじゃくってしまった気恥ずかしさに襲われる。僕は目元を揉《も》むふりをして、目や頬に残っている涙を拭っていく。

「落ち着いた？」

ユカリさんが声をかけてくる。僕は声が震えないように喉に力を込めて「はい」と答えた。

「お父さんとの最後の会話、思い出した？」

「……はい」

「そう、それならよかった」心から嬉しそうにユカリさんは言う。

「あの……、本当にありがとうございます。なんてお礼を言っていいか……」

「お礼なんていいの。あなたは私を救ってくれた。だから、私もどうにかあなたを救いたかった。雁字搦めになっているあなたを……。ねえ、ウスイ先生」

僕は顔を上げる。ユカリさんはベンチから軽やかに立ち上がる。

「これで私たち、二人とも自由になれたね」

月明かりに薄く照らされたユカリさんの姿を、僕は息をすることも忘れて眺める。その姿は……美しかった。僕が二十六年の人生で目にしたなによりも。

ユカリさんは微笑を浮かべながら手を差しだしてくる。僕はおそるおそる自分の手を伸ばす。指先がユカリさんの手に触れた瞬間、全身に電気が走った気がした。なにが起きているのか分からないまま、僕はユカリさんに手を引かれ立ち上がった。

僕たちは至近距離で見つめ合う。

息が苦しい。胸が締め付けられるように痛かった。けれど、なぜか……とても幸せだった。

つい先日、恵が口にしていた言葉が耳に蘇る。

『体中に電気が走って』『胸が締め付けられて息ができんようになる』『けど、すごく幸せ』

ユカリさんと見つめ合いながら、ようやく僕は気づいた。

生まれて初めて恋をしたことを。

8

「今日もよく降るね」

土砂降りの窓の外を眺めながら、ユカリさんは筆を片手につぶやく。

「天気予報だと、明日には晴れるみたいですけどね」

僕は首だけ振り返る。ユカリさんと視線が合ってしまい、慌てて正面に向き直った。

展望台で十五年前の真実を知った夜からすでに三日が経っていた。この三日間はあいにくの空模様が続いたため、ユカリさんと外出することはなく、それまでのように午後に病室の机を借りて勉強をしていた。しかし、参考書を開いてはいるものの、背後のユカリさんが気になり、まったく集中できていなかった。ユカリさんもそのことに気づいているふしがあり、なにかと話しかけてくる。

「そういえばさ、あの切手、どうするか決めたの？」

「いえ、まだです。オークションにかけたりするべきなんでしょうけど、ちゃんと信用できるところに頼まないといけないですから」

まだ、あの切手の真実について、母さんと恵には伝えていなかった。電話で簡単に説明できることではないし、なにより直接会って伝えたかった。親父が僕たちを愛していたということを。だから、「絶対になくさないように厳重に保管しておけ」とだけ、訝しがる恵に伝えていた。

「まあ、焦る必要はないしね。けれど、それを売ったら借金、完全になくなるどころか、かなりのお金が入るね。そのお金、どうするの？」

「とりあえず、母さんに楽してもらいたいですね。もう少しいい部屋に引っ越したり、仕事を辞めるか減らしたり。あと、妹は金のことを気にして志望校を絞っているっぽいですから、自分の好きな大学を選ばせたいです。ただ、借金は完全に消えるわけじゃないですよ」

「え？　どういうこと？」

ユカリさんは艶っぽく小首をかしげる。それだけで動悸をおぼえてしまう。

「大学の奨学金返済に、切手の売却代は使いません。あれはあくまで僕自身が負った借金ですから、うちの家の借金は消えても、僕にはまだ五百万円以上の借金が残ります。これは意地でも自分で働いて返します」

「真面目というか、融通が利かないというか……」

ユカリさんは苦笑を浮かべた。

「ちなみに、ウスイ先生はいまでも将来、アメリカで脳外科医になるつもりなの？大金を稼ぐためにアメリカに渡るって。いまでもその目標は変わっていないの？」

「それは……、自分でもよく分かりません」

アメリカで脳外科医として働くという将来像、それに向かう原動力は怨念《おんねん》にも近い金への執着心だった。ただ、三日前のあの日、その粘ついた感情は涙とともに洗い流されてしまった。きっと、金に対する渇望は、親父に捨てられたと思い込んだことで砕け散りそうだった心をとどめるための糊《のり》のようなものだったのだろう。しかし、真実を知ったいま、もはやそれは必要ない。

「ただ……」僕は自らの想いをなぞるように言葉にしていく。「一流の医者になりたい気持ちに変わりはない、っていうかさらに強くなっているんです。年収うんぬんじゃなく、ただ患者さんを治すために腕を磨きたいんです。だから、将来海外に出るかは分かりませんけど、再来月から入局する大学の脳外科で頑張ります。腕を磨くには最高の環境ですから」

「うん、頑張ってね。応援してる」

ユカリさんはおどけるように、ガッツポーズを作る。けれど、その顔に浮かぶ笑みには、哀しげな色が混じっていた。僕はそれに気づかないふりをして立ちあがる。

「ところで、今日はなにを描いているんですか？」

僕が近づくと、ユカリさんは珍しく慌てた様子で絵を背中に隠そうとする。僕は素早く近づくと、ユカリさんの肩越しにイーゼルに置かれた絵を覗き込む。

薄紅色が目に飛び込んでくる。よく見ると、それは桜だった。満開の桜の樹の下に、二人の男女が描かれた絵。一人は黒い長髪の女性、おそらくユカリさん自身なのだろう。そしてこちらに背中を向けている男性は女性の前で片膝を立てて跪き、右手を差し出していた。

「これってもしかして……」

「そう、プロポーズのシーンを描いた絵よ。なにか文句ある？」

ふて腐れたように言うユカリさんの頰は、描かれた桜と同じ色をしていた。照れ隠しをしている姿が可愛らしく、表情が緩んでしまう。

「悪かったわね、こんな年して少女漫画みたいなシチュエーションに憧れてさ」

「いえ。すごく素敵な絵だと思います」

「……本当に？」少しあごを引いたユカリさんは、上目遣いに視線を送ってくる。

「ええ、本当ですよ。あの……」僕は乾燥している口の中を舐めた。「ここでプロポーズしている男性に、なんというか……具体的なモデルはいるんですか？」

黒い短髪で中肉中背、ジャケットを着た姿。その後ろ姿にはそれほど個性がなく、多くの男性が当てはまりそうだった。僕も含めて……。

少女の雰囲気を醸し出していたユカリさんの表情が、年上の女性の微笑へと変化する。

「前にも言ったでしょ、そういうこと訊くのは野暮だって」

ユカリさんはナイトテーブルに置いていた筆とパレットを手に取り、再び絵を描きはじめる。答えをはぐらかされたことに、僕は失望すると同時に安堵をおぼえていた。少なくともはっきりとは、恋人がいるとは言っていない。それなら僕にもチャンスがないわけではない。けれど、僕はなに一つ行動に移せなかった。この三日間ずっと。

これまでの交際では、こんなことはなかった。近づいてきた女性と食事にでも行き、お互いがその気になれば体を重ねた。それが恋愛だと思っていた。

誰かを心の底から愛し、その人だけを想い、その人のためならすべてを投げ出しても惜しくないような恋。そんなものは、物語の中にしかない幻想だと決めつけていた。けれど三日前、それが間違いだったことを思い知らされた。

もはや自分の気持ちが制御しきれないほど、ユカリさんに恋をしている。こうして二人で過ごす時間、それが永遠に続けばいいとすら思ってしまう。

けれど……、それは叶わぬ夢だった。

「今日でウスイ先生、この病院の実習終わりなんだよね」

筆を動かしたまま、ユカリさんはつぶやく。僕は拳を握って「はい」と答えた。

明日から週末のため、正式には今日、二月二十六日が葉山の岬病院における僕の実習最終日だった。できることなら、二月が終わる明後日までここでの勤務を続けたかった。しかし、明日の夜、四月から入局する大学病院脳外科医局の新人医局員歓迎会があるため、昼すぎには病院をあとにしなければならなかった。

「昼過ぎに出れば大丈夫なんで、明日の午前中に皆さんに挨拶しに来ますから」

言い訳するように言うと、ユカリさんは「そう、良かった」と哀愁を湛えた笑みを浮かべる。心臓が大きく跳ね、ユカリさんから視線が外せなくなる。

わずか三日前にはじめて恋を知った僕には、恋愛に関して中学生以下の経験しかない。いまどうすればいいのか、どうするべきなのか、まったく分からなかった。

ただ、一つだけ確信していることがあった。この想いを伝えないまま、この病院から、ユカリさんの前から去るべきではないということ。

覚悟を決めた僕は、腹の底から「ユカリさん」と声を上げる。その声量に驚いたのか、ユカリさんの目が大きくなった。僕は口を開く。正直な想いを伝えるために。

「ユカリさん、僕は……」

そのとき、雨音に混じって電子音が響いて来た。午後五時を伝える『浜辺の歌』。のどかな旋律に告白を邪魔された僕は、あらためて想いを伝えようとする。

「もう五時か、ウスイ先生、お疲れ様。私も疲れちゃったから、横になろうかな」

ユカリさんは目を逸らした。

「あ、あの、ユカリさん……。言いたいことが……」

「また今度にしてくれると嬉しいな」

有無を言わせぬ口調に、告白できるような雰囲気ではなくなってしまう。僕はすごすごと机の上の参考書をまとめて小脇に抱えると、出口に向かう。

「それじゃあ、ユカリさん……また明日」

返事はなかった。なにか気に障ることをしてしまっただろうか。僕はうなだれながら病室を出る。ロッカーで着替えをして病院をあとにする。ビニール傘を雨粒が激しく打ちつけてきた。こんな雨では中庭からの裏道はぬかるんでとても使えない。僕は正面玄関から駐車場を抜けて県道沿いの歩道を重い足取りで歩いていく。そのとき、エンジン音が響いた。見ると、すぐわきの路肩に止まっていたセダンが走り去っていくところだった。

デジャヴをおぼえ、僕は眉根を寄せる。この病院に来てすぐの頃、車内からカメラを向けられた記憶が頭をよぎった。そのときの車が、いま走り去っていった車と似ていた気がした。

もやもやした気持ちのまま寮へとたどり着いた僕は、すぐにシャワーを浴びる。濡れて冷えた体を温めると、ベッドに横になり目を閉じた。瞼の裏にユカリさんの姿が浮かんでくる。

少女のようにはにかむユカリさん、哀しげに俯くユカリさん、柔らかい微笑を浮かべるユカリさん、不満そうに頰を膨らませるユカリさん、幸せそうにケーキを食べるユカリさん。この一ヶ月のユカリさんとの記憶が溢れ出していく。

僕は明日のことを考えはじめる。さっき、急にユカリさんがよそよそしくなったのは、僕が告白しようとしていることに気づいたからかもしれない。それなら、なにも伝えないままに去った方がいいのだろうか。その方が美しい思い出のまま……。

そこまで考えた僕は平手で自分の頰を張る。

そんなことをすれば、後悔するに決まっている。受け入れてもらえなくても想いを伝えるべきなんだ。そして、もし受け入れてもらえたら……。

「受け入れてもらえたら、どうするんだ……？」唇の隙間から乾いた独白が零れた。

ユカリさんに残された時間は数ヶ月、いや、もっと短いかもしれない。そして僕は明日、広島に戻り、四月からは大学病院での厳しい研修が待っている。どう考えても、彼女のそばに寄り添うことはできない。そんな僕に、想いを伝える権利などあるのだろうか？

そもそも、僕はユカリさんとどういう関係になりたいんだ？ 自問するが、答えは見つからなかった。ただ、彼女と一緒にいたいという欲求だけが全身の細胞に満ち溢れていた。

どうするべきなんだ？ 考えれば考えるほど思考が絡まり、答えが遠のいていく。

その夜、思考の迷路に迷い込んだ僕は、一睡もすることができなかった。


翌日、寮の部屋を引き払った僕は、睡眠不足で重い体を引きずって葉山の岬病院に向かうと、スタッフや患者さんたちに挨拶をしていった。

内村さんは「いい医者になりなよ」と車椅子で近づいて背中を叩いてくれ、ユウさんは少し潤んだ目で「頑張ってね。私も頑張るから」とハグをしてくれた。

昼前には、僕は声をかけるべき人に挨拶を終えていた。ただ一人を除いて。

僕は深呼吸を繰り返すと、病室の扉をノックした。

「どうぞ」涼やかな声が聞こえてくる。僕は緊張で汗ばむ手を伸ばし、扉を開けた。

ユカリさんは窓際に座り、筆とパレットを持っていた。いつもと変わらぬように。

その姿を見ただけで、なぜか鼻の奥につーんとした痛みが走り、わずかに視界がぼやける。

「今日は診察じゃないのよね」ユカリさんは筆とパレットをわきに置いて微笑む。

「……はい」声が震えないように気をつけつつ、僕は答えた。

「それじゃあ、とりあえず紅茶を淹れようかな。ソファーに座っていてもらえる？」

ユカリさんはいつもの午後のように、病室に備え付けのキッチンでお湯を沸かしはじめる。僕はソファーに腰掛けて、紅茶を淹れるユカリさんの後ろ姿を眺めていた。

胸に秘めた想いを伝えるべきなのか否か、いまだに答えは出せていなかった。ユカリさんの顔を見れば決断できるのではと思っていた。しかし、実際に会うと迷いがさらに深くなっていた。

「はい、お待たせ」

ユカリさんは僕の前に置いたティーカップに優雅な仕草で紅茶を注いでいく。柑橘系の果実の中に、時折キャラメルのような甘さが顔を覗かせる複雑な香りがふわりと漂う。

僕は「ありがとうございます」とカップを手に取ると、紅茶を一口含む。この紅茶を飲むのも、今日で最後かもしれない。僕は少しずつ、味わいながら琥珀色の液体をすすっていった。

「少し、お話する時間はあるの?」

自分のカップに紅茶を注ぎながらユカリさんはつぶやく。

「新幹線の時間にはまだ余裕がありますから。あと三十分ぐらいは大丈夫です」

「そう、よかった」

「あ、あの、……環《たまき》さん」

僕は声をうわずらせる。ユカリさんをファーストネームで呼ぶのははじめてだった。けれど、今日は、今日だけは彼女を苗字《みょうじ》ではなく、名前で呼びたかった。

まばたきをしたユカリさんは、笑みを浮かべた。諭すような笑みを。

「急に名前を呼ばれてドキッとしちゃった。けれど、やっぱりいままで通り『ユカリさん』って呼んで欲しいかな。……特に今日は」

はっきりとした拒絶の言葉。出鼻をくじかれた僕は肩を落とす。『環さん』と呼ぶことを受け入れてもらえたら、その勢いで告白できていたかもしれない。けれど、いまはそんなことができる雰囲気ではなかった。

「ウスイ先生が来て、もう一ヶ月かぁ。ここに入院してから、毎日がやけに長く感じていたけど、この一ヶ月はあっという間だったな。きっと、あなたのおかげね」

ならどうして、名前で呼ぶぐらいのことも許してくれないんだ。惨《みじ》めな気分のまま、僕は唇を噛む。

「そういえばね、昨日の絵、さっき描きあがったんだ」

「桜の樹の下でプロポーズを受けている絵のことですか？」

「なあに、そのどうでもよさげな口調は。昨日は強引に見たんだから、感想ぐらいちょうだいよ」

ユカリさんは唇を尖らせて窓際を指さす。そこには美しい絵が飾られていた。満開の桜の樹の下、黒い長髪の女性とその前に片膝をつく男性。二人の周りを桜吹雪《ふぶき》が舞っている。

「綺麗……ですね……」僕は無理やり感想を口にする。

描かれている男性にモデルがいるのではないか。僕以外のモデルが。胸の中では、そんな猜疑《さいぎ》と嫉妬がブレンドされた感情が渦巻く。しかし、描かれている女性が心から幸せそうな笑みを浮かべていることに気づき、黒い感情は薄れていった。

もしユカリさんに心から愛する相手がいるとしたら。もしその男性が彼女に寄り添い、支えることができるなら、それは素晴らしいことじゃないか。ユカリさんに残されたわずかな時間、僕は彼女のそばにいることはできないのだ。そんな僕に嫉妬をする権利などない。

ユカリさんは立ち上がり窓際に移動すると、窓を大きく開けた。吹き込んでくる冷たい風に、ユカリさんは気持ちよさそうに目を細める。初めてこの部屋を訪れたときのように。

「最初にウスイ先生が来たとき、あまりに目が死んでいたから、びっくりしちゃった」おどけるようにユカリさんは言う。

「ユカリさんも人のこと言えないでしょ。初対面なのに、波の音が爆弾のカウントダウンに聞こえるなんて物騒なこと言って」

僕がやり返すと、ユカリさんはばつが悪そうに首をすくめた。

「次の日から、この部屋で午後に勉強することになったんだよね」

「ええ、室外機の騒音がすごかったから。けど、そのおかげでその机を借りることができて……」

「仲良くなっていって、お互いを救うことができた」

ユカリさんは僕のセリフのあとを継いだ。僕たちの視線が絡む。

「この一ヶ月、色々なことがあったね」

ユカリさんは窓を閉めると、視線を上げて宙空を眺める。

「ええ、そうですね」僕は目を閉じた、この病院での記憶が走馬灯のように次々と脳裏をよぎっていく。そのすべてが懐かしかった。

それから、僕とユカリさんはソファーに戻り、この一ヶ月の思い出について色々な話をした。普段のように、何気ない会話。こうしていることが、僕にとってはこのうえなく幸せだった。

「ウスイ先生」ユカリさんが、寂しそうな微笑を浮かべる。「そろそろ、時間じゃない？」

僕は「え？」と壁時計を見る。いつの間にか、この部屋に入ってから一時間以上が経っていた。

「……それじゃあ、出口まで送るね」

固まっている僕の前で、ユカリさんは立ち上がって出口に向かう。

「ユカリさん！」

僕は立ち上がると、華奢な背中に向かって叫ぶ。足を止めたユカリさんは、振り返ることなく「なに？」と答えた。

「あ、あの……」

自分でもなにを言うつもりなのか分からなかった。ただ、これで二度とユカリさんと、愛する女性と会えないかもしれないという焦燥が、僕の口を動かした。

「で、電話……」かすれ声を必死に絞り出す。「広島に戻ったら電話をしてもいいですか？」

「私、携帯電話もっていないし、病院に電話は取りつがないようにお願いしているの。大金を相続したとき、脅迫電話みたいなのが時々かかってきたから」

ユカリさんは振り返らなかった。

「じゃあ、メールを送ります」

「私、メールアドレスないんだ。パソコンも携帯も持っていないから」

「そ、それじゃあ」

僕は必死に頭を絞る。なんとかユカリさんとの関係が切れないようにする方法を。

「手紙を書きます！　ま、毎日……じゃさすがに迷惑でしょうから、週に二通ぐらい。だから読んでください」

まだ背中を向けたままのユカリさんに近づきながら、縋りつくように僕は言う。

ユカリさんはようやく振り返ると、哀しそうに首を振った。ゆっくりと左右に。

「……読めないの。ごめんなさい」

「返事を書かなくてもいいんです。ただ読んでくれれば、それだけでいいんです」

ユカリさんは僕の懇願に答えることなく、「新幹線、遅れちゃうよ」とつぶやく。

「新幹線なんてどうでもいいんです。僕は……」

　動揺が自制心を消し去る。僕は息を吸った。愛する女性に想いを伝えるために。

しかし、告白の言葉は喉の奥で溶け去った。唐突に、ユカリさんに抱きつかれて。

ユカリさんは僕の首と体に手を回すと、その細い体からは想像できないほど強く僕を抱き締めた。お互いの頬が触れ合う。

「ウスイ先生」

　ユカリさんが耳元で囁く。彼女がどんな表情をしているのか、僕には想像がつかなかった。

「ウスイ先生、……それ以上言っちゃだめ」

　その言葉を聞いた瞬間、絶望が心を暗く染め上げた。

「どうして……」喉が震えて声が出なくなる。

どうして、想いを伝えることさえ許してもらえないんだ。受け入れてもらえなくても良かった。ただ自分の言葉で伝えたかったのだ。どれだけユカリさんを愛しているのか。しかし、それすらも許されなかった。

「私は幻なの」ユカリさんは囁き続ける。「私とあなたが出会ったのは奇跡みたいなもの。けれど、もう奇跡はお終い。あなたは現実の世界に戻らないと。私みたいな幻は忘れて、前に進んで」

ユカリさんは僕から体を離していく。それだけで、引き裂かれるような痛みが胸に走る。

「だめよ、泣いたりしちゃ。せっかくのいい男が台無しじゃない」

指先で僕の目元を拭うユカリさんの瞳にも、涙が浮かんでいた。

ユカリさんは僕の手をとって、一歩一歩踏みしめるように出口に向かう。僕は抵抗することなく、手を引かれていった。扉を開くと、ユカリさんは僕の背中を片手で軽く押した。足に力が入らず、僕は数歩たたらを踏んで部屋の外に出てしまう。

慌てて振り向いた僕に、ユカリさんは涙を浮かべたまま微笑んだ。瞳から溢れた涙の雫が、陶器のような白い頬を伝っていく。

「さようなら、ウスイ先生。本当に……ありがとう」

立ち尽くす僕とユカリさんの間を、ゆっくりと扉が切り裂いていく。やがて、ユカリさんの姿が見えなくなる。鍵を閉める乾いた音が鼓膜を揺らした。

こうして、葉山の岬病院での実習は終了した。

そして、この日を最後に、僕は二度と弓狩環という女性と会うことはなかった。

第二章　彼女の幻影を追いかけて

1

便箋を前にして頭を抱えていると、突然後頭部に衝撃が走った。

「よっ、蒼馬、久しぶりじゃねぇ」

痛みに顔をしかめながら振り返る。同僚研修医の榎本《えのもと》冴子が右手を振り抜いた体勢で立っていた。どこか猫を彷彿《ほうふつ》させる整った顔に、悪戯《いたずら》っぽい笑みが浮かんでいる。

「いきなりなんだよ！」

「何度も声かけたんよぉ。なのに全然反応せんから。そんな怖い顔で、なにやってたの？」

冴子は白衣のポケットに両手を入れると、肩越しに手元を覗《のぞ》き込んでくる。僕は慌てて抽斗《ひきだし》を開け、便箋をその中に押し込んだ。

「どしたん？　なにをそんなに慌てよるん？」

冴子は小首をかしげる。わずかに茶色がかったボブカットが揺れた。

「別に慌ててなんかない！　患者の紹介状を書いていただけだって」声がうわずる。

冴子の切れ長の目が疑わしげに細められるが、僕は気づかないふりを決め込む。

まさか、片思いの相手に送る手紙を書いていたなどと言えるわけがない。特にこいつの前では。この冴子こそ大学時代の恋人、つまりユカリさんに何度も揶揄《やゆ》された『爛《ただ》れた関係』の相手だった。

「けど、本当に久しぶりだな。冴子、いまどこの科なんだよ？」

僕は強引に話題を変える。

「うち？　いまは精神科よ。ようやくこっちに戻ってこれたというわけ」

僕たちが研修を受けている広島中央総合病院は、精神科の閉鎖入院病棟を持っていない。そのため、一ヶ月の精神科研修のうち最初の十日ほど広島市内にある精神科専門病院に派遣され、そこで研修を受けることになっていた。

今日は三月十二日、葉山の岬病院での研修を終えてからすでに二週間が経過している。その間、僕は五通の手紙をユカリさんに送っていた。しかし、いまだに返事はなかった。

「で、蒼馬は何科なん？」

「皮膚科だよ」なんとか話題を変えられたことに安堵《あんど》する。

「ああ、じゃけえこんな時間に医局におれるんじゃね」

冴子は壁時計を指さす。時刻は午後四時半前だった。二十台ほどのデスクが並んだこの部屋は、研修医専用の医局だが、いまここにいるのは僕と冴子の二人だけだ。ほかの研修医たちは、まだ各科で忙しく働き回っているのだろう。皮膚科と精神科は、多くの研修科のなかでも特に時間的に余裕がある科だ。

「仕事は終わっているんだけど、五時前に帰るわけにはいかないからな」

「うちも同じ。楽なのはいいけど、ここまで暇じゃと、ちょっと張り合いないねぇ」

冴子は後頭部で両手を組むと、体を反《そ》らす。ボリュームのある胸元が強調された。

「……お前さ、なんか最近会わないうちに方言きつくなってないか？」

「ああ、これ？　先月、地域実習で呉《くれ》の老健施設いっとったんよぉ。入居者さんたち、みんな方言がきついけえ、それが移ってしもうて。でも、広島弁喋《しゃべ》る女子、最近、可愛《かわい》いって人気なんよぉ。方言女子とかいって。まあ、方言喋んなくてもうちはモテるけどねぇ」

化粧っ気の薄い顔に得意げな笑みが浮かぶ。唇の隙間から八重歯がわずかに覗いた。僕は「はいはい」と肩をすくめる。本人が言うとおり、冴子はかなりモテた。この二年間で、十人近い医者が冴子を口説こうとしたはずだ。しかし僕の知る限り、その全員がフラれていた。

「蒼馬も地域実習、充実しとったみたいじゃねえ」

「なんでそんなこと分かるんだよ？」

「この前に会ったときと比べて、いい顔になってる。なんていうか、憑《つ》き物《もの》がおちたって感じじゃし、自然に囲まれた病院で少しはゆっくりできたんじゃない」

「たしかにゆっくりできたよ。ただ、それよりも精神的に余裕ができたことの方が大きいかもな」

「精神的な余裕？　なんかあったん？」

「借金がなくなったんだよ」

「はぁ!?」冴子は目を見開いて顔を近づけてくる。「借金って三千万以上あったじゃろ。なくなったってどういうことなん？」

数年間、恋人関係だった冴子は、僕の家の事情を知っている数少ない一人だった。

「話すと長くなるけど、まあいろいろとあったんだよ」

十日ほど前のことを思い出す。僕は母さんと恵に、ユカリさんが解き明かした謎を詳しく説明した。十五年前、親父《おやじ》がなぜ姿を消したのか。そして絵葉書にどんな意味があったのか。

親父の記憶がほとんどない恵は口を半開きにしたまま固まり、母さんは親父の写真と絵葉書を前にして、涙を浮かべながら心から幸せそうな笑みを浮かべていた。

母さんの涙が頬を伝ったころ、それまで硬直していた恵が突然、母さんに抱きついて泣きはじめた。それを見て僕も感極まってしまい、二人の肩に両手を回して嗚《お》咽《えつ》を漏らした。僕たち家族は、三人で身を寄せ合いながら涙を流し続けた。

親父が家族を愛し、命を捨ててまで僕たちを守ろうとしてくれたという真実。それは僕たち家族にとって、数千万の値がつくアンティークの切手よりも遥《はる》かに価値があるものだった。

親父が遺《のこ》してくれた切手は、すでに信頼の置ける仲介業者によって本物であると鑑定され、今後、ヨーロッパで競売される予定だ。業者によると十五年前よりさらに希少価値が上がっているので、どんなに安く見積もっても八千万円、場合によっては一億を超える値段がつくということだった。

「いろいろあったじゃ分からんよぉ。詳しく説明しんちゃい」

「べつにいいけど、本当に長い話だぞ」

「それなら……」冴子の目に、かすかに淫《いん》靡《び》な光がかすめる。「今晩、うちの部屋でご飯どう？　そこでゆっくり話、聞くからさ」

冴子は近くのマンションに部屋を借りている。僕に恋人がいないときは月に一、二回はそこに上がり込み、食事をしたあと体を重ねる関係が続いていた。

白衣を羽織っていても目立つ豊満な胸元に思わず視線が吸い寄せられる。二ヶ月近く冴子と関係を持っていないので、人肌恋しさはあった。反射的に頷《うなず》きそうになった僕の脳裏を、窓際に座り外を眺めている黒髪の女性がよぎる。同時に、『あら、爛れた関係なのね』という揶揄《やゆ》の声も。

「いや、今日はやめとくよ」

「え、嘘《うそ》？　どしたの、体調でも悪いん？」

「なんだよ、僕が誘いを断るのがそんなにおかしいか？」

「そりゃそうよ。いつも誘うと、子犬みたいに尻尾《しっぽ》振ってよだれ垂らしてついてくるのに」

「そんなことしてない！」

抗議の声を上げる僕の前で、冴子は小馬鹿にするように唇の端をあげる。

「自分で気づいとらんだけ。蒼馬、クールっぽく見えるけど、本当はむっつりスケベじゃもん、うちの誘いほとんど断らんでしょ」

なにも言い返せない。冴子が勝ち誇るような表情を浮かべるのが癪《しゃく》だった。

「で、なにがあったの？　ナースの彼女でもできた？　まったく懲りんねえ、どうせ一ヶ月もしないで愛想を尽かされるのに」

僕の女性関係をほとんど把握している冴子は、大仰に肩をすくめる。

「そんなんじゃない。悪かったな、いつもすぐに愛想尽かされて」

「あんたと長く付き合える女なんて、うちぐらいのもんよ。で、彼女ができたわけじゃないなら、なんなん？　まさか、好きな人ができたとか言わんよね？」

からかうように問われた僕は言葉に詰まる。冴子は目を剝《む》いた。

「好きな人、できたの!?」

「声がでかすぎる。そんなに興奮するな」

「興奮するに決まってるじゃろ！　蒼馬が誰かに惚《ほ》れるなんて」

「僕が誰かに惚れたらおかしいかよ」

「おかしい！」間髪いれずに冴子は叫ぶ。「あんたが誰かを好きになるなんて。そんなこと……」

はっとした表情になった冴子は、ネコ科の肉食獣のような素早い動きで近づいてくると、抽斗を開け、さっきそこに隠した書きかけの便箋を取り出した。

「なによこれ、ラブレターじゃない!?」

「別にラブレターなんかじゃない。ただ、普通に手紙を……」

「けど、ここに書いている『弓狩環』って人が惚れた相手なんでしょ？」

「ほっといてくれ。なんでそんな大騒ぎするんだ？」

「だって、これまであんた、女に惚れたことなんてなかったでしょ」

たしかにこれまで付き合った女性はほとんど、相手から言い寄ってきた。例外は目の前にいる冴子ぐらいだ。

「だからって別にそんなにおかしいことじゃ……」

真剣な表情の冴子にぐいっと顔を近づけられ、僕のセリフは尻すぼみになる。そのとき、冴子の白衣のポケットから電子音が流れだした。院内ＰＨＳを取り出して一言二言話した冴子は顔をしかめて通話を終える。

「病棟に呼び出されたから行かにゃいけん。あとで借金の件も併せてなにがあったか、詳しく説明してもらうけぇね。六時に正面玄関に集合」

僕の鼻先に人差し指を突きつけると、冴子は返事を聞くこともなく医局から出て行ったのだった。

午後六時、僕が仕方なく正面玄関に向かっていると、顔見知りの若い看護師とすれ違った。

「あっ、碓氷先生、久しぶり。最近見なかったね」看護師は軽く手を上げる。

「先月、地域実習で外病院に行っていたんだよ」

「あっ、そうなんだ。トラブルで休んでいるんじゃないかってナースの間で噂《うわさ》になっていたよ」

「はぁ？　なんでそんな話になるんだよ？」

「なんかね、先月ナースが何人か、碓氷先生について怪しい男に話を聞かれたんだよね。私もその一人」看護師は自分の鼻先を指さす。

「怪しい男？　なんだよそれ。どんなこと聞かれたんだよ？」

「ざっくりとした話。メインは先生の仕事ぶりとか、病棟での評判、あとは……女性関係とか」

看護師は妖《あや》しい流し目をくれる。看護師の情報網は想像を絶するものがある。おそらく、かなりの情報がその男に流れたのだろう。

「なんで僕のことなんて調べていたんだよ、そいつ。気持ちが悪いな」

「さあ、そこまでは知らない。だから、碓氷先生はなにかトラブルを起こして病院に来られないって噂が流れていたんだ」

「おかしな噂流さないでくれ。ちゃんと訂正しといてくれよ」

「はいはい、それじゃあまたね」

軽く手を振って去って行く看護師を見送ると、僕は再び歩き出す。

僕のことを調べていた？　いったい誰がなんの目的でそんなことを？　首を捻《ひね》りつつ正面玄関を出ると、すでに冴子が待っていた。

「遅い！　とりあえず流れるよ」

　冴子は有無を言わさず大股で歩きはじめる。流れる、つまりは広島市内でも有数の歓楽街である、流川《ながれがわ》通りまで行くということだ。特に異論はないので、僕は冴子の隣に並んだ。

　本川橋《ほんかわばし》を渡り平和記念公園内に入ると、右手の『平和の灯《ともしび》』にオレンジの炎が揺れていた。公園を横切り、原爆ドームを左側に眺めながら元安橋《もとやすばし》を渡ると、ファッションビルや土産物《みやげもの》店が軒を連ねる本通《ほんどおり》商店街を突き当たりまで進んでいく。そこから、やや細い路地に入っていくにつれ、洒落《しゃれ》た雰囲気は消え去り、歓楽街独特のどこか猥雑《わいざつ》な、それでいて心の柔らかい部分をくすぐる空気が漂ってくる。

　まだ六時過ぎだというのに、すでにまぶしいほどにネオンがギラつく流川通りに到着した僕と冴子は、赤い暖簾《のれん》が下がったお好み焼き屋へと吸い込まれた。この二年間で数え切れないほど通った行きつけの店だ。細長い作りの店内は手前にカウンター席が並び、奥が座敷になっている。まだ早い時間だけあって、客はまばらだった。僕たちは一番奥のカウンター席に並んで腰掛ける。

「とりあえず生二つ。あと焼きガキ、ハラミ、ホルモン、それと牛すじ煮込みを」

　席に着くなり、冴子が勝手に注文していく。鉄板焼き中心のオーダーに、僕は長期戦を覚悟した。僕からすべての情報を聞き出すまでメインのお好み焼きを注文せず、帰らないという意思表示だろう。面倒なことになったな。僕は冴子に気づかれないように、小さくため息をつく。

「お待たせしましたー」

泡が溢《あふ》れそうなほどに注《つ》がれたビールジョッキが二つ、カウンターに置かれる。

冴子は自分のジョッキを引《ひ》っ摑《つか》むと、乾杯すらせずに半分近く中身を飲み干した。

「さて、それじゃあ洗いざらい吐いてもらおうかねぇ。神奈川でなにがあったんか」

叩《たた》きつけるようにジョッキを置いた冴子の据わった目を見て、僕は肩を落としたのだった。


「……というわけだよ」

客がまばらだった店内がほぼ満席になるころ、僕は葉山の岬病院であったことを、ただ一つの事実を除いて、すべて語り終えた。壁時計を見ると、すでに午後八時近くになっている。一時間半ほど喋り続けていたらしい。その間、冴子はほとんど口を挟むことなく、焼きガキなどをつまみにビールをあおりながら耳を傾けていた。酒豪の冴子の顔にも、さすがに赤みが差している。

「なるほどね。それで、お父さんの件を解決してくれた人に惚れちゃった、と」

冴子はジョッキにわずかに残っていたビールを喉の奥に流し込んだ。

「蒼馬さ、それ、本当に恋なん？」

「……どういう意味だよ？」

「うちね、お父さんの件は心から良かったと思うよ。もちろん借金のことも。学生時代から、その二つに蒼馬がガチガチに囚《とら》われていたのは、分かっていたから」

一瞬言葉を切った冴子は「他の誰よりもね」と付け足す。

「絵葉書の謎が解けたことで、蒼馬はお父さんに捨てられたわけじゃなかったって分かった。すごく嬉《うれ》しかったじゃろ？　見とる世界が一気に鮮やかになるぐらい」

「なんでそのことを……？」

「長い付き合いじゃけえね」冴子は得意げにあごを反らした。「それで、あんたが見とる世界は急に美しくなった。これまで見たことないくらいに。そして、そこに自分を救ってくれた女性がいた。そりゃ輝いて見えるわよね。恋しちゃったと思うぐらい」

「僕の勘違いだって言いたいのか？」

「勘違いというより、刷り込みかな。ひな鳥が初めて見たものを親だと認識するっていうあれよ。自分を救ってくれた感謝と、急に世界が明るくなった感動、そういう感情が混ざりあって、『恋』だって思ったんじゃない？」

やや呂律《ろれつ》が回っていないにもかかわらず、冴子の言葉には説得力があった。

「ねえ、うちがあんたと別れたときのこと、覚えてる？」

「忘れるわけないだろ」唐突に話題が変わり、思わず眉根が寄る。

あれは三年ほど前、大学の後期試験が終わった頃、普段のように冴子の部屋に泊まったあとの朝だった。「朝食、なに食べようか」と言うのと同じぐらいの気軽さで、突然冴子が言ったのだ。「今日で恋人関係は終わりってことでよろしく」と。

「あのときさ、なんでうちが別れようと思ったか分かる？」

「分かるわけないだろ。僕に飽きたのか、他に好きな男ができたのかと思ったよ」

「けど、別れた後もあんたと寝るし、他の彼氏作らないから混乱しとったんじゃろ？」

冴子は舌っ足らずに言うと、脇腹に肘打《ひじう》ちをしてくる。

「やめろよ。お前の肘、しゃれにならないぐらい痛いんだから」

「ああ、ごめんごめん。つい学生時代の癖でさ。で、話戻すけど、別れた日の朝、あんたなにしとったか覚えとる？」

「……いや」冴子の憂いを帯びた笑みは覚えているのだが、自分がなにをしていたかは記憶にない。

「あんた、私の机で勉強しとったんよ。期末試験が終わった翌日の朝、目を血走らせて参考書にかぶりついてた。その姿を見て気づいたんよ。うちがあんたに愛されることはないんじゃって」

小さく息を吐いた冴子は、店員にビールのおかわりを頼むと、話し続ける。

「あんたが本当に愛すのは家族だけ。家族のためにはどんな非常識なことでもやる」

「非常識ってことはないだろ」

「自覚していないだけで十分非常識よね。あんたがウチの部活入ったのって、脳外科の教授がOBじゃったからじゃろ？　将来あの教授のチームに入るために、興味もない部活に入って、教授とコネを作ろうなんて考える一年生、まともじゃないって」

「医学部だと、基本的にどこかの運動部に入らないといけないだろ。それなら、将来一番メリットがありそうなところにしようって思っただけだ」

「普通ならメリットとか考えないで、楽しそうなところに入るんよ。しかも、そんな動機で入ったくせに、真面目《まじめ》に練習して、最終的には主将にまでなるしさ」

「どうせ同じ時間練習するなら、できるだけ有意義にした方がいいだろ。それに主将になれば、OBの教授からもおぼえが良くなる」

「めちゃくちゃ打算的じゃねぇ。まあ、あんたはそんな非常識なことができる男じゃった。けど、それはあくまで家族のためにだけ……。うちのためにはそこまでのことはできない。じゃけえ決めたんよ。別れようって」

冴子の整った顔が、痛みを耐えるかのように歪《ゆが》む。

「そんなこと……」

「ないって言い切れる？　付き合っとった三年間、うちのこと愛しとったの？」

冴子は上目遣いに挑発的な視線を送ってきた。数秒間、言葉を探したあと、僕は口を開く。

「お前のこと……好きだったよ。お前といる時間は楽しかった」

「うん、それは知ってる。あんたとうち、なにかと気が合ったしね」

冴子は「あと、体の相性もね」と妖しい流し目をくれると、すぐに肩を落とした。

「けどね、あんたの言う『好き』は結局最後まで、親友として『好き』じゃったんよ。うちらの関係、基本的に一年の頃から変わってなかったんよ」

出席番号が並んでいたので、冴子とは大学の実習で同じ班になることが多かった。しかも、同じ部活に入り、ともに汗を流した。そうやって長い時間顔を合わせているうちに打ち解け、距離が近づき、やがて親友と呼べる関係になっていった。そして、大学二年生になった頃には体を重ねるようになった。

「そうなのかも……しれないな」

僕は焼きガキを箸でつつく。冴子は宙空《ちゅうくう》を眺めると、ぼそりとつぶやいた。

「うちは愛して欲しかったんよ」

「冴子……」

「ああ、ごめんごめん。当てつけとるわけじゃないんよ。ちょっと飲み過ぎたね」

気を取り直すように、冴子は両手を胸の前で合わせる。

「まとめると、あんたと恋人として付き合っていても、結婚して家庭を作るっていう将来がないって気づいたんよ。けどうちは、いつかは結婚して、子供も欲しかった。じゃけえ、別れようってきめたんよ。まだお互い傷が浅いうちにね」

店員が冴子の前に追加のビールジョッキを置く。冴子はそれを一気に飲み干した。

「残念じゃけど、あんたはうちにとって一生をともにする運命の相手じゃなかった。けれどいまでも、最高の親友じゃと思っとるよぉ」

気恥ずかしいことを言われ、僕は照れ隠しにビールをあおる。

「普通、親友でも男を部屋に泊めたりしないだろ」

「だって、まだ運命の相手だって思える男が現れんのじゃもん」

「生まれる前に引き裂かれた半身ってやつか」

ユカリさんから聞いた寓話《ぐうわ》を思い出すと、冴子が肘でわきをつついてきた。

「ロマンチックな話を知っとるんじゃね。そう、その半身が現れたら、もうあんたを部屋にあげたりせんよ。それどころか、毎日のろけ話してやるんだから、覚悟しときんちゃいよぉ」

「毎日は勘弁してくれ」

僕が苦笑すると、やや緩んでいた冴子の表情が引き締まった。

「で、話をもどすと、神奈川で会った女性《ひと》に対する感情は、本当に『愛情』なの？ただ感謝の気持ちをそう勘違いしているだけだったり、さっき言った刷り込みみたいなものじゃないの」

「それは……」

答えようとした僕に向かって、冴子は掌《てのひら》を突き出す。

「よく考えてから答えて。……お願いじゃけえ」

呂律が怪しかったのが嘘のように、冴子の言葉には重みがあった。トロンとしていた目は張りを取り戻し、訴えかけるような光が灯《とも》っている。口をつぐんだ僕は目を閉じると、自らの奥深くに意識を落とし込んでいく。ユカリさんに対する想《おも》い、その真実の姿を知るために。

満員の店内に満ちている喧噪《けんそう》が消えていく。それにつれ、葉山の岬病院での思い出、ユカリさんと過ごした一ヶ月間の記憶が色鮮やかに蘇《よみがえ》ってきた。

窓際にすわるユカリさんを初めて見たときから、最後の日、柔らかく抱かれて耳元で別れを囁《ささや》かれた瞬間まで。一つ一つの記憶が淡く輝いているようだった。僕はゆるゆると瞼《まぶた》を上げていく。

「答え、出た？」

冴子の問いに、僕は小さくあごを引く。

「ああ、出たよ。……僕はやっぱり彼女に、ユカリさんに恋をしてる。彼女のことを想うと胸が苦しくなって、痛くなって、それなのに幸せな気分になるんだ。感謝とも、友情とも明らかに違う。きっと、これが恋って感情なんだと思う。違うかな？」

冴子は我が子を見る母親のような慈愛に満ちた眼差《まなざ》しを向けてきた。

「ううん、それが恋よ。そっか……、蒼馬、本当にその人に惚れとるんじゃね」

天井を見上げた冴子は、突然自分の両頬を平手で張る。バチンという小気味いい音が響き、数人の客がこっちを向いた。

「お姉さん、そば肉玉！」

近くにいた店員に威勢良くお好み焼きを注文すると、僕の肩に手を回す。

「それで、いまその人とどんな状況なんよ？　うちが相談に乗ってあげるから、話してみ。親友としてね」

野次馬根性丸出しで訊《たず》ねてくる冴子の目が、かすかに潤んでいることに、僕は気づかないふりを決め込んだ。

「なに、まだ二週間しか経《た》っとらんのに、もうそんなにラブレター送ったん？」

湯気を立てるお好み焼きに、おたふくソースを大量にかけながら、冴子は呆《あき》れ声を上げる。

「これだから恋愛初心者のお子ちゃまは。それ、下手《へた》したらストーカーよ」

冴子はお好み焼きをへらで直接口に運んだ。

「それじゃあ、どうすればいいか、上級者からアドバイスくれよ」

僕もへらで細かく切ったお好み焼きを頬張る。生地、そば、キャベツが織りなす絶妙な食感にソースの甘みが加わった美味が口に広がった。

「恋愛っていうのは駆け引きなんよ。強引に押せば押すほど、相手は逃げる。じゃけぇ押しては引いてを繰り返して、相手をやきもきさせるんよぉ。男はね」

冴子は人差し指を立てて得意げに説明を始める。

「男はってことは、女は違う方法があるのか」

冴子は「あるよ」と僕に向かって身を乗り出すと、セーターの襟に人差し指をかけ、軽く下に引く。胸の谷間が目の前に晒《さら》され、僕はへらに載っていたお好み焼きをカウンターに落とした。

「ねっ、男なんて下半身に脳みそがあるから簡単。とくに、あんたみたいなむっつりスケベはね。けど、女はそんなに単純じゃないから、しっかり作戦が必要なんよ」

「……作戦って具体的にはどうすればいいんだよ？」

「そうじゃねー、とりあえず、当分は連絡せん方がいいと思うんよぉ。手紙が急に来なくなったら、相手もどうしたのか気になるじゃろ。そうやって焦《じ》らすんよ。長期戦じゃね」

「長期戦か……。それは、ちょっと難しいんだよ」

僕はジョッキの底に残るビールを口に流し込む。ぬるくなったビールはやけに苦く感じた。

「難しいってどういうこと？」

「その人、入院患者だって言っただろ」

ユカリさんの病状について、そのことだけはまだ冴子に話していなかった。

「もしかして、なんか重い疾患？　かなり悪いん？」

「……グリオブラストーマだよ」

冴子の手の動きが止まる。半開きになった口から「膠芽腫《こうがしゅ》……？」というかすれ声が漏れ出した。僕は小さくうなずいた。

「あと……どれくらいなん？」

「半年はもたない。……多分、二、三ヶ月。もっと短いかもしれない」

両手で口元を押さえて絶句する冴子の隣で、僕は奥歯を嚙《か》みしめる。

「あんた、こんなところでなにしてるの⁉」

冴子は突然、僕のジャケットの襟を鷲摑《わしづか》みにした。

「なにしてるって、お前とお好み焼きを……」

「馬鹿！　そんなこと言ってるんじゃない。あんた、まだその人に告白できとらんのじゃろ⁉　想いを伝えとらんのじゃろ！」

「あ、ああ……」

「なら、さっさと伝えんと」

「だから手紙を書いて……」

「手紙なんかじゃなくて、自分の口で言わんと！」

「けど、電話も取り次いでもらえないんだよ」

この二週間で何度か葉山の岬病院に電話をかけたが、そのたびに「外部からの電話は取り次がないようにと、ご本人が希望しています」とにべもなく断られていた。

「誰が電話で告白しろって言ったんよぉ？」冴子は険しい目付きを向ける。「男なら直接会って、相手の目を見ながら告白しんさい！」

「直接会ってって、相手は神奈川だぞ」

「それがどうしたん？」

「どうしたんって……」

唖然《あぜん》とする僕に、「あんた、明日からの週末の予定は？」と訊ねてくる。

「明日の午前は皮膚科外来の見学で、午後は病棟業務だな。日曜は特に予定は……」

「皮膚科の病棟業務なら早く仕事終わるじゃろ。新幹線、十分に間に合うよ」

「まさか、明日、神奈川に行けって言うのか!?」

「なに大きな声出しとるん？　不可能じゃないじゃろ？」

「そりゃ、不可能じゃないけど、いきなり会いに行ったらユカリさんも迷惑……」

「そんなこと言うとる場合じゃない！」冴子に一喝され、僕は口をつぐむ。

「ちゃんと想いも告げられないまま、その人が亡くなったらどうするの？　あんた、一生後悔するんよ。お父さんの件と同じように、ずっと囚われるかもしれんのよ。それでいいの？」

「……いや、よくない」

「だったら行きんさい。明後日はホワイトデーじゃろ。ちょうどいいけぇ、プレゼントでも渡して、男らしく告白するんよ」

冴子はまっすぐに僕の目を覗き込んでくる。僕はその視線を受け止めて頷いた。

「……ああ、分かった。そうするよ」

にっと相好を崩した冴子は、へらに載せたお好み焼きを僕の口に押し込んだ。

「もしフラれて帰ってきたら、頭撫《な》でて慰めてあげるから、気合い入れて行くんよ」

2

翌日、土曜日の午後二時半過ぎ、パソコンのディスプレイに表示されている新幹線の時刻表を眺めながら、僕はあごを撫でる。皮膚科の入院患者は極めて少ないため、すでに病棟業務は終わっていた。指導医からは今日はもう仕事もないので、午後三時には帰っていいと許可を得ている。

三時に病院を出て寮に戻り、身支度を調《ととの》えたあと広電で広島駅まで向かう。余裕を持って見積もると、新幹線に乗れるのは午後五時前後といったところだろう。広島から新横浜まで『のぞみ』で四時間弱。さすがにその時間から葉山の岬病院を訪れるわけにはいかないので、横浜周辺で一泊しなくてはならない。どの新幹線に乗るか目星をつけた僕は、ネットの宿泊サイトを開き、新横浜駅周辺のビジネスホテルを探しはじめる。

けれど、本当に押しかけていいのだろうか？　具体的な計画が定まるにつれ、不安が膨らんでいく。最後に会った日、ユカリさんは告白しようとする僕を押しとどめた。ファーストネームで呼ばれることも拒否し、自分のことは忘れてくれと言った。最安値のビジネスホテルを表示し、『予約確定』にカーソルを合わせたところで、指の動きが止まる。

「男なら直接会って、相手の目を見ながら告白しんさい」

昨日、冴子からかけられた言葉が耳に蘇《よみがえ》る。僕は唇を嚙むと、マウスをクリックした。画面に『ご予約ありがとうございます』の文字が浮かび上がる。

この胸に生まれて初めて燃え上がっている淡い炎、それをユカリさんに伝えなくては。そして、彼女の気持ちを確かめなくては。決意を固めたとき、胸元から電子音が流れ出す。首からぶら下げている院内PHSが安っぽい旋律を奏でていた。

「こんな時間になんだよ」愚痴《ぐち》をこぼしつつPHSを耳に当てる。「碓氷です」

『こちら正面受付です。碓氷先生にご面会希望の方がいらしていますが』

「面会？　誰ですか？」

『弁護士だとおっしゃっています』受付嬢が声を潜める。

「弁護士？　なんで弁護士が僕を訪ねてくるんですか？」

『重要なお話があるということで。あの、どうしましょう？』

受付嬢のセリフを聞きながら、胸の中で不吉な予感が大きく膨らんでいった。


「初めまして、碓氷先生。私は箕輪《みのわ》と申します」

中年の男が両手で名刺を差し出してくる。そこには『弁護士　箕輪章太《しょうた》』と記してあった。

皮膚科、眼科、泌尿器科などの患者が入院している混合病棟。その隅にある病状説明室に、僕は箕輪弁護士を連れてきていた。

「お忙しい中、わざわざお時間を割いていただき感謝します」

深々と頭を下げる男を僕は観察する。一目でブランド物と分かるスーツを自然に着こなし、言動も洗練されている。しかし、なぜか目の前の男に嫌悪感をおぼえた。

金銭的に余裕がある雰囲気を醸し出しているからだろうか？　自問するが、すぐにそうではないことに気づく。

目の前の男は態度こそ慇懃《いんぎん》だが、その細い双眸《そうぼう》にはほとんど温度が感じられなかった。箕輪と視線が合うたびに、巨大な爬虫類《はちゅうるい》に狙われているような心地《ここち》になる。細いあご、細い目、薄い眉もどことなくトカゲを彷彿させた。

ふと、僕はこの男に見覚えがある気がした。しかし、いつ見たのか思い出せない。

「どうぞお掛けください。それでどのようなご用でしょうか？」

箕輪弁護士は「では、遠慮なく」とパイプ椅子に腰掛け、手にしていたバッグから茶封筒を取り出した。

「本日お邪魔したのは、遺産の分配についてご説明するためです」

「遺産？」予想外の言葉に、声が高くなる。「それじゃあ、切手の件でいらしたんですか？」

親父が遺した切手を売却すると、相続税がかかるかもしれないと仲介会社から指摘されていた。その際は、専門の弁護士を紹介すると言っていたが、それがこの男なのだろうか？

「切手？」箕輪弁護士は薄い眉をひそめた。「なんの話か分かりませんが、まず説明をさせていただきます。依頼人は遺言書の中で、碓氷先生に三千六十八万円を遺すと記しております。先生にはそれを受け取る権利が生じますが、その権利を放棄することも可能です。相続する場合、その意思を私どもに……」

「ま、待ってください！」声が裏返る。「いま、三千六十八万円って言いました？」

「ええ、そうです。中途半端な数字なのですが、なにか心当たりがございますか？」

あるに決まっている。実家の借金と僕の奨学金の残りを合わせた額だ。全身の汗腺《かんせん》から氷のように冷たい汗が噴き出してくる。空調が効いているというのに、寒くて震えが止まらなかった。

「まあ、その数字にどのような意味があろうと、私どもは依頼人の遺志を尊重した上で、法に則《のっと》って処理をさせていただくだけです。これまで説明した通り、依頼人はあなたに……」

僕は身を乗り出すと、テーブル越しに手を伸ばし、箕輪弁護士の肩をつかむ。彼の目に初めて感情の光が灯った。恐怖と敵意が同程度にブレンドされた光が。

「……碓氷先生、手を離していただけますか」

低く籠《こ》もった声で箕輪はつぶやく。しかし、僕は手を引かなかった。

「依頼人っていうのは誰なんですか！」

箕輪弁護士は虚を突かれたような表情を晒したあと、含み笑いを漏らして、僕の手を払った。

「これは失礼いたしました。まずはそこからご説明しないといけませんでしたね」

もったいつけるように一息置くと、目の前の男は言った。

「私の依頼人は弓狩環様です。私は弓狩様のご依頼であなたに会うため、こうして東京から広島までやって参りました」

「ユカリさん……」愛《いと》しい女性の名が、無意識に口から漏れる。

彼女の依頼で弁護士が訪ねてきた。そして、僕の借金分の金を渡すと言っている。これがなにを意味するか、それは明らかだった。けれど、脳が、全身の細胞がその事実を拒絶していた。

「なんでユカリさんが……。いま、ユカリさんはどこに……」

譫言《うわごと》のように僕はつぶやく。

「ああ、そのこともご存じなかったんですね。てっきり、すでに連絡を受けていらっしゃると思っていました。こちらの説明不足、重ね重ね謝罪いたします」

頭を下げた箕輪弁護士は、細い目で僕の様子を窺《うかが》いながら口を開いた。

「まことに残念ですが、弓狩環様は四日前にお亡くなりになりました」


足場が崩れ空中に投げ出された気がした。視界がぐるりと揺れ、椅子から転げ落ちそうになる。

「大丈夫ですか?」たいして心配そうではない口調で箕輪弁護士が訊ねてくる。

「そんなわけない……。ユカリさんが死ぬなんて……」

僕は喉の奥から声を絞り出す。箕輪弁護士は呆れ顔で頰を掻《か》いた。

「そうおっしゃいましても、弓狩様は末期の脳腫瘍で、いつ命を落とされてもおかしくない状況でした。そのことはご存じだったのでは？」

けれど、まさかこんなに早く……。まだ、想いも伝えられていないのに……。

頭蓋に手を差し込まれ、脳をかき混ぜられているかのように思考がまとまらなかった。

「そ、そうだ。相続なんて変です！　ユカリさんにはちゃんと、遺産なんか受け取らないって伝えていたんです。僕に遺産を遺しているはずがないんです」

わずかでも、ほんのわずかでもユカリさんの死を否定する要素を探し、僕はまくし立てる。

「と、言われましても、二月十日に作られた遺言書にしっかりと、碓氷先生に三千六十八万円を遺すと書かれていますからねえ」

「二月十日……」

その日はたしか、ユカリさんが「重要な来客がある」と言ったので、三時過ぎまで病室に入れなかった日だ。そこまで考えた僕は、箕輪をどこで見たのか思い出す。

あの日、葉山の岬病院を訪れていたスーツ姿の二人の男、その一人が箕輪だった。

来客というのは箕輪で、ユカリさんはあのとき、この弁護士を立会人にして遺言書を作成していたのか。

ユカリさんと和解したのは二月十四日の深夜だ。その前に遺言書を作り、それを書き直す前に逝ってしまった。そう考えたら、辻褄《つじつま》が合う。

ユカリさんは逝ってしまった。彼女には二度と会うことができない。その事実がゆっくりと心に染み入ってくるにつれ、胸の中に吹き荒れていた嵐が凪《な》いでいく。それは多分、あまりにも強い哀《かな》しみと後悔に心が限界に達し、感情が麻痺《まひ》してきたからだろう。ただ、胸腔をごっそりとくり抜かれたかのような虚無感が全身を支配していた。

「あの……葬式は……」

「葬儀は近親者だけで執り行われ、すでに荼毘《だび》にふされているとのことです」

「そうですか……。彼女は最期、苦しみませんでしたか？」

あの海辺の部屋で、眠るように逝っていて欲しい。そう願わずにはいられなかった。

「それについては存じません。葉山の岬病院のスタッフは彼女の最期に立ち会っていませんので」

「え……？」僕は伏せていた顔をゆるゆるとあげる。「なに言っているんですか？ユカリさんは葉山の岬病院で亡くなったんでしょ？」

「いいえ。彼女の死亡が確認されたのは、横浜市内の総合病院です。横浜の路上で倒れているところを通行人に発見され、近くの病院に搬送されたそうですが、助からなかったということです」

「横浜？　通行人が発見って、付き添いのスタッフはなにをしていたんですか!?」

「詳しくは知りませんが、聞いたところでは、一人で外出していたらしいですね」

「あり得ません！」僕は勢いよく立ち上がる。パイプ椅子が倒れ、大きな音を響かせた。「彼女は、ユカリさんは先月の下旬まで、病院の外に出られなかったんです。外出できるようになっても、病院近辺を散歩するぐらいでした。それも、僕がついていないとダメで……」

「……碓氷先生」箕輪弁護士はこれまでより低い声で、僕のセリフを遮る。「弓狩様の病状がどうだったか、私には興味はありません。弓狩様は間違いなく亡くなった。そしてあなたに遺産の一部を遺したんです」

僕を睨《ね》めつけた箕輪弁護士は、念を押すように繰り返した。

「弓狩環様はもう亡くなったんですよ」

焦点がぶれる目で、暗い水面を眺め続ける。どれだけの時間こうしているのだろう。数十分の気もするし、何日間も緩やかに流れる元安川《もとやすがわ》を眺めている気がする。ユカリさんの死の報告を受けたあと、気づいたら川沿いのベンチに一人腰掛けていた。

箕輪弁護士がなにやら事務手続きの説明をまくし立てて帰ったあと、僕は羽毛布団の上を歩いているような、ふわふわとした心持ちのまま病院を出て、平和記念公園を彷徨《さまよ》い続けた気がする。ただ、その記憶は夢の中の出来事のように曖昧で、現実にあったことなのか定かではなかった。

視線をわずかに上げると、川の向こう側にある原爆ドームが目に入った。外壁が崩れ落ち、ドーム部分の鉄骨が剝き出しになっているにもかかわらず、毅然《きぜん》と立つ平和の象徴がライトアップされている。その幻想的な光景を眺めているうちに、現実感がさらに希釈《きしゃく》されていく。

ユカリさんが亡くなった。すでにこの世界にユカリさんはいない。そのことを思い出すと、どこまでも暗く揺蕩《たゆた》う川の流れに吸い込まれていきそうな気がした。

突然、誰かが勢いよく隣に腰掛ける。のろのろと横を向くと、見慣れた顔があった。

「よっ」榎本冴子は軽く手を上げた。

「……冴子？」

「そう、冴子さんよ。あんた、こんなところでなにしとるんねぇ。今頃、新幹線に乗っとると思ってたのに」

「……べつに」

「べつにじゃないでしょうが。あんたを目撃した病院スタッフたちから、何度も連絡きたんよ。『碓氷先生が公園をゾンビみたいに徘徊《はいかい》してましたよ』とか『元安川のベンチであしたのジョーの最終回みたいになっていましたよ』とか。まったく、うちはあんたの保護者じゃないっていうの」

芝居じみた仕草で肩をすくめたあと、冴子は優しい眼差しを向けてくる。

「それで、どうしたん？　なにかあったんじゃろ？」

僕は震える唇を開く。しかし、口からは小さなうめき声が漏れるだけだった。僕を見つめる冴子の細い眉が八の字になる。

「そうか……。亡くなったんじゃね。好きだった人が」

「なんで……？」

「分かるよ。昨日言ったじゃろ、長い付き合いだって。いつ分かったの？」

「ついさっき……。四日も前に亡くなっていて……」

「……そっか。つらかったねぇ。本当につらかったねぇ」

冴子は手を伸ばすと、ゆっくりと僕の顔を両手で引き寄せる。柔らかく、それでいて温かい感触に顔が包まれた。ふとデジャヴに襲われ、僕は記憶を探る。原因はすぐに分かった。先月、夕日に染まった展望台で十五年前の真実を知らされたとき、僕は同じようにユカリさんに抱きしめられたのだ。

冴子よりも小ぶりなユカリさんの乳房の柔らかさが、その体温が、その心臓の鼓動が五感に蘇ってくる。それとともに、麻痺して凝り固まっていた感情が溶けだし、失われていた現実感が一気に僕に襲いかかってきた。

堰《せき》を切ったように溢れ出した激情はもはや止めることができなかった。僕は両手を冴子の背中に回し、慟哭《どうこく》を吐きだしはじめる。それらは、冴子の着ているセーターに、そしてその奥にある豊満な胸に吸い込まれていった。

冴子はその間、ただ無言で僕を抱きしめ、頭を撫で続けてくれた。

胸を満たしていた哀情《あいじょう》が、涙に溶けて洗いながされていった。僕は呼吸を整えると、冴子の胸から顔を離していく。

「大丈夫？」冴子が顔を覗き込んでくる。

僕は涙と鼻水で濡れた顔をジャケットの袖で拭うと、大きくうなずいた。

「ああ、うちのセーター、びしょびしょじゃない。せっかく気に入っとったのに。

これじゃあ、もう着られないねぇ」

「悪い。弁償するよ」

「冗談よ。けれど、デートでもいつも割り勘だったぐらいケチのあんたが、迷いもなく『弁償する』ねぇ。あんた。本当に変わったねぇ」

「悪かったな、ケチで。べつに、そんなに変わってなんかいないよ」

「自分では分かっとらんだけよ。あんたは変わった。そして、あんたを変えたのが、その亡くなった人なんじゃろ？」

「ああ、そうだな……」

ユカリさんとの思い出を頭の中で反芻《はんすう》する。再び嗚咽が漏れそうになり、僕は唇を固く噛んだ。

「これから、どうするん？」

「どうって……」

「お葬式は？」

「近親者だけですませたってさ」

「そっか。それじゃあ、お墓参りぐらいしかできることないねぇ」

できることは墓参りぐらい。本当にそうだろうか？　冴子のおかげで精神が落ち着くにつれ、箕輪弁護士から話を聞いたときに感じた疑問が蘇ってくる。

なぜユカリさんは横浜で倒れていたのだろう。葉山の岬病院から横浜までは、車でも一時間近くかかる。先月の下旬にようやく『ダイヤの鳥籠』から出られるようになったユカリさんが、そんな遠くまで、しかも一人で行けるとは思えなかった。

彼女の身になにが起こったのか知りたい。その欲求が体の奥底から湧き上がる。

「どうかした、蒼馬?」

冴子が訊ねてくる。僕は自分が感じている疑問を、冴子に伝えていった。説明をするにつれ頭が整理されていく。やはりなにかがおかしい。

「つまり、あんたはその人の身になにが起きたんか知りたいいうわけじゃね?」

そうだ。僕は知りたい。ユカリさんになにがあったのか。彼女の最期がどのようなものだったのか。僕は大きく頷いた。

「それじゃあ、現地に行かないとねぇ」

「現地って、神奈川に? けど、そんなこと……」

戸惑う僕を尻目に、冴子はコートのポケットからスマートフォンを取り出し、操作しはじめた。

「新横浜まで行く新幹線の最終は、午後八時一分広島発ののぞみじゃけえ、いまから急げば間に合うかもしれんよ」

冴子は乗り換え案内のサイトが表示された液晶画面を見せてくる。僕は慌てて腕時計を見る。時刻は午後七時半を回ったところだった。

「けれど、横浜に行っても着くのは深夜だろ。明日一日で色々調べるのは、いくらなんでも無理だって。明後日にはこっちに戻って、仕事を……」

「蒼馬さ、なんか寒気しない？」

「寒気？　そりゃ、少し寒いけど……」

この辺りは風を遮るものがなく、川面《かわも》を走る冷たい風が直接吹きつけてくる。

「わあ、寒気がするの。そりゃ大変じゃ。あと、体の節々が痛かったり、熱っぽかったり、めまいしたりするじゃろ？　だから、ふらふら徘徊しとったんじゃろ？」

ずいっと顔を近づけてくる冴子の意図が読めず、僕は眉間にしわを寄せた。

「インフルエンザよ！」冴子は僕の鼻先に指を突きつける。「あんた、インフルエンザにかかっとるんじゃって。ほら、今年はまだインフル流行《はや》っとるじゃろ」

「いや、インフルって感じじゃないんだけど……」

「うちの診断にケチつけるの？　間違いなくインフルじゃ。じゃけえ、来週は病院に出てこれん」

ようやく冴子の意図に気づいた僕は目を見開く。広島中央総合病院では職員がインフルエンザと診断された場合、患者への感染を防ぐために出勤停止処置がとられる。

「冴子……」

僕がベンチから腰を浮かすと、冴子はひらひらと手を振った。

「いいから、さっさと行きんちゃい。病院には私が報告しておくから」

「ありがとう！　恩に着る！」

「お礼は、今度飲みに行ったとき奢《おご》ってくれればいいよ。ケチなあんたに奢らせたってみんなに自慢できる。ほら、もう時間がないよ」

もう一度「ありがとう」と繰り返すと、僕は地面を蹴って走り出した。元安橋を渡り、週末で人がごった返す本通商店街を駆けていく。鯉城《りじょう》通りとの交差点にある本通駅が目に入り、広電に乗ろうかと一瞬迷う。広島駅までは二キロほど、乗客の乗り降りの多いこの時間帯は走った方が早い。そう判断した僕は再び走り出した。

メインストリートである相生《あいおい》通りへ出ると、「すみません！」と通行人をかき分けて走る。最近運動不足の体はすぐに悲鳴を上げはじめた。稲荷《いなり》大橋を渡る頃には、足の筋肉は鉄のように固くなり、肺に痛みを覚えるようになっていた。腕時計を見ると、針は午後七時五十分を指している。

ぎりぎりだ。全身の細胞が発している警告を無視して、僕は走り続ける。

新幹線口の自動券売機で新横浜までの自由席を購入すると、ホームへのエスカレーターを上っていく。そのとき、発車を知らせるメロディーが聞こえてきた。僕は必死にエスカレーターを駆け上がると、停車しているのぞみの扉へと駆け込んだ。

両膝に手をついて必死に酸素をむさぼる僕の背後で静かに扉が閉まり、新幹線が発車する。僕は背中を扉に預けると、ずるずるとその場に座り込んだ。

3

「お邪魔します」

院長に続いて扉をくぐる。翌日の昼下がり、僕は葉山の岬病院の院長室に通されていた。

昨夜、二十三時半ごろに新横浜駅に到着した僕は、もともとはユカリさんに会うために予約していたビジネスホテルにチェックインした。シングルベッドが部屋の半分近くを占める狭い部屋で、疲労困憊《こんぱい》の僕は着替えることもせずベッドに横になり目を閉じたが、眠ることはできなかった。瞼の裏側にはユカリさんとの記憶が映画のように流れ続けた。目尻から涙が流れ落ちる感触をおぼえながら、僕は彼女との記憶の海に漂い続けた。

結局、一睡もできないうちに朝になり、ユニットバスで温度の安定しないシャワーに四苦八苦しながら汗を流したあと行動を開始した。まず葉山の岬病院に電話をし、院長に面会したい旨《むね》を伝えた。そうして僕は、新横浜から電車とバスを乗り継ぎ、約二週間ぶりに葉山の岬病院を訪れ、この院長室へとやってきていた。

室内を見回す。八畳ほどのスペースに量産品のデスクと古びた応接セット、医学書が詰め込まれた本棚だけが置かれている。豪奢《ごうしゃ》なこの病院には不似合いなほどに簡素な部屋だった。院長は無言のままソファーに腰掛ける。

「思ったより普通の部屋なんですね」僕も対面のソファーに座った。

「この病院は患者のためのものだ。医療スタッフの部屋まで豪華にする必要はない。碓氷先生、君はそんなことを言いに、わざわざ広島から戻ってきたのか？」

相変わらずの抑揚のない口調。僕は「いえ」と首を横に振った。

「この病院で担当した患者さんについて知りたくてやってきました」

「患者というと、誰のことかな？」

「弓狩環さんです」僕は乾燥した唇を舐《な》め、彼女の名を口にする。

「弓狩さんか、残念ながら彼女は五日前に……」

「亡くなった。そのことは知っています」

僕は声が震えないように、喉に力を込めた。

「なら、他になにが知りたいんだ？」

「なんで彼女が亡くなったかです。そのために、広島からやってきたんです」

「なんで？　彼女はグリオブラストーマを患《わずら》っていた。グリオブラストーマがどれだけ悪性度の高い腫瘍か知っているだろう」

「ええ、もちろん知っています。けれど、なんで彼女は横浜の路上で倒れていたんですか？　いったい、彼女は横浜でなにをやっていたんですか？」

僕がソファーから腰を浮かすと、院長の目が刃物のように細められた。

「なんで君がそのことを知っている？」

「そんなこと、どうでもいいじゃないですか。それより教えてください。弓狩さんが医療スタッフの付き添いもなしに、横浜に行った理由を。彼女はこの前やっと、近くなら外出ができるようになったばかりだったんですよ。それを一人であんな遠くまで行かせるなんて……」

「弓狩さんの希望だ」まくし立てる僕のセリフを遮るように、院長はつぶやいた。

「彼女の……希望？」

「そうだ。彼女が一人で外出したいと希望した。だから許可をした」

「医学的に危険だとしても、患者が希望すれば外出を許可するって言うんですか？」

僕の糾弾に、院長は気怠《けだる》そうに首を横に振った。

「もちろん、医学的に無理なら許可はしない。ただ、彼女は十分に長時間の外出が可能だった」

「弓狩さんはほんの一ヶ月前まで、病的に外出を怖がって、病院から出たらパニックになるような状態だったんですよ」

「そんなことはない。現に彼女は、何度も一人で横浜まで行っていた」

僕は「は?」と呆《ほう》けた声を漏らす。

「僕がここでの実習を終えてから、弓狩さんが何度も一人で外出していたっていうんですか?」

「いや、彼女は君が実習にやってくる前から、一人での外出を繰り返していたよ」

「なに言っているんですか? 弓狩さんは親戚に命を狙われるかもしれないって怯《おび》えて、外出できなくなっていたじゃないですか」

「ああ、その通りだ」院長はあごを引く。「しかし、うちの病院で認知行動療法を行った結果、外出恐怖は改善し、数ヶ月前には普通に外出できるようになっていた」

「ちょ、ちょっと待ってください。そんなはずありません。僕は弓狩環さんについて話しているんですよ。違う患者さんと勘違いしていませんか?」

「そんなことはない。私はこの病院の院長だ。入院患者全員の病状について全て把握している」

「じゃあ、弓狩さんは先月だけ、また外出恐怖症になっていたってことですか？」

病室を『ダイヤの鳥籠』と表現し、そして僕とともに図書館まで行けたことで泣き崩れたユカリさん。彼女が何ヶ月も前から一人で外出できていたなんてこと、あるわけがない。

「いや、そうじゃない」院長が首を横に振った。「君が実習に来ている期間も、彼女は週に何度も、長時間の外出を繰り返していたよ」

なにを言っているんだ？　福山の実家に帰った二日間以外の毎日、僕はユカリさんと午後の時間を過ごしている。

呆然《ぼうぜん》とする僕の前で、院長は内線電話を取ると、小声でなにか指示をした。数十秒後、若い看護師が部屋に入ってきて、紙の束を院長に手渡した。

「これを見なさい」院長は手にしていた紙の束をローテーブルの上に置いた。

それは外出届だった。入院患者が外出する際、行き場所や帰院予定時刻を記す用紙。そこに書かれている名前を見た僕は、ひったくるように紙の束を手に取り、一枚一枚目を通していく。

十数枚の外出届、その全ての患者氏名欄には『弓狩環』と記されていた。そして、それらの外出日はすべて先月、僕が実習でこの病院に来ていた期間だった。

軽いめまいをおぼえ、僕は片手で額を押さえる。ほとんどの外出予定時刻は昼前から夕方まで、つまり僕がユカリさんの病室にいた時間を含んでいる。

「こんなものデタラメだ！」僕は外出届の束をテーブルに叩きつける。「ここに書かれている時間、僕はユカリさんと病室にいた。こんなの全部、あなたたちが作った偽物だ！」

「なんで私たちが偽の外出届なんて作る必要があるんだ？」淡々と院長はつぶやく。

「そんなのこっちが訊《き》きたいですよ！　なにを企《たくら》んでいるんですか!?　あなたたちはユカリさんにいったいなにをしたんですか!?」

声を荒らげる僕の前で、院長は深いため息をついた。

「落ち着きなさい。なんで君は弓狩環さんに、そこまでこだわっているんだ？」

「それは……」

彼女に恋をしたから。生まれて初めての本物の恋を。そんなことを言えるわけもなかった。

「彼女が、……担当患者だったからです。一ヶ月とはいえ、毎日診察していた患者さんがおかしな亡くなり方をした。だから、気になったんです」

必死に理由をこじつける僕の前で、院長は鼻の付け根を揉《も》む。

「碓氷先生、君に伝えなければいけないことがある。重要なことだから、よく聞いてくれ」

僕を見る瞳に憐憫《れんびん》の光を宿しながら、院長はゆっくりと口を開いた。

「君は一度も弓狩環さんを診察していない。全部、君の妄想なんだよ」

なにを言われたか分からなかった。高熱にうかされているかのように思考がまとまらない。

「どういう……意味ですか……？」

「言葉のとおりだよ。君は弓狩環さんを診察したことはないんだ」

「そんなはずありません。僕は毎日、患者さん全員をしっかり回診していました」

「三階に入室している患者全員をね。けれど、三階に弓狩環さんは入院していない」

「なにを言っているんですか？　まさか、弓狩環さんなんていう患者はいなかったなんて言い出すつもりじゃないでしょうね」

「いや、彼女はうちに入院していたよ。ただし……」

院長は手の甲をこちらにむけると、指を二本立てる。

「二階だ。彼女は二階に入院していたんだ。だから、三階を担当していた君が、彼女を診察しているはずがないんだよ」

「二階に……？」一瞬あっけにとられた僕は、すぐに頭を激しく振る。「違います！　ユカリさんは三一二号室、海が見える特別病室に入院していました」

「……しかたがないな。ついてきなさい」

立ち上がった院長は部屋を出る。僕は慌ててそのあとを追った。階段で三階まで上がった院長は、ナースステーションに入っていく。中では顔なじみの看護師たちが働いていた。

「あら、碓氷先生、どうしたんですか？　広島に戻ったんじゃ？」

目を見張る看護師長に、院長が話しかける。

「師長、先月、三一二号室には誰か入院していたか？」

「三一二号室ですか？　いえ、あの病室はこの三ヶ月ほど、誰も入院していませんよ。いくらなんでも個室料が高すぎるんですよ。もう少し値引きすることも検討したらどうですか？」

膝の力が抜ける。気を抜くと、その場に倒れ込んでしまいそうだった。

「違う……。ユカリさんが……、弓狩環さんがあの部屋に入院をしていたはず……」

僕は助けを求めるように、周りにいる看護師たちを見回す。しかし、彼女たちから返ってくるのは肯定の言葉ではなく、哀れみの視線だった。

「そうだ！　ユウさん、朝霧由さんと会わせてください！」

ユウさんなら認めてくれるはずだ。ユカリさんが三一二号室に入院していたと。

「碓氷先生……」近づいて来た師長が、眉間に深いしわを寄せながら僕の肩に手を置く。「朝霧さんもね、先日、亡くなったのよ。脳動脈瘤《りゅう》の破裂でね」

「そんな……」

ユカリさんだけでなくユウさんまで……。崩れ落ちそうになったとき、視界の端を車椅子がかすめた。僕は勢いよく首を回す。ナースステーションの外を、内村さんが車椅子を漕《こ》いで通り過ぎようとしていた。僕は内村さんに駆け寄ると、車椅子の車輪に縋《すが》りつく。

「うおっ!?　なんだよ、碓氷先生じゃないか。広島に戻ったんじゃなかったっけ？」

「内村さん。三一二号室、あの一番奥の部屋に先月までユカリさんが、弓狩環さんが入院していましたよね！　覚えていますよね！」

「三一二号室？　最近、あそこには誰も入院していないはずだぞ。環ちゃんが入院していたのは二階だよ。……しかし、あんなに若い子が、こんな老いぼれより先に逝っちまうなんてな」

しわの目立つ顔をつらそうに歪める内村さんの傍らで、僕は床に膝をつく。

「おい、碓氷先生、大丈夫かい？」

内村さんの声が、やけに遠くから聞こえた。

肩に手が置かれる。力なく顔を上げると、院長が僕を見下ろしていた。

「三一二号室に案内しよう。そこで、君の身に起こったことを説明する」

僕のわきに手を入れて起き上がらせると、院長は背中に手を添えながら歩き出す。僕は連行される囚人のように、廊下を進んでいった。三一二号室の前にやってくると、院長は無造作に扉を開いた。僕は吸い込まれるように病室に入っていく。ユカリさんとの思い出が詰まった病室に。

そこは……空っぽだった。

ソファー、ローテーブル、デスクなどの家具はある。しかし、画集や写真集が詰め込まれていた本棚は空で、いつもキッチンに置かれていたティーセットは見当たらなかった。窓際のベッドには布団はなく、マットレスが裸で置かれている。そして、いつも窓際に置かれていたイーゼル。ユカリさんがいつも絵を描いていたあのイーゼルが消え去っていた。

たしかにここは三一二号室だ。しかし、部屋中見回しても、ユカリさんとの記憶の痕跡を見つけることができなかった。

「この部屋は去年からずっとこの状態だ。実習二日目、控室の騒音に耐えかねた君は、午後にこの部屋で勉強していいか私に許可を求めてきた」

「僕が直接院長に？　そんなはずありません」

院長にそれを提案したのはユカリさんのはずだ。

「先月、君はなんでこの病院にやってきたんだ？」唐突に院長が訊ねる。

「なんでって、研修の地域実習先として……」

「そうじゃない。広島市周辺にも地域実習を受けられる医療施設はいくつも候補があったはずだ。それなのに、なぜわざわざ遠く離れたこの病院にやってきたんだ」

「それは……」

「君が精神的に限界に達していたからだ」答える前に、院長は言葉をかぶせてくる。

「君はただでさえきつい初期臨床研修の最中に、睡眠時間を削って勉強に取り組んでいた。しかし、あまりにもストイックに自らを追い込みすぎ、心身ともに限界に達しつつあった。だから研修責任者の判断で、それほど勤務が忙しくなく、さらに自然に囲まれているこの病院を勧められたんだ。そうだね」

「それがどうしたっていうんですか？　ユカリさんとなにか関係あるんですか？」

「もちろんある。君の精神はここにやってきた時点で、すでに限界を超えていたんだ。君がこの部屋で弓狩環さんと過ごしたという記憶、それは全て、君の傷ついた精神、ストレスでいまにも崩れそうになっていた脳が生み出した妄想なんだよ」

バットで殴られたかのような衝撃が後頭部に走った。

「そ、そんなわけありません！　僕はここで毎日午後、ユカリさんと過ごしていたんです！」

「君がそのような妄想を抱いていたことは知っていた。けれど、それは事実じゃない。君は誰も入院していないこの部屋で、一人で勉強をしていたんだ」

「違う！　そもそも、僕がおかしな妄想を抱いていたとしたら、なんで先生たちはそのことを指摘してくれなかったんですか？」

「下手に否定すると君が混乱してしまい、さらに精神的に不安定になると判断した。特に誰かに迷惑をかけるわけではないので、スタッフの間では君の妄想を否定しないと決めたんだ」

「じゃあ……、じゃあ院長先生は、僕はユカリさんと会ったことがないって言うんですか？」

「そんなことはない。初日のオリエンテーションの際、君は中庭で弓狩さんに会って、挨拶をしている。きっとその際に彼女に惹《ひ》かれ、そして彼女がこの三一二号室に入院しているという妄想が生み出されたんだろう。それ以降は、君は弓狩さんとは会っていない。顔を合わせないように、私たちスタッフが気をつけていたからね」

「嘘だ！　そんなはずない！　だってユカリさんは遺言書で、僕の借金と同じ額の遺産を遺してくれたんですよ。一度しか会っていない相手に、そんなことをするはずがない！」

僕が詰め寄ると、院長は小さく首を横に振った。

「弓狩さんは使い切れないほどの大金を持っていた。そして、君の状況はスタッフから聞いていた。きっと、君の状況を不憫《ふびん》に思った彼女は気まぐれで、その借金をなくしてあげようと思ったんだろう。彼女にとっては数千万円など、たいした金額じゃないからね」

淡々と説明する院長の言葉には説得力があった。

「けれど、僕はおぼえているんです！　この部屋でユカリさんと過ごした時間を、彼女が淹《い》れてくれた紅茶の香りを、彼女と歩いた砂浜の潮騒《しおさい》を！」

僕は息を乱しながら叫ぶ。

「それに、ユウさんとか内村さんにユカリさんとのことをからかわれたり、カフェでは二人用の席に通されたりしました。だから、ユカリさんとの記憶は妄想なんかじゃないはずだ！」

「君も医者なら知っているだろ。人間の記憶というのは容易に書き換えられるということを。いま君が口にした記憶は、君の崩れかけた脳が矛盾がないように作り出した幻想なんだ」

「違う！　違うんだ！」僕は両手で頭を掻きむしる。

ユカリさんが、はじめて愛した女性が幻だったなんて……。なにかないのか？

彼女がこの三一二号室に入院していたという証拠は。頭を絞っていた僕は、はっと顔を上げる。

「カルテを見せてください！」僕は院長に詰め寄る。「僕は毎日ユカリさんを診察して、カルテを書いていました。それさえあれば、僕が実際にユカリさんを診察していた証拠になる」

カルテは公式な医療記録だ。もし僕が妄想で診察して記録をつけようとしたら、院長も止めるはずだ。つまり、ユカリさんのカルテに僕の残した記載があれば、僕は彼女を診察していた、ひいてはユカリさんが三階に入院していた証拠になる。僕は拳を握りこんで院長の答えを待つ。

「……いいだろう。それで君が納得するなら。ついてきなさい」

白衣をはためかして三一二号室を後にした院長は、僕を連れて階段を地下まで降りていった。埃《ほこり》っぽい地下の廊下を進むと、院長は突き当たりにある『カルテ保管庫』と記された扉を開け、入り口わきのスイッチを入れた。天井に届きそうな高さのラックが所狭しと並べられた室内を、蛍光灯の無味乾燥な光が照らし出す。ラックには紐《ひも》で固定された冊子が無数に詰め込まれていた。紙カルテの場合、退院した患者のカルテは看護記録、検査記録等とまとめて一冊の冊子にして保管される。

迷いのない足取りで細い通路を進んだ院長は、『ゆ』と書かれたラックの前で止まると、人差し指で無数の冊子を順に指していく。やがて指の動きを止めた院長は一冊の冊子を取り出し、僕に差し出す。その表紙には『弓狩環』と名前が記されていた。

このカルテに、僕が書いた診療記録があるはずだ。絶対に。奥歯を噛みしめて指の震えを押さえ込むと、僕は先月の診療記録のページを開いた。

「嘘だ……」

二月の診療記録、そこに僕の記載はなかった。ほとんどが『変化なし』を意味する『stable』や『no remarkable change』が筆記体で走り書きされ、その後ろに院長のサインが書かれていた。

「これで分かってくれたかな」

院長が肩に置いてきた手を、僕は振り払う。

「こんなの偽物だ！　カルテを全部書き換えたんだ！」

「なんでそんな手間のかかることをする必要があるんだ。そもそも、君が乗り込んで来ることを私たちは予想できなかった。それに、診療記録を書いているのは私だけじゃない。週に一回程度、非常勤のリハビリ科や皮膚科、精神科の医師がきて診療記録を書いてくれている。それらまでわざわざ偽造したとでも言うのかね？」

その言葉どおり、ところどころ院長以外の医者が書いた記録もあった。筆跡もサインも院長のものとは明らかに異なっている。たしかにそれらも偽造することなどほとんど不可能だった。

「まだ疑うなら、後ろにある看護記録も読んでみればいい。弓狩さんが数ヶ月前から定期的に外出していることも書いてあるはずだ」

それを確認する気力はもはや残っていなかった。僕の手から冊子が滑り落ちる。院長は床に落ちたカルテの冊子を拾い上げると、ラックへと戻した。

「これで分かったね。君が会っていた女性は幻なんだよ」

幻……。僕は思い出す。最後の日、僕を抱きしめながらユカリさんが囁いた言葉を。

「私は幻なの」「私みたいな幻は忘れて」

あのとき、彼女は僕に真実を教えてくれていた。だからこそ、僕に想いを告げることを許してくれなかった。僕を現実の世界に戻し、前へと進ませるために。視界が滲《にじ》んでくる。

「大丈夫かい？」院長の声には、これまで感じなかった温かさがあった。

「……ユカリさんは、僕を救ってくれたんです。……十五年前の事件に雁字搦《がんじがら》めになっていた僕を。……彼女は幻だったのかもしれない。けれど、それだけは本当のことなんです」

しゃくり上げながら、僕は言葉を絞り出す。

「その女性は君の心の中にいたんだ。そして、君を救ってくれたんだよ」

院長は僕の背中に手を置く。僕は声が漏れないように口を固くむすんで頷いた。

「院長先生」僕は顔を上げる。「なんで、僕の状態を研修先に報告しなかったんですか？　報告していたら、研修中止になっていたはずです。そんな状態の医師に診療させるのは危険ですから」

「もし、君の状態が変わらなければ報告をする予定だった。けれど、ここで実習をするうちに、君は明らかに改善していった」

それはきっと、幻だった彼女と出会えたから。

「君の妄想が悪化することはない。それどころか、もうすぐ消え去ると判断した。だから報告はしなかった」

最終日、「私は幻」と囁いたユカリさん。彼女は知っていたのかもしれない。もうすぐ僕には、彼女が見えなくなることを。もうすぐ自分が消え去ってしまうことを。

僕は胸に両手を当てる。そこに、ユカリさんが眠っているかもしれないから。「院長先生」大きく息を吐く。「もう一度だけ三一二号室を見せてください。そうしたら広島に帰って……彼女の希望通り、前に進みます」

院長は細い唇の端をわずかに上げた。


再び三階へと上がった僕は廊下を進んでいく。僕が恋したユカリさんは、五日前に亡くなった弓狩環さんではなかった。僕の崩れかけていた脳が作り出した幻の女性だった。

彼女は僕を救うために現れ、そして役目を終えて消えていったのだ。深い哀しみが胸に満ちているが、同時に爽やかでもあった。彼女はまだ、僕の中で生きているかもしれないのだから。

ただ……。三一二号室の扉の前で僕は足を止める。ただ、できることなら、彼女に想いを伝えたかった。たとえ、僕自身が生み出した幻だったとしても。

僕が扉に手を伸ばしかけたとき、「よう、碓氷先生」と声がかけられる。見ると、車椅子に乗った内村さんが近づいてきていた。

「どうも、内村さん。さっきはお騒がせしました」僕は頭を下げる。

「気にすんなよ。あんなふうに必死になるのは若者の特権だ。俺みたいなじじいが同じことをしたら、『認知症になった！』って言われちまうからな」

内村さんはニヒルな笑みを浮かべると、僕の顔をまじまじと見つめる。

「なんか、吹っ切れたって顔してんな。問題は解決したのかい？」

「ええ、なんとか。これで前に進めそうです」

「そっか……。前にね……」腕を組んだ内村さんは、額に深いしわを刻む。

「どうかしましたか？」

「あんたの顔見たら、このままでもいいのかもしれないと思ったんだけど、やっぱりダメだ。いいか、碓氷先生。これは独り言だ。じじいの戯言《たわごと》だと聞き流すも、真剣に聞くもあんたの自由だ」

内村さんは唇を舐めると、声を潜めてつぶやく。

「院長を、いや、この病院を信用するんじゃねえ」

「え？　どういうことですか？」

「言葉のままだよ。この病院は患者やその家族の希望ならなんでもする。本当になんでもな」

静かだった心の水面にざわりと波が立つ。

「なんでもって……、具体的にはどんなことなんですか？」

「それ以上のことは俺の口からは言えねえ。俺が言えることはただ、この病院の奴《やつ》らを信用するなってことだ。もちろん、俺も含めてな。それじゃあな、碓氷先生」

内村さんは器用に車椅子を回転させると、廊下を戻っていく。

「ちょっと待ってください。それじゃあ僕は、誰を信用すればいいんですか?」

「決まっているだろ」振り返った内村さんは僕の胸を指さした。「自分自身だよ」

「自分自身……」

内村さんの背中を見送った僕は、三一二号室に入り、部屋の中心まで進んでいく。

「いま、一番信じられないのが僕自身なんだけどな」独白が部屋にむなしく響いた。

内村さんは院長を信じるなと言った。それはつまり、ユカリさんは幻ではなかったということだろうか? けれど、カルテという決定的な証拠を突きつけられた後では、自分の記憶を信じることなどできなかった。ユカリさんが実際にこの部屋にいたという、明らかな痕跡でもない限り。

僕はソファーに座ると、部屋を見回す。どこを見てもユカリさんとの記憶が蘇り、胸に痛みが走った。この部屋で、僕はなにを探しているのだろう? 自問しつつ動かしていた視線が窓際で止まる。ユカリさんはいつもあそこで絵を描いていた。会ってすぐの頃、その理由を訊ねた。そのときのやりとりが頭の中で再生される。

「昔、聞いたことあるんだ。夢を描いた絵の上で寝ると、それが叶《かな》うって」

「描いた絵をマットレスの下に敷いているんですか？」

「まさか、そんなことしたら汚れちゃうじゃない。ちゃんと大切に保管しています」

「どこにですか？」

「ないしょ。さすがにばれたら、院長先生に怒られちゃうだろうし」

絵の上に寝る……。ばれたら怒られる……。

もしかして！　ソファーから跳ね起きた僕はベッドに駆け寄ると、その場に四つん這《ば》いになりベッドの下に潜り込む。フローリングの床に触れそうなほど頬を近《よ》づけて目を凝らすと、木目の一部がわずかに浮いていた。

ここだ！　僕はジーンズのポケットからキーケースを取り出すと、鍵の先端を木目に差し込み、手首を返す。拍子抜けするほど簡単に床の一部が浮き上がり、その下に空間が現れた。

僕はおそるおそる、現れた穴に手を差し込む。指先に紙の感覚が伝わってきた。中に入っている物をゆっくりと取り出していく。

「ああ……」抑えきれない感情が声になり、口から漏れだした。それは、丸められ、輪ゴムで留められた十数枚の画用紙だった。ユカリさんが描いた絵。

せわしなく輪ゴムを外すと、画用紙が広がる。淡い桜色が目に飛び込んできた。

満開の桜の下に立つ長い黒髪の女性と、彼女の前に跪《ひざまず》く男の絵。僕がこの病院から去る日、ユカリさんが描いていた美しい光景。僕はその絵を天井に向かって高々と掲げる。

ユカリさんは、幻なんかじゃなかった。彼女と僕がこの部屋で過ごしたあの宝石のような時間は実際にあったのだ。目に映る桜色が涙で滲んでいった。

4

階段を上がって周囲を見回すと、『中華街』と記された派手で巨大な門が目に飛び込んできた。僕は誘い込まれるようにその原色の装飾品が飾り付けられた門をくぐる。平日だというのに、通りには人が溢れていた。中国人らしき若い男性が「どうぞ」と天津《テンシン》甘栗を差し出してくる。

ユカリさんの水彩画を発見した翌日の正午過ぎ、僕は横浜の中華街にやってきていた。昼時だけあって、多くの中華料理店が大声で客を呼び込んでいた。食欲を誘う香りが通りに満ち、朝食に軽くサンドイッチを押し込んだだけの胃袋が音を立てる。しかし、呑気《のんき》に中華料理に舌鼓《したつづみ》を打つ余裕はなかった。昼食として、すぐわきの露店で片手では余るほどの巨大な肉まんを一つ買うと、ジーンズのポケットからスマートフォンを取り出して地図アプリを起動させる。液晶画面に表示された地図に、GPSで計測された自分の位置が表示される。

「ああ、こっちじゃないのか」

目的地を確認した僕は肉まんをかじりつつ、活気と喧噪に溢れた中華街を後にして坂道を上っていく。数百メートル続く坂道を上り終えると、左側に目的地の広々とした公園が見えてきた。港の見える丘公園。額に浮かんだ汗を拭いつつ、僕はその公園へと入っていく。

昨日、三一二号室でユカリさんが隠していた水彩画を発見した僕は、それを元の穴へと戻すと、フローリングの木目をはめ直した。可能ならそれらを持って帰りたかったが、残念ながら画用紙を隠せるようなバッグを持っていなかった。ユカリさんは幻だったと、僕がいまも信じ込んでいると院長たちには思わせておきたかった。いかにも迷惑をかけましたという殊勝《しゅしょう》な態度で院長と看護師たちに挨拶をして葉山の岬病院を後にし、日が落ちた頃に新横浜のビジネスホテルに戻った僕は、これからどうするべきか頭を絞った。

ユカリさんの死にはなにか裏がある。そして、それに院長をはじめとした葉山の岬病院のスタッフたちがかかわっている。それは間違いなかった。

まず僕は、箕輪弁護士に連絡を取り、ユカリさんの遺産を誰が主に相続するのか訊ねた。ユカリさんは生前、遺産目当てに命を狙っている者がいると怯えていた。それが事実で、しかも院長たちがそれに協力していたら……。そんな不吉な予感が頭にこびりついて消えなかった。

『守秘義務がありますので、そのような情報は教えられません。そもそも、なんでそんなことを知りたいんですか？』

呆れ声で訊ねてくる箕輪弁護士に、実はいま新横浜のビジネスホテルを拠点にして、ユカリさんの件について調べていることを正直に伝えた。ユカリさんの担当弁護士であった彼にうまく信頼されれば、なにか有益な情報を得られるかもしれないという期待があった。

『なにを調べる必要があるんです？　弓狩さんは脳腫瘍で亡くなったんでしょ？』

「まあ、そうなんですけど、ちょっとだけ気になることがあるんです」

僕はそう誤魔化したうえで、彼にもう一つだけ質問をぶつけた。箕輪弁護士は『そんなことを知ってなんになるんですか？』と訝《いぶか》しがりつつも、『一応調べてみます』と言い残して電話を切った。

僕が最も確認したいことを調べるためには、箕輪弁護士に訊ねた情報が不可欠だった。しかし、それを得られるか確証はなかった。どうにか他に事件の真相に近づく方法はないか悩んだ僕の頭に、葉山の岬病院でユカリさんの外出届を突きつけられた光景が蘇った。

外出届には患者の氏名、外出時間、そして場所が記される。『港の見える丘公園』。その独特な名前がかすかに記憶に残っていた。

そうして僕は今日、この公園へとやってきた。

ユカリさんとの記憶が妄想でなかった以上、外出届は偽装されたものだ。そこに記された場所に意味はないのかもしれない。ただ、現実にユカリさんは六日前、横浜で倒れているところを発見された。その横浜にある、港の見える丘公園。調べてみる価値はあるはずだ。

園内を進んでいくと、半円状の広い展望台が見えてきた。二組ほどのカップルが景色を楽しんでいる。展望台の手すりの前に立った僕は、眼下に広がる光景に目を見張った。

水平線まで見わたせる海と、遠目でも瀟洒《しょうしゃ》な雰囲気が伝わってくる港町の美しいコントラスト。海沿いに細長く公園が伸び、そのそばに巨大な船舶が雄々《おお》しい姿をさらしている。ただ、僕が驚いたのは、景色が美しかったからではなかった。僕はこの光景を知っていた。

実習二日目の午後にユカリさんの病室を訪れたとき、彼女が描いていた水彩画。そこに描かれていた情景がいま、僕の目の前に広がっていた。

どこの風景を描いているのか訊ねたとき、ユカリさんは「ヨーロッパかな」と誤魔化していた。しかし、あれはヨーロッパの港町などではなく、この展望台から見下ろした横浜の街だった。

写真を見て描いたのだろうか？　それとも、かつてここに来た記憶を元に筆を振るっていたのだろうか？　そもそも、なぜ誤魔化す必要があったのだろう？

すぐそばにある円形のベンチに腰掛け、僕は口元に手をやって考え込む。数十秒後、僕ははっと顔を上げた。ユカリさんが『ヨーロッパの街並み』だと言っていた絵は一枚ではない。何枚も洒脱な街並みを描いていた。もしかしたら、あれらもこの周辺を描いたものなのではないだろうか？

僕はスマートフォンを取り出し、この周辺の観光地を確認する。多くの有名な洋館や、西洋風庭園が付近に散在していることが分かった。

僕はベンチから腰を上げると、園内にある横浜市イギリス館、山手《やまて》１１１番館などを見て回った後、港の見える丘公園をあとにした。岩崎《いわさき》ミュージアムを左手に道を進んでいき、横浜外国人墓地にぶつかったところで左折する。洋館を改築したモダンなカフェが並ぶ道を進んでいくと、エリスマン邸、ベーリック・ホールなどの観光案内に載っている洋館が立ち並んでいた。そうやって歩を進めている間、ところどころ見覚えのある光景に出逢《であ》った。ユカリさんの絵に描かれていた光景。

石川町《いしかわちょう》駅のそばにある観光名所『外交官の家』までたどり着いた僕は、一息つくと来た道を戻りはじめた。観光サイトに記されていた基本的なルートを歩いてきたが、細い路地も含めたこの一帯をくまなく調べるつもりだった。

ユカリさんが描いていた風景画の大半が、この周辺を描いたものであることはもはや間違いなかった。彼女にとって、きっとこの一帯は特別な場所だったのだろう。僕はスマートフォンの地図を見ることもせず、気の向くままに坂の多い道を歩き続けた。

天頂に輝いていた太陽が西に傾き、街が紅に染まりはじめるころ、僕は小さな墓地のそばにいた。白いフェンスで囲まれたそこは、外国人が多い土地柄もあって、中央に立つ太い大樹を取り囲むように十字架の墓石が多く立っていた。墓場というよりも庭園のような雰囲気のその墓地から、下り坂が伸びている。胸の奥でざわりと波が立った。僕は一気に坂を駆け下り、振り返る。

緩やかに上っている坂道、青々とした葉を蓄える街路樹、道の左右に立ち並ぶ洋館、そしてその奥に見える大樹。ユカリさんが唯一、油絵で描いていた優美な風景がそこにあった。

なぜこの風景だけ油絵で描くのか訊ねたとき、ユカリさんは答えた。「ここはちょっと特別なの」と。

特別な場所……、まさか!? 頭に湧いた想像に僕が固まっていると、すぐわきを、チワワを散歩させている老婦人が通りかかった。僕は反射的に「すみません」と声をかける。なにかの勧誘だとでも思われたのか、小綺麗《こぎれい》な身なりの老婦人の顔に警戒の色が浮かんだ。

「あの、失礼ですがこの辺りにお住まいでしょうか?」

「だったらなんなんですか?」老婦人は硬い声で答える。

「お伺いしたいんですが、六日ほど前、この辺りに救急車が来ませんでしたか?」

「救急車? ああ、そういえば……」

「来たんですか?」思わず身を乗り出してしまう。

老婦人の顔に恐怖が走り、チワワがキャンキャンと甲高《かんだか》い鳴き声を上げた。

「あ、申し訳ありません。実は私の……恋人がこの辺りで倒れて救急搬送されたんです。彼女が倒れる前になにをしていたのか知りたくて、この辺りの方に伺っているところで」

老婦人の同情を引くため、罪悪感をおぼえつつ、僕はユカリさんを『恋人』と呼ぶ。

「あら、そうなの? それで、恋人の方の容態は」

「……亡くなりました」

老婦人は「まぁ……」と両手を口元に当てた。

「それで、もしご存じでしたら、そのときの状況などを教えていただければと思いまして」

「それはつらいわねえ。私、すぐそこに住んでいるんだけど、たしかに五、六日ぐらい前の夕方、この辺りに救急車が来たのよ。倒れている人がいるって」

「その倒れている人っていうのは、若くて髪の長い女性ですか⁉」

僕が勢い込んで訊ねると、老婦人は申し訳なさそうに首をすくめた。

「それがね、私そのとき家にいたから、詳しくは知らないの。ごめんなさいね」

「いえ、そんな。こちらこそ急に声をかけて申し訳ありませんでした」

内心の失望を見せないようにしつつ、僕は頭を下げる。老婦人の足下では、チワワが細かく飛び跳ねて、散歩の続きを催促していた。

「そのときの様子を知っている人がいないか聞いておくわね。気を落とさないようにね」

去っていく老婦人を見送ると、僕は大きくため息をついた。

坂道が多い地域を何時間も徘徊していた足は鉛《なまり》のように重い。どこか休憩できる場所がないか見回すと、そばにある洋館の庭先に『Old wood Café』と記された看板がかけられていることに気づいた。とりあえず一服しながら今後のことを考えようと、歩道と庭を区切る腰ほどの高さの扉に手をかける。しかし、扉は開かなかった。よく見ると、『本日臨時休業』と書かれた紙が張られていた。

肩を落として振り返った僕は、体を強張《こわば》らせる。数十メートル先の路肩に、こちらに後部を向けてセダンが停《と》まっていた。その車には見覚えがあった。先月、葉山の岬病院の前で何度か見かけた銀色のセダン。一瞬、車種が同じなだけかと思ったが、読み取れないようにナンバープレートが傾けてあることに気づく。間違いなく葉山の岬病院の周辺で何度も見かけた車だ。

エンジン音が響き、車は走り去っていった。僕はセダンが消えた路地を見つめる。

私は監視されている。ユカリさんは何度もそう言っていた。思い過ごしだと思っていたが、本当に彼女はあのセダンから監視されていたのかもしれない。三一二号室の窓は岬に向かっているため、病院前を走る県道からはわずかにしか見えない。けれど、中に人がいるかどうかぐらいは判断できただろう。それに少なくとも、病院に出入りする人物を確認することは容易だったはずだ。

病院前の道から監視されていることを知っていたからこそ、ユカリさんは僕と外出するときにわざわざ中庭からの裏道を使ったのかもしれない。正面から出ると気づかれるから。

そうだとすると、ユカリさんを監視していたセダンが、今度は僕を尾行しだしたということになる。そんなことをする理由は一つしかなかった。僕の行動が都合が悪いからだ。ユカリさんの死の真相を探る僕の行動が。

ユカリさんの存在を妄想だと思い込ませようとした葉山の岬病院、そして僕の行動を監視する人物。ユカリさんの死の裏で、なにか恐ろしいものが蠢《うごめ》いている。その確信が背筋を冷たくする。

そのとき、腰の辺りから軽快なジャズミュージックが流れ出した。スマートフォンを取り出すと液晶画面に『箕輪（弁護士）』と表示されていた。

『こんにちは、碓氷先生』電話を取ると、箕輪弁護士の声が聞こえてきた。

「どうも箕輪先生、どうかされましたか」

『いやね、昨日、訊かれたことが分かったんで、一応連絡したんですよ』

「訊かれたことって、まさか……」

僕は両手で包み込むようにスマートフォンを持つ。

『そう、弓狩さんがどこの病院に搬送されたか調べがつきましたよ』

「はじめまして、碓氷と申します。お忙しい中、お邪魔して申し訳ございません」

僕が頭を下げると、白衣を着た体格のいい男は「気にするなって」と手を振った。

年齢は四十前後だろうか。あごにはびっしりと無精《ぶしょう》ひげが生えている。白衣の胸に着いているネームプレートには『脳神経外科　南部昌樹《なんぶまさき》』と記されていた。

「そんなかしこまらなくてもいいよ。今日は手術日じゃないんで、それなりに余裕があるからさ。それじゃあ、とりあえず行こうか」

横浜の山手一帯を歩き回った翌日の午後三時過ぎ、僕はみなとみらいにある、『みなとみらい臨海総合病院』へとやってきていた。この病院こそ、七日前にユカリさんが搬送された病院だった。

昨日、箕輪弁護士からこの病院の情報を得た僕は、治療を担当した医師に直接会いたかった。しかし、急に押しかけたところで、それが難しいことは明白だった。なんとか、つてを頼ってアポイントメントを取れないか。顔の広い知り合いはいないかと考えたとき、ある人物の顔が頭に浮かんだ。

あいつならなんとかしてくれるかもしれない。僕は迷うことなく彼女に電話をかけた。

『ああ、蒼馬。わざわざ連絡なんて律儀じゃねえ。調子はどんな？　頑張ってる？　あんた、ちゃんとインフルエンザで休んでることになっとるけえ、安心していいよ』

電話に出るなり明るい口調でまくし立てる冴子に、僕は事情を説明した。ときどき相づちを打ちつつ聞いてくれた冴子は最初『なんか変なことに巻き込まれとらん？　間違っても喧嘩《けんか》とかしちゃいけんよ。大怪我《おおけが》したら大変じゃけえ』などと渋っていたが、こちらが必死に頼み込むと『分かった、うちがなんとかするから、まかしといて』と力強く引き受けてくれた。

そして、今日の昼頃、冴子から『なんとかなったよぉ！』と連絡があり、この南部先生と会うように言われたのだ。

「あの、南部先生は冴子……、榎本とお知り合いなんですか？」

並んで歩きながら訊ねると、南部先生は肩をすくめる。

「直接知り合いってわけじゃないよ。ただその子、大学の部活で大会運営とかにかかわっていて、他大学の学生にも知り合いが多いみたいだね。うちの科の若いドクターが知り合いでさ。そいつ経由で俺にまで話が回ってきたってわけだ」

医師の世界が狭いのか、それとも冴子の顔が広いのか。どちらにしても、尽力してくれた冴子に感謝しつつ、僕は南部先生について脳神経外科の外来へと向かう。

「うちの科は、今日の外来は午前中だけだから、いまの時間は誰もいないんだ」

説明しながら南部先生は電子カルテを立ち上げた。

「南部先生が七日前に弓狩環さんの治療を担当されたんですよね」

背中に向かって訊ねると、南部先生は「うん」と画面を見たまま答える。

「先生は脳神経外科がご専門ですよね。失礼ですけど、どうして先生が弓狩さんの治療の担当を？　普通、救急搬送された患者は救急部のドクターが治療するものじゃないですか？」

「ああ、それはね、俺が主治医だったからだよ」

「主治医？」

「あれ、知らなかったのかい？　弓狩さんは葉山の岬病院に転院する前、この病院に入院して、治療を受けていたんだよ。グリオブラストーマだっていう診断を受けたのもここさ」

「ああ、だからこの病院に搬送されてきたんですね」

「救急隊が彼女の財布を確認して、この病院の診察券が入っているのに気づいて、うちに救急搬送したんだよ。それで、入院中の主治医だった俺に連絡が入ったんだ」

「搬送されたとき、弓狩さんはどんな状態だったんですか？」

マウスをクリックしていた南部先生の表情が険しくなった。

「搬送時、すでに心肺停止状態だった。彼女はＤＮＲの意思表示をしていることを知っていたから、ここでは蘇生術は行わなかった。けれど、救急部で彼女を見たときは驚いたよ、俺が知っている弓狩さんとはかなり雰囲気が変わっていたからね。

一瞬、別人じゃないかと思ったぐらいだ」

南部先生の口から零《こぼ》れた『別人』という言葉を聞いた瞬間、心臓が大きく跳ねた。「南部先生！」僕は前のめりになる。「本当に別人だったんじゃないですか!? この病院で亡くなったのは、弓狩環さんじゃなかったんじゃないですか!?」

一昨日、葉山の岬病院をあとにしてから、僕はずっと考え続けていた。院長は、いや葉山の岬病院のスタッフたちはどうして、僕にユカリさんとの記憶を妄想だと思い込ませ、広島に帰そうとしたのか。普通に考えれば、ユカリさんの死に葉山の岬病院が一枚かんでいて、それを隠すためだ。けれど僕はもう一つの仮説を思いついていた。暗闇に差す、一筋の光のような仮説を。

もしかしたら、ユカリさんはまだ生きているのではないか？ 彼女の死は偽装されたものではないか？ そうすれば財産は失うが、ユカリさんは親戚に命を奪われる恐怖から解放される。

頭に爆弾を抱える彼女にとっては、遺された時間を自由に生きることは、莫大《ばくだい》な財産よりもはるかに価値があることのはずだ。患者の希望を第一に考える葉山の岬病院なら、ユカリさんの希望を叶えるために、その死を偽装することもありえる気がする。

それがいかに荒唐無稽《こうとうむけい》であるかを理解しつつも、僕はユカリさんがまだ生きているという、かすかな希望を抱いていた。

「別人？　弓狩さんが？」

南部先生は訝しげに聞き返したあと、首を横に振った。

「いや、そんなことあり得ないよ」

「けど、いま先生がおっしゃったじゃないですか。搬送されてきた弓狩さんは別人みたいだったって。もしかしたら、本当に似ている別人だったのかも」

「俺は数ヶ月間、彼女の主治医だったんだ。いくら似ていたとしても、他人と間違えることなんてあり得ないって。それに、ここに証拠がある」

南部先生はディスプレイを指さした。液晶画面には頭部CT画像が表示されていた。脳幹部に近い位置に歪《いびつ》な影が映っている。その形を僕は知っていた。葉山の岬病院で見たユカリさんのカルテに挟まれていたCT画像に映っていた影だ。

ただ、それには葉山の岬病院のカルテで見たものとは明らかに違う点があった。アメーバのように脳に食い込んでいる腫瘍、その容積が増し、中心部が真っ白に抜けていた。

「これは、七日前の弓狩さんの頭部CT写真だ。なにが起こっているか分かるかな？」

「腫瘍の内部で……出血が起こっています」

「そうだ。腫瘍内で起きた大量の出血が脳実質を圧迫している。そのため、頭蓋内圧が異常に亢進《こうしん》し脳ヘルニアを起こしたんだ」

マウスを操作して次々にCT画像を表示させながら、南部先生は説明をしていく。

「脳ヘルニアが進行するとどんな症状を引き起こすかは知っているね」

「脳幹が圧迫されて機能を失い……生命活動が停止します」

「その通り。それが弓狩さんの体に起きた。このCTの腫瘍は、弓狩さんがうちに入院してきたときに撮影したものと同じ形状をしている。搬送されてきたのは弓狩さん本人で間違いないよ」

僕は棒立ちでディスプレイを眺め続けた。外見は似せられたとしても、頭の中の腫瘍まで似せられるわけがない。胸の奥で儚《はかな》い希望が砕け散った。この数日間、必死に否定し続けてきた事実と、僕は改めて向かい合う。

ユカリさんは本当に逝ってしまったのだ。宵の闇のように、深い哀しみが心を暗く染めていく。

僕は唇を噛んで俯《うつむ》くと、胸元に手を当てて数十秒黙り込んだ。なにかを感じとってくれたのか南部先生が声をかけてくることはなかった。僕は緩慢に顔を上げる。

「先生、搬送されてきた弓狩さんになにか不審な点はありませんでしたか？」

「不審な点？」

「例えば頭に傷があったりとか」

「……君は弓狩さんが殺されたと疑っているのかい？」

僕が顔の筋肉を硬直させると、南部先生は無精ひげの生えたあごを撫でた。

「言っただろ、俺は弓狩さんの主治医だったって。この病院に入院していた頃から、彼女は親族に襲われるかもしれないと怯えて、ほとんど病室を出なかったからね」

「それで、どうだったんですか？　襲われた形跡とかは？」

「なにもなかったよ」南部先生は首の付け根を揉んだ。「彼女が怯えていたことは覚えていたから、ちゃんと調べた。けれど、危害を加えられた形跡は皆無だった。しいて言えば、手と膝に擦過傷《さっかしょう》があったぐらいかな。多分、意識が朦朧《もうろう》としたなか、這って移動したんだろう。少なくとも頭部にはかすり傷すらなかった。逆に訊くけれど、頭に傷一つつけないで、頭蓋内の腫瘍に大出血を起こす方法があると思う？」

質問を返され、僕は答えに詰まる。

「それにね、一応警察に通報して、検視はしてもらったんだ。その結果、警察は『事件性はない』って判断して帰っていったよ」

南部先生は僕の肩に手をかけた。

「脳神経外科の専門医として言おう。弓狩環さんの死になに一つ不審な点はなかった。彼女の命を奪ったのは脳腫瘍、グリオブラストーマだよ」

専門家に断言されては、もはや反論の余地などなかった。僕は口を固く結ぶ。

「碓氷君、弓狩さんは葉山の岬病院で幸せに過ごしていたかな？」

唐突な問いに、僕は「幸せに？」と聞き返した。

「葉山の岬病院への転院を勧めたのは俺なんだ。あの病院ならセキュリティーがしっかりしているから安心だろうし、自然に囲まれてリラックスできるかもしれない。彼女に残された時間が、少しでも有意義になるんじゃないかと思ったんだ」

僕の脳裏に、軽い足取りで砂浜を歩くユカリさんの笑顔がはじける。

「ええ、弓狩さんは、あの病院で幸せに過ごしていましたよ。……すごく幸せに」

南部先生の分厚い唇に、かすかな笑みが浮かんだ。


ベッドに横になりながら、染みの目立つ天井を眺める。南部先生から話を聞いたあと新横浜のビジネスホテルに戻った僕は、ずっとこうしていた。

ユカリさんは病死だった。それならなぜ、葉山の岬病院のスタッフたちは、ユカリさんが三一二号室に入院していたことを隠そうとしたのだろう。それにセダンによる尾行。

思考がまとまらず、熱が籠もっている頭に僕は手を添える。

そもそも、なんのためにユカリさんは一人で横浜に行ったんだ。ちょっと前まで、病院の近隣を僕と一緒に散歩するのがやっとだったっていうのに。

分からないことだらけだというのに手がかりはない。もうユカリさんが発見された場所も、運び込まれた病院も調べた。このあとどうすればいいのか、一向にアイデアは浮かんでこなかった。

葉山の岬病院を警察に告発しようかとも思った。院長たちがカルテを改竄《かいざん》までして、ユカリさんとの記憶を妄想だと思わせたのは事実なのだ。カルテの改竄は医師法違反、明らかな犯罪だ。しかし、それを証明する方法がなかった。

どうやったのか知らないが、ユカリさんのカルテは僕が一度も診察していないかのように完璧に書き換えられている。ユカリさんが三一二号室に入院していた証《あかし》は、フローリングの下に隠されていた絵だけだ。しかし、それだけでは犯罪の証拠にはなり得ない。

本当にユカリさんの死が脳腫瘍によるものだったとしたら、これ以上、調べる意味があるのだろうか？　ふと、そんな疑問が頭をかすめる。

ユカリさんが誰かに命を奪われたのではないかという疑念、そして、実はユカリさんが生きているかもという、ほんのかすかな希望にこれまで突き動かされてきた。

しかし、南部先生と話をすることで、ユカリさんの死は紛れもない現実であることを突きつけられた。

僕がこれ以上、ユカリさんのことを調べてなにになるというのだろう？

自問していると、枕元のスマートフォンが着信音を鳴らした。ディスプレイには四月から入局する大学脳外科医局の先輩の名が表示されていた。

「どうも、ご無沙汰しています」

通話ボタンに触れた僕は、ベッドに横になったまま言う。

『よう、碓氷。聞いたぞ。インフルになったんだって。熱は下がったか？』

「あ、はい。おかげさまで」

仮病を悟られないよう、僕は慎重に言葉を選んで答える。

『なら金曜のパーティーには参加できるな。それを確認するために電話したんだよ』

「パーティー？」

『おい、まさか忘れたんじゃないだろうな？　教授の就任十年記念パーティーだ。うちの医局員のほとんど全員が参加する一大イベントだぞ』

僕は跳ねるように上半身を起こす。そういえば、今週の金曜日に広島市内のホテルでそんなイベントが予定されていた。ユカリさんの件で頭がいっぱいで、完全に忘れていた。

『お前、這ってでも参加しろよ。その席で、四月から入局する奴らをOBや医局員全員に紹介するんだからな。特にお前は、教授の治療チームに入る期待のルーキーだ。万が一、そんなお前が参加しないでみろ、教授の顔を潰《つぶ》すことになるぞ』

背中に寒気が走る。医局は教授を頂点にしたピラミッド構造だ。もし教授の面子《メンツ》を潰すようなことをしたら、彼の治療チームに入るどころか、医局への入局すらできなくなるかもしれない。学生時代から苦労して摑み取ったエリートコース。それを自ら手放すところだった。

「もちろん分かってます。ご心配お掛けして申し訳ありません。それじゃあ」

慌てて取り繕《つくろ》った僕は、通話を打ち切ると、肩を落とす。

「ユカリさん……。横浜でなにをしていたんですか？」

口から零れた独白が埃っぽい空気を震わせた。

僕はのろのろとベッドから立ち上がる。こんな狭い部屋で鬱々《うつうつ》としていてもしかたない。それに腹も減ってきた。気分転換もかねて外に夕食をとりに行こう。出口に向かった僕は足を止める。扉の前の床に茶色いものが落ちていた。目を凝らすと、それは茶封筒だった。

さっきまでこんなものはなかったはずだ。気づかないうちに誰かが扉の隙間から差し入れたのだろう。封筒を取り上げた僕は、扉を開け廊下を見回すが、人影はなかった。僕は警戒しつつ封筒を開く。中には一枚のメモ用紙が入っていた。取り出してみると、『牧島《まきしま》法律事務所　牧島次郎《じろう》』と角張った字で書かれ、その後ろに携帯電話の番号が続いていた。

法律事務所ということは、この牧島次郎という男は弁護士なのだろうか。その名に聞き覚えはなかった。誰がなんの目的でこのメモ用紙を渡してきたのか見当もつかない。

尾行していた者たちの仕業だろうか？　しかし、脅迫状ならともかく、なぜ弁護士の連絡先だけ渡してくるのだろう。

穴が開くほどメモ用紙を見つめる。理由は分からなくても、これを渡してきた人物の意図は理解できた。この牧島という人物に連絡を取れということなのだろう。

電話すべきか否か……。数分迷ったあと、僕はスマートフォンを手に取り、メモ用紙に書かれている電話番号を打ち込んでいく。なにかの罠《わな》かもしれないことは分かっていた。けれど、袋小路に迷い込んでいるいま、リスクを冒さなければ前には進めない。

数回呼び出し音が鳴ったあと回線がつながった。

『牧島ですが』ややしわがれた男の声が聞こえてくる。

「あ、あの、私、碓氷と申します」

『ウスイさん？　私のクライアントにそのような方はいないはずですが』

「いえ、クライアントではなく、なんと言いますか……」

『これはクライアント専用回線です。クライアントでないならお話はできかねます』

「弓狩環さんの件です！」

電話を切られそうな気配を察し、僕はとっさにユカリさんの名前を口にする。そうすることでなにかが起こる。そんな予感があった。

『……いま、弓狩環さんとおっしゃいましたか』低い声が聞こえてくる。

「はい、そうです。彼女についてお話ししたいことがあるんです。どうか少しでいいので、お時間を取っていただけないでしょうか」

『……電話で話すようなことではないですね。そうですな。明日、午後五時頃でしたら時間がとれますので、私の事務所にいらしてください。そこで話を聞かせていただきましょう』

一方的に決めた牧島弁護士は、事務所の住所を告げはじめる。僕はテーブルに置いてあったボールペンで、茶封筒にメモをしていった。早口で住所を言い終えた電話相手は「石川町駅の近くですよ」と言い残して、一方的に電話を切った。

「石川町駅……」

石川町駅はユカリさんが倒れていた場所の最寄《もよ》り駅だ。この法律事務所こそ、ユカリさんが横浜に行った理由なのかもしれない。僕は茶封筒に入っていたメモ用紙に視線をそそぐ。

いったい誰が、なんの目的でこの情報を……。ここ数日、何者かの掌の上で踊らされているような気がする。熱帯夜の空気のような、湿って不快な感覚が全身に纏《まと》わり付いていた。

5

牧島法律事務所は石川町駅から徒歩で五分ほどの雑居ビルの二階にあった。薄暗い階段を上って『牧島法律事務所』とすりガラスにプリントされた扉を開くと、やや陰気な中年の女性事務員が訝しげな視線を向けてきた。

約束があることを告げると、彼女は「では、こちらでお待ちください」と応接室に通してくれた。

合皮製のソファーに腰掛け、事務員が淹れてくれた薄味の緑茶をすすりながら、僕は部屋を見回す。六畳ほどの部屋には、応接セットを取り囲むように天井まで届きそうな本棚が置かれ、法律関係の書物がぎっしりと詰め込まれている。

ノックが響き、扉が開く。僕は慌ててソファーから腰を浮かした。入ってきたのは小柄な老人だった。しわの寄ったスーツを着て、髪はほとんど白くなっている。

「所長の牧島です」名乗った老人は、値踏みするように僕の全身を眺める。

「碓氷蒼馬と申します」

僕が会釈すると、牧島弁護士はかすかに頷き、対面に腰掛けた。

「お時間をとっていただき、ありがとうございます。昨日お電話を差し上げたように、弓狩環さんについてなにかご存じではないかと思って伺ったのですが……」

おずおずと水を向けるが、牧島弁護士は口を固く結んだままだった。

「えっと、私は医師でして、弓狩さんを担当していました。それで、彼女が亡くなった件を調べているなかで、こちらにたどり着きまして……」

言葉を重ねるが、やはり目の前の老人はまったく反応を見せなかった。

「あの……、弓狩環さんをご存じですよね？」

目の前の老人が難聴なのではないかという不安を抱きはじめた頃、ようやく彼は口を開いた。

「少なくとも、個人的な付き合いはありませんな。そして、もしその方が依頼人だった場合、知っていてもそうとは言えません。守秘義務がありますから」

「いや、弓狩さんがここに来たことがあるかどうかぐらい……」

「クライアントの情報は、どんな些細《ささい》なことも漏らせません。その方が依頼人だったらですが」

牧島弁護士は岩のように硬い口調で言う。

「でも昨日、弓狩さんの名前を出したら、こちらの住所を教えてくださったじゃないですか。なにも話す気がないなら、なんで僕を呼んだんですか？」

困惑する僕に、牧島弁護士は訴えかけるような視線を送ってくる。僕はようやく老人の意図に気づく。

「僕になにかを教えるためじゃなくて、僕からなにか情報を聞き出すために呼んだんですね？」

相変わらず、牧島弁護士は答えない。しかし、それは明らかに肯定の沈黙だった。

「彼女のなにについて知りたいんですか？」

「……君が彼女について知っていることです」

「僕が知っていることは、彼女が先週、この近くで命を落としたっていうことぐらいです」

「それなら、これ以上話すことはない。お引き取り願いましょう」

「本当にいいんですか？　僕は弓狩さんの担当医だったし、この数日、彼女のことを色々と調べ回った。あなたがなにを知りたいか教えてくれれば、答えることができるかもしれないんですよ」

僕と牧島弁護士は、お互いの腹の底を探り合う。

牧島弁護士の態度から見て、ユカリさんがこの法律事務所のクライアントであったことは間違いない。倒れた日もここを訪れるために横浜に出てきていた可能性が高い。しかし、法律事務所にどんな用事があったというのだろう？　そのとき僕の頭に、一つの単語が浮かんだ。

「遺言書……」

つぶやいた瞬間、牧島弁護士の目元がピクリと動いた。その反応で、僕は自分の想像が正しいことを確信する。

「遺言書ですね？　弓狩さんはこちらの法律事務所で新しい遺言書を作っていたんですね？」

箕輪弁護士が所持している遺言書は最新のものではなかった。だからこそ、まだ僕に三千万以上の遺産を遺すという内容が残っていた。

「何度も言っているでしょう。クライアントの情報は教えられないと」

牧島弁護士は同じ言葉を繰り返すが、その口調にはさっきまでと一変して、期待に似た色が滲んでいた。

　僕はあごを引いて、牧島弁護士を観察する。なぜこの人は僕をここに呼んだ？　この人は僕になにを期待している？　一つの仮説が頭の中で形を作っていく。僕はゆっくりと口を開いた。

「クライアントの情報を漏らせないことは分かりました。それでは、一般論としてうかがいます。こちらの法律事務所で正式な遺言書を作ることは可能ですか？」

「……もちろん可能です」

「そうですか。では、作成した遺言書はこちらで保管するんですか？」

「それはクライアントの希望によりけりですな。うちで保管する場合もあるし、クライアント本人が持って帰って保管する場合もある。どちらにしても、遺言書は厳重に保管されなければならない。その原本を紛失した場合、たとえコピーのようなものがあっても、それは無効だから」

「クライアントが持って帰った遺言書を紛失した場合、遺産はどうなりますか？」

「古い遺言書があれば、それが優先される。そうでなければ法律に沿って分配されます」

「古い遺言書に沿った分配が行われたあと、新しい遺言書が見つかった場合は？」

「当然、新しい遺言書の内容が優先される。それこそが、故人の遺志を示したものなのだから」

淡々と答えていた牧島弁護士の言葉に力がこもるのを感じ、僕は唇を舐めた。

「牧島先生、一つ仮定の話をさせてください。ある女性が、こちらで新しい遺言書を作りました。彼女の遺志が詰まった遺言書です。彼女は自分で保管をするために、それを持ち帰りました。けれど、不運なことにその彼女は事務所を出たあと、命を落としてしまった。そして、彼女が持って帰った最新の遺言書はなくなり、昔の遺言書に沿った遺産分割が行われようとしている」

僕はそこで言葉を切ると、牧島弁護士の目を見つめる。

「そうなったら、先生は自分が立ち会った最新の遺言書を見つけようとしますか？」

牧島弁護士は数秒の沈黙のあと「あくまで仮定の話だが」と話しはじめる。

「私は遺言書というのは一生の最期に遺す意思、人間の尊厳そのものだと思っている。だから、それがなくなり、故人の遺志が蔑《ないがし》ろにされているとしたら、見過ごすことはできない。できる限り、最新の遺言書を見つけてあげたいと思う」

「例えば、急に怪しい男が『その女性について話があるから会って欲しい』と言ってきたら、時間を作って話を聞いたりするぐらいにですか？」

「……ああ、その通りだ」

かすかに苦笑を浮かべる牧島弁護士の前で、僕は立ち上がって深々と頭を下げる。

「その『仮定の女性』の遺言書が見つかったら、すぐに連絡を差し上げます。貴重な時間をとっていただき、誠にありがとうございました」

出口へ向かった僕は、ノブに伸ばした手を止めて振り返る。

「最後に一つ伺ってもよろしいですか？　その『仮定の女性』はこちらの事務所を出たあと、なんで石川町の駅を通り過ぎて山手方面に向かったかご存じじゃないですか？」

牧島弁護士は額に深いしわを寄せた。

「だからクライアントの情報は漏らせないよ。特に、そもそも知らないことはね」

牧島法律事務所を出ると、すでに太陽が傾いていた。腕時計の針は午後六時を回っている。スマートフォンを取り出した僕は、地図アプリを起動させる。

ユカリさんが横浜に出てきたのは、遺言書を作るためだった。おそらくそれは、遺産を相続するはずだった親族にとって不利になるような内容だった。だからこそユカリさんは病院ではなく、わざわざ一人でこの牧島法律事務所にやってきて遺言書を作成した。

作ったばかりの遺言書を手にしたユカリさんは、そのあとどこに向かったのだろう？　倒れているユカリさんが発見されたのは山手の一角だ。葉山の岬病院に帰るなら、近くでタクシーを拾うか石川町駅に向かったはずだ。にもかかわらず、なぜ石川町駅を越えた先にある山手にユカリさんは向かったのか。

僕は街灯に照らされた道を進んでいく。住宅街を抜け、石川町駅を通り過ぎると、坂道を上がって山手方面へと向かう。八日前、ユカリさんもこの道を歩いたのだろうか？　行方が分からなくなっている遺言書、それは一体どこにあるのだろう？

昨日、みなとみらい臨海総合病院でユカリさんの死に不審な点がないことを告げられたとき、事件を調べる目的を見失いかけた。しかし、牧島弁護士の話を聞いたいま、やるべきことがはっきりした。ユカリさんが作成した遺言書、それを見つけ、彼女の遺志を実現させる。それこそが、彼女に対して僕ができる唯一のことだ。

歩きながら拳を握りしめるが、すぐにその手は力なく開いていく。残された時間があまりにも少ない。明後日の昼過ぎには、教授のパーティーに出るため、新幹線で新横浜を出なくてはいけない。実質、調査に費やせるのは明日一日だけだ。たった一日で事件の全容を解明し、紛失した遺言書を見つけ出す。果たしてそんなことが可能なのだろうか？

足を止めた僕は顔を上げる。目の前に西洋風の墓地が広がっていた。その中心ではライトアップされた大樹が雄々しく立っている。

僕は墓地からなだらかに下っていく坂を見下ろす。考えごとをしながら歩いているうちに目的の場所に着いてしまった。ユカリさんが油絵で描き、おそらくは最期を迎えた坂道。

坂道を下っていく。通りの両側に立ち並んでいる洋館の窓からは柔らかい明かりが漏れ、かすかに食欲を誘う香りが漂ってくる。そのとき、背後から足音が聞こえてくることに気づいた。僕の歩調に合わせるかのようなゆったりとした足音が。

尾行されている？　僕は後方に神経を配りながら歩くスピードを上げる。それに合わせ、足音もテンポを上げた気がした。背中に冷たい汗が伝い、心拍数が上がっていく。

僕は歩調をわずかに落とした。足音が少しずつ大きくなってきた。背後の人物との距離が近づいている。僕は不意を突いて足を止めると、素早く振り返った。

数メートル先にスーツ姿の中年男がいた。わずかにしわの寄ったスーツに古びたクラッチバッグ。くたびれたサラリーマンといった風体の男だった。

男は足を止めることなくそのまますれ違っていくと、一度もこちらを振り返ることなく路地へと消えていった。どうやら帰宅中のサラリーマンだったようだ。身構えていた自分が滑稽《こっけい》で、乾いた笑いが喉から漏れる。そのとき甲高い鳴き声が鼓膜を揺らした。車道を挟んで反対側の歩道でチワワが尻尾を振っていた。そのそばには、一昨日話を聞いた老婦人が立っている。老婦人はチワワに引っ張られるように車道を渡ると、僕の足下で小さく跳びはねる愛犬を抱き上げた。

「あなた、この前の人よね」

「はい、先日はお世話になりました」

「お世話って、なにもできなかったじゃない。だからね、申し訳ないと思って近所の人にいろいろ聞いてみたのよ。あなたの恋人のこと」

「本当ですか⁉　なにか分かりましたか？」

予想外のタイミングで現れた情報提供者に、思わず声が大きくなる。しかし、興奮する僕の前で老婦人は申し訳なさそうに首をすくめた。

「それが、あんまりたいしたことは聞けなかったのよね」

「どんな些細なことでもいいんです。教えてください」

「あなたの恋人だけど、あっちからこの坂道を下ってきたみたいなの」

老婦人は坂の上にある墓地を指さす。

「近くの人がその姿を見ているんだけど、そのときはもう足下がおぼつかなくて、目も焦点が合ってなかったんだって。最初は酔っぱらっていると思ったらしいわね」

すでにそのとき、ユカリさんは脳内出血を起こしていたのだろう。

「……彼女がどこ辺りから様子がおかしくなったか、聞いていますか？」

「いいえ。ふらふらと坂を下りてくる姿を見ていただけだって」

僕はみなとみらい臨海総合病院で見た頭部CT画像を思い出す。あれだけ大量の脳内出血。おそらく発症してすぐに、ユカリさんは気づいただろう。ついに頭の中の爆弾が爆発してしまったと。

出血量が増えるにつれ、体の自由が利かなくなり、意識は希釈されていったはずだ。発症から意識消失まで長くても数分といったところ。その貴重な時間で、彼女はどこに向かっていたのだろう。

「そのあと、どうなったんですか？」

「この坂の真ん中、ちょうどこの辺りで崩れ落ちたらしいの。驚いて駆け寄ったら、意識が朦朧としていたから、救急車を呼んだんだって」

「救急車が来るまでの間、彼女はなにか言っていませんでしたか？」

「それがね、その人は救急車を呼んだりで忙しくて、他の人が彼女を看《み》ていたらしいけど、それが誰かまでは分からないんだって」

「そうですか……」

自然と肩が落ちてしまう。期待が大きかっただけに、失望も強かった。

「力になれなくてごめんなさいね」

「いえ、そんなことはありません。わざわざありがとうございました」

僕はなんとか笑顔を作ると、老婦人に抱かれているチワワの頭を一撫でしてその場を後にする。

ほとんど手がかりすらない状況に、疲労感が血流に乗り、全身を冒しはじめていた。絶えずエンジンを吹かし続けた脳細胞も疲弊しきっている。とりあえず、ホテルに戻って心身を休めよう。

僕は石川町駅に向かって歩き出す。枷《かせ》がつけられているかのように足は重かった。


『確認したんだけど、少なくとも俺たちは遺言書なんて見ていないし、保管もされてないな』

「そうですか、お忙しいところわざわざご連絡ありがとうございます」

翌日の昼下がり、山下《やました》公園の氷川丸《ひかわまる》の付近で、僕はみなとみらい臨海総合病院の南部先生と電話をしていた。昨晩、ホテルに戻ったあと、僕は南部先生に連絡を取り、ユカリさんが搬送された際、遺言書のようなものを持っていなかったか訊ねた。

倒れた日、ユカリさんは作ったばかりの遺言書を持って帰っていた。それはすなわち、脳内出血が起こったとき、ユカリさんは遺言書を所持していた可能性が高いということになる。

「それで、あと一つ伺っていたことについては……」

僕は声を潜めて訊ねる。昨夜、もう一つだけ南部先生に調査を頼んでいたことがあった。

『ああ、それはちょっと待ってくれ。対応したナースが今日準夜勤で、まだ来ていないんだよ。あとで話聞いて連絡するからさ』

「本当にお手数おかけして申し訳ありません」

『気にするなよ。弓狩さんは俺の患者でもあったんだからさ。じゃあまたあとで』

通話を終えた僕は、スマートフォンを額につけて考える。少なくとも、みなとみらい臨海総合病院にはユカリさんの遺言書はない。では、やはり搬送される前にどこかに保管したのだろうか？

僕はジャケットのポケットから、四つ折りにしたA４用紙を取り出す。それは石川町や元町《もとまち》の周辺にある貸金庫など、貴重品を預けられる場所をリストアップしたものだった。今朝早く、ホテル近くのネットカフェで調べてプリントアウトしたのだ。

牧島法律事務所を出たユカリさんは貸金庫などに立ち寄り、遺言書を預けたかも。そう思って、朝早くからリストアップした施設を回っていた。しかし、ほとんどの場合「顧客の情報を漏らせるわけがない」と門前払いで、収穫はなかった。

腕時計に視線を落とすと、時刻はすでに午後二時を回っていた。リストにはまだいくつもの施設が記されている。残された時間でこれらの施設を虱潰《しらみつぶ》しに当たるか、それとも……。

数秒迷ったすえに、僕はリスト用紙を丸めて近くのゴミ箱に放り捨て、山手の丘を見上げる。やはりあの坂道だ。頭の爆弾が破裂したあとも、ユカリさんは助けを呼ぶこともせず、あの坂道を下り続けた。ユカリさんがどこに向かっていたのか、それが真相にたどりつく唯一の道だ。

筋肉痛の残る足を動かして、僕はまず牧島法律事務所の近所まで移動すると、昨日と同様にあの坂道まで、ユカリさんがたどったであろう道をトレースするように進んでいく。

昨日はすでに日が沈んでいたし、考え事をしながら俯きがちに歩いていた。まだ明るい今日なら、なにか発見があるかもしれない。周囲に注意深く視線を送りながら、くだんの坂道に向かって歩を進めていく。どこか遺言書を保管できるような場所がないか。なにかユカリさんを惹きつけるようなものがないか。しかし、めぼしいものは見つからないまま、時間だけが過ぎていった。

数十メートル先に西洋風の墓地が見えてくる。あそこを右に折れれば、ユカリさんが倒れていた坂道だ。頭の中の爆弾が破裂してから坂の中腹で倒れるまで、おそらく数分。つまり、いまいるこの場所辺りで、ユカリさんの爆弾は破裂した可能性が高い。

ずっと恐れていた瞬間が訪れたとき、ユカリさんはなにを思ったのだろう。墓地の中心に立つ大樹の姿が滲んでぼやけた。僕はジャケットの袖で目元を強く拭った。

牧島法律事務所からここに来るまでの道のりに、遺言書を安全に保管できるような施設は見当たらなかった。ということは、脳内出血が起こったそのとき、やはりユカリさんはまだ遺言書を持っていたのではないだろうか。しかし搬送先の病院ではそれは見つかっていない。だとしたら、この近辺に隠されているかもしれない。

一歩一歩踏みしめるように移動しながら、僕は注意深く辺りに視線を這わせていく。ときどきしゃがみ込んで、低い位置にある隙間を覗き込んだりしている僕に、すれ違う人々が奇異の目を向けてくる。しかし、気にしている余裕はなかった。僕はただひたすらに集中し、ユカリさんの遺志が刻まれているであろう書類を探し続けた。

墓地の前を曲がって坂道を下りていく。石垣の隙間、路肩の排水溝、街路樹の虚《うろ》。なにかを隠せそうな場所は虱潰しに探していくが、そこにユカリさんの遺志を見つけることはできなかった。

坂の中腹辺りまで来た僕は足を止める。チワワをつれた老婦人の話では、ユカリさんはこの付近で倒れたらしい。ということはここから下を調べても仕方がない。

僕は坂の頂上にある大樹を見上げる。頭の中では不吉な仮説が膨らんでいた。

やはり、ユカリさんは遺言書を持ったままみなとみらい臨海総合病院に搬送されたのではないか。南部先生たちはそれに気づかないまま、遺品として渡してしまったのかもしれない。葉山の岬病院のスタッフに。

ユカリさんが亡くなれば、入院していた葉山の岬病院に連絡がいく。そしてユカリさんの亡骸《なきがら》とともに、遺品を持っていくはずだ。その中に遺言書が紛れ込んでいた可能性はある。

葉山の岬病院とユカリさんの親戚は裏で繋《つな》がっていたのかもしれない。そして、その親戚に不利な条件が記してある遺言状を握りつぶした。報酬として大金を受け取って。

だとしたら、すでに遺言書は破棄されているだろう。僕にできることはない。

頭を激しく振って、不吉な予感を頭の外に放り出す。いまはそんなことを考えても仕方がない。最後まで全力で探すだけだ。

再び坂を上がりはじめようとしたとき、ジャズミュージックが聞こえてきた。ポケットからスマートフォンを取り出す。南部先生からの着信だった。

「はい、碓氷です」

『やあ、分かったぜ。誰が弓狩さんのご遺体と遺品を受け取りにきたか』

南部先生は明るく言う。それが、昨夜、彼に訊ねていたもう一つのことだった。

「やっぱり葉山の岬病院のスタッフですか？」

『いや、違うんだよ』

「え？　なんでですか？　弓狩さんは葉山の岬病院に入院中だったんだから、まずはそこのスタッフが来て対応するべきじゃないですか？」

『それがな、弓狩さんが入院中だっていうことに気づく前に、救急部のナースが緊急連絡先に連絡を入れちゃったんだよ』

「その緊急連絡先って？」

『弓狩さんの遠い親戚だ。彼女とはほとんど面識はなかったようだが、緊急連絡先は基本的に親族でお願いしているんで、その人物の電話番号が載っていたらしい。電話を受けたあと、すぐに病院にやってきて弓狩さんの遺品を受け取っていったってよ』

スマートフォンを持つ手がだらりと垂れ下がる。ユカリさんの遺産を相続するはずだった者の手に遺品は渡っていた。その中に自らに不利になる最新の遺言書を発見すれば、その人物はまちがいなくそれを闇に葬るだろう。必死に探したにもかかわらず、遺書が見つからないのは、すでにこの世に存在していないから……。

アスファルトを見つめていると、小さな声が聞こえてきた。南部先生がなにか言っているようだ。僕はやけに重く感じるスマートフォンを再び耳元に近づける。

『碓氷君、大丈夫か？　なにかあったのか？』

「……大丈夫です。それより南部先生、よければ教えてください。遺品を渡した親戚の名前を」

それを知ったところで、僕にできることなどない。それでも知りたかった。ユカリさんをあそこまで怯えさせ、そして彼女の遺志を握りつぶした人物が誰なのか。

『ああ、あいつか』南部先生の声に明らかな嫌悪の響きが混じる。『弓狩さんが入院しているとき、何度か押しかけてきたんだ。親戚なんだから病状を教えろってな。弓狩さん本人が許可しなかったから、もちろん追い払ったけどな。あいつ、弓狩さんのことを心配しているっていうよりも、いつ亡くなるかを知りたいだけって感じだった』

吐き捨てるように言う南部先生に、「そいつの名前は？」と水を向ける。

『箕輪、たしかそんな名前だったよ。弁護士だと言っていたな』

「みの……わ……？」ハンマーで殴られたような衝撃が後頭部に走る。

箕輪？　僕にユカリさんの死を告げたあの弁護士が？

『おい、どうした。大丈夫か？』

「はい……、大丈夫です。先生、本当にお世話になりました。とても助かりました」

　僕は礼を言って通話を終えると、近くの街路樹に寄りかかった。そうしないと倒れこんでしまいそうだった。

　箕輪がユカリさんを怯えさせていた親戚だった。あの男が金を受け取る手続きをするよう僕に強く勧めてきたのは、二月にユカリさんが作った遺言書を正式なものとして早く確定させるためだ。そうすることで、ユカリさんの遺産の大部分を相続することができるから。

　みなとみらい臨海総合病院を訪れユカリさんの遺品を受け取った箕輪は、おそらくその中に紛れていた最新の遺言書を見つけ、処分したのだろう。この数日間の僕の努力は全て無駄だった。

　僕は両手で顔を覆うと街路樹の太い幹に背中を預け、ずり落ちていく。尻が土に触れ、ひんやりとした冷たさが伝わってきた。

　なにもできなかった。ユカリさんを救うことも、彼女に想いを告げることも、彼女のそばに寄り添うことも、そして彼女の遺志を叶えることさえも。

　無力感が心を蝕《むしば》んでいく。このまま自分の存在を消してしまいたかった。

膝を抱え、ダンゴムシのように丸くなっていた僕の鼻先をふわりと、柔らかい香りがかすめた。僕ははっと顔を上げる。

柑橘《かんきつ》系の爽やかさの中に、わずかにキャラメルのような甘さを含んだ香り。

懐かしい香り。

気のせいか？　あごを軽く反らして嗅覚に神経を集中させる。さっきよりもはっきりと、香りを感じることができた。立ち上がり、光に誘われる羽虫のようにその香りが漂ってくる方向へと近づいていった僕は、瀟洒な洋館を改装したカフェの前にやってくる。三日前は閉まっていた店だった。

小さな庭を横切り、洋館の前にたどり着いた僕は、『営業中』と看板の掛かっている木製の扉を開く。四人掛けのテーブル二つとカウンター席が五つあるだけのこぢんまりとした店だった。一本の樹から削り出されたカウンターの奥に、マスターらしき男性が立っている。

「いらっしゃいませ」僕に気づいたマスターが人の良さそうな微笑を浮かべる。年齢は三十半ばといったところだろうか。細身の長身で、あご先にひげを蓄えていた。

「あの、一人なんですが……」

「はい、テーブルでもカウンターでも、お好きなお席にどうぞ」

僕は「どうも」とカウンター席に座ると、店内を見回す。壁はログハウスのように丸太が積み上がっている。奥には小さな暖炉があり、炎が揺れていた。時折聞こえる薪《まき》がはじける音が心地よい。天井近くに備え付けられたスピーカーからは、会話の邪魔にならない程度の音量でクラシックの旋律が流れている。

カウンターの奥には木製の棚があり、その上の壁に大きな白い布が掛けられていた。

あれはなんだろう？　首を捻っていた僕は、マスターが無言で佇《たたず》んでいることに気づいた。

「ああ、すみません。注文もしないで」

「いえ、気になさらないでください」マスターは頬を緩める。

慌ててメニューを手に取った僕は、ふと動きを止め、マスターを見上げた。

「あの……、オレンジの中に、なんというか……ちょっと甘いエッセンスが含まれているような香りの紅茶ってないでしょうか？」

「ああ、オリジナルハーブティーですね。うちの一番人気の紅茶ですよ」

「それをお願いできますか」

「承知いたしました。少々お待ちください」

マスターは棚から茶葉を取り出すと、それを慣れた手つきでポットに入れていく。

「この紅茶、私が庭で育てたハーブを使っているんです」

ポットに湯が注がれた瞬間、懐かしい香りが僕を包み込んだ。ユカリさんがいつも淹れてくれた紅茶の香り。彼女と過ごした時間の香り。

「さっき私もこの紅茶を自分用に淹れていたんですよ」

紅茶を蒸らしつつ、マスターがつぶやく。

ああ、だから外にまで香ってきたのか。納得する僕の前で、マスターはティーカップに紅茶を注ぐと、「どうぞ」とそれをカウンターに置いた。カップに手を伸ばし、中で揺れる黄金色の液体を一口含むと、脳裏にユカリさんとの記憶がはじけ、胸がいっぱいになる。

ユカリさんがいつも淹れてくれていた紅茶は、この店で買ったものだった。その事実が明らかになると同時に、絡まった糸がほどけていくように謎が解けていった。

僕はもう一口だけ紅茶を飲んだあとカップをソーサーに戻すと、マスターに話しかける。

「三日前もこの辺りを散歩したんですけど、そのときは閉まっていましたね」

「先週の火曜から臨時休業していたんです。ついさっき店を開けたばかりなんです」

「一週間以上も臨時休業を。失礼ですけど、なにかあったんですか?」

マスターは一瞬、口ごもるような仕草をみせたあと天井を見上げ、ぽつりとつぶやいた。

「……喪に服していたんです」

「親しい方が亡くなったんですか?」

マスターは「……ええ」とゆっくりと頷いた。僕は再びティーカップを手に取ると、唇を開く。

「実は僕も、最近、親しい人を亡くしたんです」

「ご家族ですか?」マスターは柔らかい声で訊ねた。

「いえ、友人です」僕は一拍間を置いて付け足す。「ただ、僕は彼女に片思いしていました」

「それは、おつらいですね」

「マスターが亡くされた方はもしかして……、恋人ですか?」

胸に痛みをおぼえながら問いかけると、マスターは虚空に視線を彷徨わせた。

「恋人、だったんでしょうか?　自分でもよく分かりません。最初はこの店によく来てくれる常連さんでした。ただ、色々話すようになって、距離が近づいていったんです。私は彼女に惹かれていました。そして、たぶん彼女も……」

「それなのに、恋人だったか分からない?」

「以前、一度だけ彼女に告白したんです。彼女は『考えさせて』と答えて、そのあと店に来なくなりました。私はもう二度と彼女に会えないと思って、告白したことを後悔しました」

「けれど、またその女性は来るようになったんですね」

僕が水を向けると、マスターは小さくあごを引いた。

「ええ、そうです。以前と雰囲気がかなり変わっていたんで、少し驚きましたけどね。彼女は教えてくれました。自分が重い病気にかかって入院していたことを。そして、自分に残された時間が少なく、そのせいで私の告白にどう答えていいか分からないということを」

「それで、どうしたんですか?」

「どうもしませんでした。私はただ彼女のそばにいたかっただけなんです。だから、彼女に答えを求めませんでした。病気のことも、それ以上聞きませんでした。彼女がまたこの店に来て、同じ時間を過ごせるようになっただけで幸せでした。ずっと、そんな毎日が続けばいいと思っていました。けれど、それは無理でした」

「……おつらいですね」

「ええ、でもずっと落ち込んでいても、彼女も喜んでくれないと思います。だから、店をまた開くことにしたんです」

マスターは唐突に棚の上に掛けられていた布を引いた。その下から現れたものを見て、僕は「あっ」と声を上げる。そこにはガラスケースに入った油絵が飾られていた。このカフェがある緩やかな坂道の絵。ユカリさんが「とっても大切な人に」と描いていた絵。

「彼女からプレゼントされた絵です。これを見ると彼女を思い出してつらいんで、隠していたんですよ。けれど、やっぱりこうして多くの人に見てもらった方が、彼女も喜びますよね」

マスターは目を細めると、絵を保護しているガラスを指先でなぞった。

「その絵には、彼女も描かれているんですか?」

僕は坂の中腹で、風で膨らむ長い黒髪を押さえて立っている女性を眺める。

「ええ、もちろんです」

マスターの答えを聞いた僕は、少し冷めた紅茶を一気に飲み干した。なぜユカリさんが一人で横浜に来ていたのか、ようやく謎が解けた。彼女はこの店に通っていたのだ。マスターに会うために。

先月、僕がきっかけを与えることで、ユカリさんは外出に対する恐怖を克服した。リハビリとして僕と何度か病院の周囲に出かけた後、今月になってようやくこのカフェに来ることができるようになったのだろう。そして先週、牧島法律事務所で遺言書を作成したあとも、このカフェに向かっていた。しかし、その途中で脳出血が起こった。

死期を悟ったユカリさんは必死に坂を下った。マスターに会うために。

僕が「あの……」と声をかけると、遠い目で絵を眺めていたマスターは慌てて振り返る。

「すみません、ぼーっとして。なんでしょうか?」

「マスターはその女性が亡くなったとき、立ち会えたんですか?」

「ええ」マスターは哀しげに微笑《ほほえ》む。「彼女は亡くなる寸前に、最期の力を振り絞ってここまで来てくれたんです。そして、……僕の腕の中で息を引き取りました」

「そのとき、なにか彼女は言いましたか?」

マスターは小さく息を吐くと、目を閉じた。僕は黙って答えを待つ。十数秒後、マスターはゆっくりと瞼をあげた。

「はい、一言だけ。……『愛してる』と」

「……そうですか」

ユカリさんには愛する人がいた。だからこそ実習の最終日、告白する気配を察したユカリさんは僕を抱きしめて、それをさせなかった。僕を傷つけないために。

ああ、これが失恋か。鋭く尖《とが》ったもので心臓を刺し貫かれたような痛みが走る。

僕はシャツの胸元を強くつかんで、初めて経験するその疼痛《とうつう》に耐えた。

ただ、僕は安堵もしていた。ユカリさんは愛する男性の腕の中で逝けたのだ。きっと最期の刻《とき》、彼女は幸せだったのだろう。

「環さん……」天を仰いだマスターの唇がかすかに震え、その名をつぶやいた。

最後まで僕が呼ぶことを許されなかったユカリさんのファーストネーム。それを口にするマスターに、嫉妬をおぼえてしまう。僕が無言でいると、マスターははっとした表情になる。

「ああ、すみません。なんか私ばっかり語ってしまって」

「いえ、そんなことないですよ。よかったら、もう少しお話ししてもいいですか？」

「ええ、もちろんです」マスターは心の底から嬉しそうに言った。

僕たちは数十分、語り合った。弓狩環という女性の思い出を。

僕も『片思いの相手』がユカリさんだと気づかれないように注意しつつ、彼女と過ごした日々について話した。マスターはその話を、笑みを絶やすことなく聞いてくれた。

壁に掛かっている鳩時計が鳴き声を上げる。見るともう午後五時半になっていた。話し込んでいるうちに、いつの間にか時間が経っていた。

そろそろ、お暇《いとま》しよう。遺言書を手に入れることはできなかった。しかし、僕が愛した女性は、彼女が愛した男性の腕の中で幸せに逝けたということを知ることができた。それで十分だった。

席を立とうとしたとき、マスターがぽつりとつぶやいた。

「そういえば、一つだけ彼女に聞きそびれたことがあったんです。それが心残りで」

「聞きそびれたこと?」僕は浮かしかけていた尻を椅子に戻す。

「はい、彼女、今月の初めに大きな買い物をしたって言ったんです。とっても大切なものを買ったって。だから、なにを買ったのか訊ねたんですよ。そうしたら彼女、こう答えたんです。『心の整理がついたら教えるから、ちょっとだけ待って』と」

マスターは、隅のカウンター席を寂しそうに眺める。きっとその席が、ユカリさんの指定席だったのだろう。そこに座ってマスターとカウンター越しに話をする。それこそが、ユカリさんの幸せだった。きっとその時間、彼女は『生』を感じていたのだろう。

「そろそろ失礼します。おいくらですか」僕は椅子を引いて立ち上がる。

「ああ、お代は結構です。私の思い出話を聞いていただきましたから」

「そういうわけにはいきません。僕の思い出話も同じぐらい聞いてもらいましたし」

僕が財布を出すと、マスターは悪戯っぽく口角を上げた。

「でしたら、またこの店にいらしてください。そのときはちゃんとお代も頂きますから」

「ええ、ぜひ。それじゃあお言葉に甘えてご馳走《ちそう》になります」

頬をほころばせて出口に向かった僕は、ドアノブを摑んだところで振り返る。

「きっといつか、弓狩環さんがなにを買ったのかも分かりますよ」

「あれ、私、彼女の名前言いましたっけ？」

首をひねるマスターに、「さっき聞きましたよ」と誤魔化すと、僕はカフェをあとにした。

いつの間にか日は落ち、しっとりと闇が辺りに降りていた。庭に敷かれた石畳を進み、門を出た僕は大きく深呼吸する。冷たく尖った空気が肺を満たしていく。

愛した女性は最期の瞬間、幸せに逝けた。それを知れただけでここに来た意味があった。

そして、僕の遅い初恋は終わった。

「さよなら、ユカリさん……」

つぶやいた僕は、胸を張ると坂道を上っていく。これから新横浜のホテルに戻り、明日の昼の新幹線で広島に帰ろう。胸の痛みはまだ消えたわけではないが、時間が癒やしてくれるはずだ。いつかはこの初恋を、過去の美しい記憶として思い起こすようになるのだろう。そのことに一抹《いちまつ》の寂しさをおぼえながら坂を上り切った僕は、そこで足を止める。坂の頂きに位置する墓地、その中央に威風堂々と立っている大樹は今日もライトアップされていた。その枝々が薄紅色の蕾《つぼみ》を蓄えていることに僕は気づく。

「桜だったのか」

この数日、心の余裕がなかったので、そのことにすら気づいていなかった。これだけの大樹だ、蕾が開く頃にはさぞ美しい風景が広がるのだろう。その姿を想像したとき頭の隅に疼《うず》きをおぼえ、僕はこめかみを押さえる。実習の最終日、ユカリさんが描いていた絵が脳裏をよぎった。

満開の桜の下、若い男女が永遠の愛を誓っている絵。あの絵に描かれていた桜はもしかして、この大樹がモデルなのではないだろうか。だとしたら……。

僕は墓地に向かって走り、柵を跳び越えると、墓標の間の道を走って桜の樹に駆け寄っていく。その根元にたどり着いた僕は、そこにあるものを見て「ああ……」と声を漏らした。

純白の大理石でできた十字架と地面に埋め込まれたプレート。桜の樹に寄り添うように作られたその墓には、『Tamaki Yugari』の名が刻まれていた。

ユカリさんが買った大切なもの、それはこの墓だった。振り返ると、眼下にあのカフェが見えた。愛する人のいるカフェを見下ろす桜の下、そこで眠りたい。ユカリさんはそう望んでいたのだ。

跪いた僕は、大理石のプレートに刻まれた『Tamaki Yugari』の名にそっと触れる。そのとき、正面に立つ十字架に対して、プレートがわずかに斜めになっていることに気づいた。

もしかして！　僕はプレートの下に指を差し込み、力を込める。思ったより簡単にプレートがずれ、その下から穴が現れた。もともとは遺骨を納めるスペースなのだろう。そこに、一枚の封筒が置かれていた。僕は震える手を伸ばし封筒をつかむと、一瞬迷ったあと、封を切って中に入っていた用紙を取り出した。『遺言書』と丸みを帯びた特徴的な文字で書かれているのを見た瞬間、僕は歯を食いしばって嗚咽を噛み殺す。

ずっと探していたユカリさんの遺言書、彼女の遺志が、いま僕の手の中にあった。

初めて見るユカリさんの文字を、僕は食い入るように読んでいく。そこには主に二つのことが書かれていた。一つは、財産の全てを慈善団体に寄付するということ。そしてもう一つは、自分の遺骨を桜の下にあるこの墓に葬って欲しいということ。

一通り遺言書を読み終えた僕は、それを封筒に戻すと、ジャケットの内ポケットへとしまった。

カフェに向かう道すがら、ユカリさんは脳出血を起こしたのだと思っていた。けれど違ったのだ。おそらくユカリさんはカフェに向かう前に、この墓の前に立っていた。そのとき、時限爆弾が爆発してしまったのだろう。自分の身になにが起こったか気づいたユカリさんは、とっさに遺言書をこの墓の中に隠した。自分が救急搬送されるとしたら、みなとみらい臨海総合病院であり、そこで命を落としたら箕輪に連絡が行くかもしれないと、すぐに気づいたから。

そして、遺言書を安全な場所に隠したユカリさんは、薄れゆく意識を必死に保ち、自由がきかなくなっている足を引きずって坂を下っていったのだ。愛する人に一目会うために。

僕は生地の上から内ポケットの遺言書に触れる。心臓の鼓動が掌に伝わってきた。それはまるで、ユカリさんの遺志が命を持っているかのようだった。

すぐに、この遺言書を牧島法律事務所に届けよう。そうすれば、牧島弁護士がユカリさんの遺志を実現させてくれるはずだ。僕はスマートフォンを取り出すと、牧島法律事務所の電話番号を表示する。そのとき、唐突に背後から拍手の音が響いた。反射的に振り返った僕は啞然とする。いつの間にかそこに男が三人立っていた。その全員に見覚えがあった。

一人は体格の良い若い男だった。茶色く染めた髪を短く刈り上げ、その全身から反社会的な雰囲気を醸し出している。先月の初め、葉山の岬病院の前の通りに止まっていたセダンから、カメラで僕を撮影していた男だ。その隣には、くたびれたサラリーマン風の中年男が立っている。昨日、僕がこの付近を調べていたとき、背後から近づき、追い抜いていった男だった。やはり、あれは尾行されていたのか。僕は二人の男の前で手を鳴らしている人物を睨《にら》む。

ユカリさんの遺産を受け取るはずだった男、箕輪章太がそこにいた。

「いや、素晴らしい。まさか本当に遺言書を見つけてくれるとは思わなかった。後ろの二人に見習ってもらいたいぐらいだよ」

箕輪が満面に笑みを浮かべる。僕はとっさにスマートフォンを操作して録音アプリを起動した。

「ずっと僕を監視していたのか？」

録音を開始したスマートフォンを、僕はジャケットのポケットに入れる。

「ああ、そうだよ。君があの女の死について調べていると、私に連絡を取ってきてからね。君は弓狩環の担当医だった。だから遺言書についてなにか知っているかもしれないと思ったんだよ。それで、君に牧島法律事務所の連絡先を教えてあげることにしたんだ」

「あんたたちだったのか!? ホテルの部屋にメモを差し込んできたのは」

「君になら牧島がなにか情報を渡すかもと思ったんだよ。あの男は、最新の遺言書があるはずだから遺産分配を待つように連絡してきていたからね。本当にしつこい男だよ」

「あんた、大きな借金があるらしいな」

箕輪の表情が苦々しげに歪んだ。

「投資で失敗してね。まあ、そんな借金、あの女の遺産に比べれば微々たるものさ」

「なら、なんでこの遺言書を僕に見つけさせようと?」

僕が眉間にしわを寄せると、箕輪は大きなため息をついた。

「まったく……。あの女が監視をかいくぐって外出していて、しかも新しい遺言書を作っているなんてね。おとなしく私に遺産を遺すなら危害を加えないと約束していたのに。それどころか先月の初めに、君に三千万以上の遺産を分けるという遺言書を作ることにも同意したんだよ」

「……本当に葉山の岬病院を監視していたのか」

「当たり前だろ。あの女の遺産がどれだけあると思ってるんだ。念には念を入れて、あの病院への出入りは人を使って二十四時間チェックしていた。遺言書を書き換えるために、弁護士が訪れたり、あの女が外出したりしないか確認するために。あの女の遺産のためなら、私はどんな手段でも取る覚悟ができているんだよ。……どんな汚い手段でもね」

葉山の岬病院の実習がはじまってすぐの頃、セダンから写真を撮られた。あれは僕が遺言書作成のために呼ばれた弁護士でないか確認するためだったのか。

「じゃあ、脳腫瘍が分かる前にユカリさんが事故に遭いかけたりしたのは……」

僕が声を押し殺すと、箕輪の唇がサディスティックに歪む。

「『過失』で人を死なせた場合、優秀な弁護士が担当すれば、執行猶予がつくことが多いんだよ」

そしてその犯人には、遺産を手に入れた箕輪から裏で大金が支払われる。そういうからくりか。怒りと嫌悪で吐き気がしてくる。

「ああ、勘違いしないでくれ。いまのは、あくまで仮定の話だよ。そもそも、あの女が末期の脳腫瘍だって分かってからは、その『仮定』をする必要はなくなっていたんだ。……あの女が病院に籠もっている限りな」

箕輪の声が危険な色を帯びる。

「二十四時間体制で監視していたのに外出されるなんて、間抜けな監視役だな」

僕の皮肉に、箕輪の後ろにいた若い男が顔をしかめた。

「仕方がねえだろ、あんな方法使うなんて分かるわけがねえ」

裏道ぐらい想定してろよな。僕が内心呆れていると、箕輪が「黙れ！」と男を一喝する。

「まあ、そんなわけでね。牧島から最新の遺言書があると連絡が来たときは心臓が止まりそうだったよ。けれど、それは行方不明らしい。それなら、私の手元にある遺言書でさっさと手続きをしてしまおうと思ったんだ。それでわざわざ広島まで君に会いに行った。そうしたら、君は神奈川に向かい、しかもあの女が死んだ病院を知りたがった。だから念のために監視をつけていたんだ」

「僕が最新の遺言書を見つけるかもしれないから、監視するのはまだ分かる。けれど、なんで僕に協力したんだ？」その部分だけがどうしても理解できなかった。

「君と私の目的が同じだからに決まっているじゃないか」箕輪は両手を広げる。

「先月、あの女が君に三千万円を譲る新しい遺言書を作りたいと言い出したとき、興信所に君のことを調べさせたんだよ。父親に捨てられ、かなりの借金があるらしいね。病院での君の評判はこうだったよ。ストイックで優秀、けれど金への執着心が極めて強く、他人に冷酷。つまり……金の亡者《もうじゃ》」

ああ、病院で先月、僕の情報を集めていた怪しい男とは、箕輪に雇われた探偵だったのか。僕は黙って箕輪の話に耳を傾け続ける。

「そんな君が、僕に会ってすぐに神奈川に乗り込み、なにやら調べだした。私にはすぐになにをしているか分かったよ。あの女の担当医だった君は、最新の遺言書の存在を聞いていたんだろ。それが発見されたら、自分が相続するはずの三千万以上の金が消え去る。だから、誰よりも早く発見して、闇に葬り去ろうとしていた」

箕輪は粘着質な笑みを浮かべると、右手を差し出してくる。

「私たちの目的は一緒なんだ。さあ、その遺言書を渡してくれ。そうすれば、君は三千万を、私は残りの遺産を相続できる。みんな幸せになれるんだ！」

僕は箕輪に冷たい視線を注ぐ。箕輪の笑顔に媚《こ》びるような色が混じりはじめた。

「……なるほど、君はなかなか交渉上手だ。三千万じゃ満足できないってわけか。いいだろう。君の働きは素晴らしかった。私に遺産が入った暁《あかつき》には、五千万、いや一億をプラスして君に回そう。大丈夫、私は弁護士だし、裏の人脈も豊富だ。問題ない形で渡すことができるよ。合計一億三千万が手に入る。これなら十分だろ」

「一億三千六十八万円か……」

思わず苦笑が漏れる。なにか勘違いしたのか、箕輪の顔が緩んだ。

たしかに僕は金の亡者だった。そんな僕が、一億円を超える金を提示されている。それなのに、興奮も動揺もまったく感じていなかった。どうやら本当に僕は変わってしまったらしい。きっと、好ましい方向に。そして、その恩人の遺志がいま、胸のポケットに納められている。

僕は左胸に手を当てると、箕輪を睨みつけた。

「そんな端金《はしたがね》でユカリさんの遺志を売り渡せるわけがないじゃろうが！　さっさとわしの前から消えろや！」

怒声を浴びた箕輪の体が大きく震える。やはりこういうときは標準語より、広島弁の方がいい。迫力が段違いだ。

僕が鼻を鳴らすと、驚きが浮かんでいた箕輪の顔から潮が引くように表情が消えていった。

「どうしても渡さないつもりか？」

「だったら？」

挑発的に答えると、箕輪は後ろにいる二人に目配《めくば》せした。二人はその目に危険な光を湛《たた》えて、ゆっくりと箕輪の前に立った。

「力ずくで奪ったって意味ないぞ」僕は後ずさる。

「警察に駆け込んで、さっきからスマートフォンで録音している内容を聞かせるつもりかな？」

箕輪は抑揚のない口調で言う。僕が言葉につまると、箕輪は鼻を鳴らした。

「それくらい気づいていたさ。けれど、そんなことをしても意味はないよ。遺書だけなんて面倒なことはしない。君ごと拉致して、処分してもらう。言っただろ。私は裏の人脈も豊富なんだ。君は遺体も発見されることなくこの世から消え去るんだ」

「……そんなことができるわけない」

「どんなことでもできるんだよ。金さえあればね」

二人の男がじりっと間合いを詰めてきた。僕はさらに後ずさる。背中が桜の幹に触れた。

「間違っても喧嘩とかしちゃいけんよ。大怪我したら大変じゃけえ」

冴子の忠告を思い出す。せっかく心配してもらったのにこの有様か。

「攫《さら》え」箕輪がぼそりとつぶやいた瞬間、二人の男は同時に襲いかかってきた。

しかたない、久しぶりにやるか。僕は右膝を抱え込むように上げると、両手を伸ばして摑みかかってきた若い男のみぞおちに向けて前蹴りを放つ。反撃を予想していなかったのか、男はよけるそぶりも見せなかった。内臓を抉《えぐ》る感触が、革靴で覆われたつま先に伝わってくる。

男は襲いかかってきた勢いのまま桜の根元に倒れ込むと、両手で腹を押さえ、のたうち回った。

相棒が一撃でやられたのを見て、中年男は足を止め、スーツの内側に手を入れたまま立ち尽くす。僕は男に大股で近づくと、無造作に上段回し蹴りをたたき込む。頭部に蹴りの直撃を受けた男は、糸が切れた操《あやつ》り人形のようにその場に崩れ落ちた。男の手からなにかが零れおちる。目を凝らすと、折りたたみ式のナイフだった。

僕は慌ててそれを拾い、ポケットに入れる。くたびれたサラリーマンのような容姿に似合わず、危険な男だったようだ。あっさりと蹴り倒せてよかった。

「さて」生地の上から折りたたみ式ナイフの固い感触を確かめつつ、僕は箕輪に向き直る。

口を半開きにして固まっていた箕輪は、体を大きく震わせた。

「喧嘩しないよう親友に釘《くぎ》を刺されていたんですよ。相手に大怪我させるかもしれないから。ああ、そう言えばさっきの録音ですけど、警察に駆け込むためのものじゃないんですよ」

僕はにっと口角を上げた。

「こういう状況になったとき、正当防衛だったたって証明しないとね」

「な、なんで……」箕輪は酸欠の金魚のように、口をぱくぱくと動かす。

「研修先の病院で僕のこと調べたんですよね。残念、出身大学まで行っていれば情報が入っていたかも。僕が学生時代、空手部に所属していて、主将まで務めていたって」

僕は右の拳を握り込みながら箕輪に近づいていく。箕輪は口を開くが、舌がこわばっているのか、言葉が出なかった。

将来脳外科医を目指すものとして、利き手で人を殴るなんてとんでもないことだ。特に顔など殴ったら、こちらの手が怪我することも多い。だからこそ、二人は蹴りで片づけた。けれど……。

「けれど、あんただけは思い切り殴らんと気が済まんのじゃ！」

泣き笑いのような表情になっている箕輪の顔面に向け、固めた拳を思いきり振りぬく。

拳頭《けんとう》から脳髄まで走った刺激が、このうえなく心地よかった。

6

「……と、まあ、そんな感じだったんだよ」

翌日の昼下がり、僕は新横浜駅で、使い慣れないスマートフォンを耳に当てていた。

『なんか、いろいろと大変じゃったみたいねえ』

事情を聞いた冴子の、呆れを含んだ声が響く。

昨夜、箕輪たち三人を叩きのめしたあと、僕は警察と牧島法律事務所に連絡を入れた。すぐに近くの交番から警官がやってきて、その数分後には息を切らした牧島弁護士が墓地に姿を現した。

僕はまず牧島弁護士に遺言書を渡したあと、どんどん人数が増えていく警官たちにスマートフォンに録音した音声を聞かせながら事情を説明した。しかし、途中で意識を取り戻した箕輪が「この男に突然暴行されたんだ！」と僕を指さして事態が混乱したので、僕は箕輪たちとともに事情聴取のために近くの警察署に連行されるはめになった。

強面《こわもて》の刑事に尋問に近い事情聴取を一晩中受けたが、やはり会話を録音していたことが大きかったらしく、僕の身柄が拘束《こうそく》されることはなかった。

朝になってようやく解放されると、外に牧島弁護士が待っていた。彼の話では、箕輪たち三人は僕に対する脅迫や傷害未遂の容疑で逮捕されたということだ。今後、殺人未遂などさらに重い罪に問うかは検察の判断らしいが、少なくとも有罪になって実刑を食らうだろうということだった。

牧島弁護士は僕が連行されたあと自ら警察署を訪れ、刑事たちに色々と情報提供をしてくれたらしい。本人は「刑事事件の弁護もやるんでね、刑事たちにもかなり顔が利くんだよ」と得意げに言っていた。彼が証言を裏付けてくれたからこそ、僕は拘束されずに済んだのかもしれない。

僕のスマートフォンは証拠品として提出することになったが、牧島法律事務所が車を出して携帯ショップまで連れて行ってくれ、同行したスタッフが手続きを行って代用のスマートフォンを用意してくれた。それどころか、今日中に広島に帰らなくてはならないことを告げると、新幹線のグリーン券まで購入してくれた。

きっと牧島弁護士も遺言書が見つかり、ユカリさんの遺志を果たせることが嬉しかったのだろう。

移動中の車の中で話したところ、ユカリさんの遺言書は証拠品として警察に一時的に預けてあるが、彼女の遺志を果たすことは十分に可能らしい。早急にユカリさんの遺産は彼女が指定した各団体に寄付され、遺骨はあの桜の樹の根元にある墓に移されるということだった。

あの美しい場所で、ユカリさんは愛する人のカフェを眺め続けるのだろう。その手伝いができたと思うと、口元がほころんでしまう。

『とりあえず、一件落着なんじゃね？』

物思いにふけっていた僕は、冴子の声で我に返る。

「とりあえず、な。ただ、また警察に呼ばれたり、裁判で証言するために、ちょくちょく神奈川に来ないといけないらしいんだよ」

『そういうことじゃなくて、あんたの気持ち的に。これで整理はついたん？』

僕は胸に手を当てる。ユカリさんの死を知ったとき、胸郭の中身が抜き取られたような虚無感に襲われた。けれど、いまそこには温かいものが溢れている。

「……ああ、もう大丈夫だ」

『それなら、さっさとこっちに戻ってきんちゃい。うちが頭撫でてあげるけえ』

「そうするよ。もうすぐ乗る予定の新幹線が来るし。しかも聞いてくれよ、グリーン車とってもらったんだぞ。グリーン車だぞ」

『そんなにはしゃがんでも。あんた、貧乏性はそのままじゃねえ』

「ほっといてくれ。あっ、そろそろホームに行かないと。仕事中悪かったな、急に電話して」

僕は立ち上がると、待合室をあとにする。

『仕事中いうても、今日は病棟業務だけじゃけえ暇なんよ。うちの病院の精神科、ほとんど入院病床がないけえね。こんな楽じゃと、来月から後期研修やっていけるか不安じゃわ』

「内科はそれなりに忙しいからな」

冴子は四月から内科を専攻し、大学病院で専門研修を受けることになっていた。

『あんたが行く脳外科に比べたら、全然ましじゃけどね。まあ、せっかく世界的にも有名な教授のグループに入れたんじゃけえ、頑張らんといけんよ』

「分かってるよ。だからこうして、パーティーに出るために急いで……っと、こっちじゃないか」

『ん？　どうしたん？』

「いや、どこのホーム行けばいいかちょっと分からなくなって」

『なに子供みたいなこと言うとるの。案内が書いてあるじゃろ』

「いや、案内が多すぎるから、逆に混乱して……」

『駅員さんに訊きんさいや』

「あ、分かった、こっちだ」

ようやく目的のホームを見つけた僕はエスカレーターに乗る。

『まったく電車のホームも見つけられん男が、よく行方不明の遺言書なんて見つけられたねえ』

「うるさいな。ほっといてくれよ」

冴子は「ふふっ」と含み笑いを漏らした。

『遺言書を見つけたとき、嬉しかったじゃろ』

「……ああ、嬉しかったよ」

僕は遺言書に書かれた文字を読んだ際の感動を思い出す。少し丸みを帯びた癖のある文字が脳裏をよぎった瞬間、僕は軽い違和感をおぼえ、額を押さえた。

なんだ、いまの感覚は？　原因を考えるが、思い当たる節はなかった。僕はホームに到着する。

『どうしたん？　急に黙り込んで』

「いや、なんでもないよ。ちょっと気になることがあって」

『気になることって、もう全部解決したんじゃろ？』

「まあ……、そうだな」

たしかに事件は解決したはずだ。けれど、いまだに分からないことが残っていた。葉山の岬病院のスタッフたちは、なぜユカリさんとの記憶を妄想だと思い込ませようとしたのか。

『のぞみ一一三号広島行きは、まもなく……』

新幹線の到着を予告するアナウンスが流れはじめる。これに乗れば事件は終わる。僕は広島に戻り、来月から一流の脳外科医になるための厳しい研修生活をはじめる。そして、ユカリさんとの思い出は、美しい記憶として心の底に残り続けるだろう。

けれど、それでいいのだろうか？　正体不明の不安が胸を掻きたてる。なにか見落としている気がする。なにか重要なことを。

墓地で見つけた遺言書、カフェに飾ってあった絵、病室の本棚に収められていた画集や写真集。それらが脳裏にフラッシュバックする。病室、図書館、海辺のカフェ、様々な場所でのユカリさんとの記憶が蘇り、頭蓋の中を満たしていく。僕は頭を押さえ、目を閉じた。

瞼の裏にカルテの映像がよぎる。その瞬間、脳天に雷が落ちたかのような衝撃が全身を貫いた。

「ああっ！」悲鳴じみた声を上げると同時に、新幹線がホームに入ってきた。

『蒼馬、どうしたん。大丈夫？』

冴子の声が聞こえてくる。僕は緩慢な動作で、スマートフォンを顔の横に置く。

「……冴子」

『あっ、どうしたんね？　急に声が聞こえなくなったけえ心配したじゃろ』

「なあ、冴子、もし俺が脳外科に……教授のチームに入るのをやめるって言ったら、どう思う？」

僕はゆっくりと減速していく新幹線を眺める。

『なに言ってるの？　あんた、あの教授のチームに入るために、ずっと頑張ってきたんじゃろ』

「ああ、そうだよ。そのために血が滲むような努力をしてきた。もし今日のパーティーに参加しないと、その努力が水の泡になる」

『まさか、それなのにパーティーに出ないつもりなん？』

冴子の問いに黙り込む僕の前に、新幹線が停車した。扉が開く。

『教授のチームで研修を受ければ、エリートコースまっしぐらなんじゃろ。将来は日本中の病院どころか、海外でも引く手あまたになるって言っとったじゃろ』

「ああ、そうだよ。……その未来を捨てるなんて馬鹿だよな」

『ああ、馬鹿よ。大馬鹿者よ』

僕は唇を噛む。いったいなにを期待していたのだろう。背中を押して欲しかったのか、それとも誰かに認めて欲しかったのだろうか。僕はスマートフォンを顔から離そうとする。しかし、そのまえに『じゃけどね』という声が聞こえてきた。

『人生で一度くらい、馬鹿やってもいいんよ。あんた、真面目すぎて、ずっと自分を追い込んできた。けど、もうそろそろ気づいてもいい頃じゃろ。もっと自由に生きてもいいって』

「自由に……」

つぶやく僕の前で、次々に乗客が扉に吸い込まれていく。発車時間を告げるベルが鳴りはじめた。

『大切なことがあるんじゃろ。エリートコースを捨ててもいいと思えるぐらい大切なことが。それがあんたの選択なら、迷うことなんてない。好きなようにしんさい。

将来、後悔せんように！』

「冴子……ありがとう」

『こっちに戻ってきたら、なにがあったか飲みながら詳しく話してもらうからね。もちろん、あんたの奢《おご》りで』

「ああ、分かってるよ」

『頑張りんさいよ』

僕はもう一度「ありがとう」と心からの感謝を告げると、通話を終えて身を翻す。背中で扉が閉まる音を聞きながら、僕は大きく一歩踏み出した。


葉山の岬病院の玄関先まで着いたとき、すでに太陽が西に傾いていた。僕が院内に入ると、受付にいた女性職員が口を半開きにした。

「こんにちは、お邪魔しますよ」僕は職員に一瞥《いちべつ》をくれ、そのまま進んでいく。視界の隅で、職員が慌てて内線電話の受話器を上げるのが見えた。全面ガラス窓の外に広がる中庭を横目に廊下を進んでいくと、突き当たりにある階段を看護師長が駆け下りてきた。

「碓氷先生、なんのご用ですか？」

軽く息を弾ませながら、師長は僕の前に立ちはだかる。

「なんの用かは、あなたたちが一番よく分かっているはずです。通してください」

「ダメです。先生はもう部外者です。勝手に入らせるわけにはいきません」

「それが、本当に正しい判断だと思っているんですか？」

僕は低い声で言う。窓から差し込む夕日に照らされた師長の顔に、逡巡《しゅんじゅん》が浮かんだ。

「行きます。邪魔しないでください」

僕は師長のわきを通り過ぎる。彼女が動くことはなかった。

階段を地下へと降りた僕は誘導灯だけが灯る薄暗い廊下を進んでいき、突き当たりにあるカルテ保管庫へと入る。手探りで電灯スイッチを押すと、いっせいに蛍光灯が灯り、漂白された光が部屋を満たした。暗さに慣れた目を細めながら、僕は無数のカルテが収められたラックの間を進んでいく。

部屋の一番奥にあるラックの前にたどり着いた僕は、目的のカルテを探す。それはすぐに見つかった。

緊張で息苦しさをおぼえながらそのカルテの冊子を取り出した僕は、震える指で表紙を捲《めく》る。最初のページ、入院時の患者情報が記された一号用紙を見た瞬間、僕は天井を仰いだ。

やっぱりそうだった。……これで全ての謎は解けた。

「ユカリさん……」

愛しい女性の名をつぶやいたそのとき、扉が開く音が響いた。振り向くと、白衣姿の院長が部屋に入ってきていた。カツカツと足音を鳴らしながら近づいてきた院長は、僕の目の前で足を止める。

「師長から連絡があってね」

相変わらずの無表情のまま、院長は僕が手にしているカルテに視線を向ける。

「それを読んだということは、真相に気づいたということだね」

「ええ、全部分かりました。あなたたちがなにをしたのか」

「……そうか」

「なんでこんなことしたんですか!?」

「患者の希望をできるだけ叶える。それがこの病院のポリシーだからだ」

「だからって、ここまでするなんて！　てっきりユカリさんは病死したと思っていたのに、そうじゃなかったなんて……」

感情が昂《たかぶ》りすぎて、舌が回らなくなる。そんな僕の前で、院長は大きく息を吐いた。

「君が気づいてくれて、正直ほっとしている。私もこんなことをしていいのか、自信がなかった」

「……院長、あなたのやったことは明らかな犯罪です。告発すれば、大きな問題になります」

「覚悟はしている」

「けど、僕の頼みを二つきいてくれるなら、このことを忘れてもかまいません。どうですか？」

院長は片眉を上げると、「聞こう」とつぶやいた。

「まず、この事件の首謀者、僕の前から『ユカリさん』を消したあの人がどこにいるのか教えてください」

院長は一瞬、躊躇《ちゅうちょ》の表情を浮かべたあと頷いた。

「分かった、教えよう。もう一つの要求は？」

「それは……」

僕は院長の目を見つめながら、二つめの要求を口にした。


翌日、僕は電車を乗り継ぎ、長野県にある小さな街へとやってきていた。この街に、今回の事件を計画した人物がいる。僕の前から『弓狩環』という女性を永遠に消し去った人物が隠れている。

駅舎を出た僕は遠くの小高い丘を眺めつつ、深呼吸をして昂った気持ちを必死に抑える。そのとき、一匹の黒猫が目の前を横切り、すぐわきのベンチで毛づくろいをはじめた。

「縁起が悪いな」

苦笑しつつ胸に手を当てる。内ポケットの中身の硬い感触が掌に伝わってきた。毛づくろいを終え、香箱座《こうばこずわ》りになっていた猫が、促すようにニャーンと鳴いた。分かっているって、もう行くよ。僕は唇の端を上げると、地面を蹴って走りだした。

人通りの少ない通りを、正面に見える丘に向かってひたすら駆けていく。体が悲鳴を上げはじめるが、僕は足を緩めることはなかった。

十五分ほど走って住宅街を抜けると、急な勾配の山道に入った。徒歩で上る者などほとんどいないのか、歩道も整備されていない。道の両側には鬱蒼とした林が広がっている。

肺が痛い、足が鉛のように重い、酸素不足でめまいがしてくる。けれど、全身から発せられるアラームを無視して僕は走り続ける。一分、一秒でも早く目的地にたどり着きたかった。

どれだけ走っただろう。目がかすみはじめ、意思とは関係なく足が前に進まなくなってきた頃、両側に広がっていた樹々が消え、視界が大きく開けた。やっと着いた。そう思った瞬間、緊張の糸が解けて倒れ込んでしまう。両手を地面につき、滴り落ちる汗を眺めつつ、必死に酸素をむさぼる。気を抜くと意識を失ってしまいそうだった。

数十秒して、なんとか呼吸が安定してきた僕は顔を上げる。眼前に大きな門扉《もんぴ》が立ちはだかり、その奥に三階建ての威風堂々とした洋館が建っていた。門扉を支える柱には『丘の上病院』と刻まれている。この病院こそ、僕が追っている人物が隠れている場所だった。

鉄のように固くなった足の筋肉を動かし、なんとか立ち上がると、門扉を押して敷地に入る。洋館までまっすぐに道が延び、左手にある駐車場には数台の車が止まっていた。右手には芝生《しばふ》が広がっている。

あの洋館が病院のようだ。とりあえずあそこで話を聞くか。そう思ったとき、いきなり下から「わうっ！」という鳴き声が響いた。驚いて後ずさると、いつの間にか足下に大きな犬が佇んでいた。黄金色の毛がその全身を覆っている。たしかゴールデンレトリバーとかいう種類だ。

この病院で飼っているのだろうか。戸惑う僕の目を、その犬はじっと覗き込んでくる。やけに知的な眼差しに圧倒されていると、犬はもう一度大きく吠《ほ》え、「ついてこい」とでもいうように首をくいっと動かして歩き出した。一瞬迷ったあと、僕はその後ろについていく。犬は軽い足取りで芝生を越え、洋館のわきを通って裏側へと回り込んでいった。

目の前で揺れる金色の尻尾を眺めていた僕は、軽く頭を振った。犬などについていってどうするんだ。それより早くこの病院のスタッフを見つけ、あの人がどこにいるのか訊かなくては。

引き返そうと思ったとき、悠然と歩いていた犬が足を止め、みたび「わんっ！」と吠えた。僕は視線をゆっくりと上げていく。

病院の裏手には、一面に庭園が広がっていた。花壇には色とりどりの花が咲き開き、花畑のようだった。中央の芝生で覆われた部分はわずかに盛り上がり、小さな丘のようになっている。その頂点に、山手の墓地に生えていたものに勝るとも劣らない巨大な桜が、悠然と立っていた。その雄々しく広がる枝は満開の花に覆われ、まぶしさをおぼえるほどに艶《あで》やかだった。

役目は終わったとでもいうように、犬はするりと足下を抜けて去って行く。しかし僕は動くことなく、桜の下に佇んでいる人物を見上げていた。

僕は花壇の間に作られた道を進みはじめた。焦る気持ちに酷使した足がついて行かず、何度も転びそうになりながら丘にたどり着き、登っていく。桜の下の人物はこちらに背中を向けたままだった。僕は一歩一歩踏みしめるように、その背中に近づいていく。

突然、一際強い風が吹き抜けた。桜の花弁が舞い落ち、僕とその人を柔らかく包み込む。

折りたたみ椅子に腰掛け、イーゼルに向かっていたその人は、膨らんだ黒髪を押さえた。

初めて出会った日、窓際でそうしたように。

背後に立つ僕に気づいたのか、彼女が振り返る。少し垂れ気味の二重の目が、大きく見開かれた。

僕は声が震えないよう、喉元に力を込めて声を絞り出す。

「お久しぶりです、……ユカリさん」

一度言葉を切った僕は、大きく息を吸い込むと、彼女の名を口にする。

愛しい人の本当の名を。

「アサギリユカリさん」

7

「なん……で……」

言葉を失っているユカリさんに、僕は微笑もうとする。しかし、胸の中で吹き荒れる感情のせいで、顔の筋肉がうまく動かせなかった。

「ユカリさんに会うために決まっているじゃないですか」

僕はユカリさんの瞳をまっすぐに見つめる。

「……最初の最初から、僕は騙《だま》されていたんですね」

責められていると思ったのか、ユカリさんの表情が歪んだ。

「分かっています。仕方がなかったんですよね。本物の『弓狩環さん』を助けるために」

「どうして……。みんなに口止めしていたのに」

ユカリさんは舞い落ちる桜の花弁と同じ色の唇を噛む。

「葉山の岬病院の人たちは最後まで喋りませんでした。指示された通り、あなたが幻だったと僕に思い込ませようとしました。僕が自分で気づいたんですよ。環さんの遺言書を見つけて」

「環ちゃんの遺言書、見つかったの⁉」

こわばっていたユカリさんの表情がぱっと輝いた。

「ええ、通っていたカフェがある坂の上、そこの墓地に彼女は自分のお墓を買っていたんです。自分が亡くなったら、眠るために。そこに隠してありました」

「そっか……、ウスイ先生が見つけてくれたんだ……。ありがとう」

ユカリさんは目元を拭う。

「その遺言書は少し癖のある字で書かれていました。あとで弁護士に聞いたんですけど、遺言書って基本的に自書《じしょ》じゃないといけないらしいですね。そのとき、ふと思ったんです。ああ、ユカリさんってこういう文字を書くんだなって」

僕の話を聞きながら、ユカリさんは口を固く結ぶ。

「そう、僕はそれまでユカリさんの文字を見たことがなかったんです。最初、そのことについて深く考えませんでした。けれど、あとで気づいたんです。それはおかしいって」

「……どういうこと？」

「絵ですよ。僕はユカリさんが描いた油絵を見ていました。それなら、目に入っているはずなんですよ。ユカリさんのサインが」

ユカリさんの頰がかすかに震えるのを見ながら、僕は話し続けた。

「あれだけの作品です。作者の名前を端にサインするのが当然です。けれど、あの絵にはサインは入っていませんでした。僕がユカリさんの絵を見て、なにかが足りないと感じたのは、サインが入っていなかったからだったんですね」

「……私は有名な画家ってわけじゃない。だから、サインなんかする必要ないと思っただけ」

「ええ、そうかもしれません。けれど、あなたとの記憶をよくよく思い出していくと、違う可能性に気づいたんです。あの病室の本棚に入っていた本は、写真集や画集ばかりでした。僕の英文の参考書を見たとき、それが日本語じゃないことに、あなたはすぐには気づきませんでした。カフェに行ったときは、メニューを見ないで注文していました。そして、僕が手紙を送ると言ったときは、『手紙は読めない』って答えましたよね。『読まない』じゃなく『読めない』。それらのことから、僕は一つの仮説を思いついたんです」

僕は硬い表情のユカリさんの目を覗き込む。

「あなたは、文字の読み書きができなかったんじゃないかって」

ユカリさんは僕の視線を受け止めたまま、返事をしなかった。

「失読症……」

僕がぽつりとつぶやくと、ユカリさんの体が大きく震えた。

「会話は普通にできるのに、文字の読み書きができなくなる症状です。高次脳機能障害の一つで、脳卒中などの後遺症として生じることが多い。そして、クモ膜下出血も脳卒中の一種です」

ユカリさんはゆっくりと片手を上げ、自らのこめかみに触れた。その中にある、『爆弾』の存在を確かめるように。

「その一方で、脳腫瘍の症状としては失読症はまれです。それで気づいたんですよ。ユカリさんと、ユウさんが入れ替わっているんじゃないか。ユカリさんの頭の中にある『爆弾』は脳腫瘍じゃなく、巨大脳動脈瘤だったんじゃないかって。だから僕は葉山の岬病院に行ってカルテを調べました。『弓狩環』ではなく『朝霧由』のカルテを。そうしたらちゃんと見つかりました。僕が書いたあなたの診療記録が。そしてちゃんと失読症についても一号用紙に書かれていました」

僕は喋り続けて少し乾いてきた唇を舐める。

「葉山の岬病院は電子カルテでなく、まだバインダー式の紙カルテを使っています。だから、名前や入院時までの病状などが書かれている一号用紙と、バインダーに書かれている名前さえ入れ替えれば、患者の入れ替えが可能だった。僕は一号用紙とバインダーの名前だけ『弓狩環さん』のものと入れ替わっているあなたのカルテに診療記録を書いていたんです」

僕は苦笑を浮かべる。

「けれど、そもそも先月ユウさんのカルテを読んだとき、もっと集中していたら気づいたんですよね。だって『朝霧由』の文字の上に、ふりがなが振ってあったんですから。『アサギリユカリ』って」

肩をすくめる僕の前で彼女、アサギリユカリさんは目を伏せた。

「理由の『由』って漢字は、『ユウ』だけじゃなく、それ一文字で『ユカリ』とも読めますよね。あなたの本当の名前はアサギリユカリ。だからこそ、『ユガリ』じゃなくて、『ユカリ』って呼んで欲しいと言ったんですね。そして、僕がユウさんと呼んでいたオレンジ色のショートカットの彼女こそ、本物の弓狩環さんだった」

僕は大きく息を吐く。喋りすぎて少し疲れた。もうユカリさんは分かったはずだ。僕に全て気づかれていると。ここからの説明は彼女自身の口から聞きたかった。

沈黙が僕たちの周りに満ちる。桜の花弁がときどき、ひらひらと落ちてきた。ユカリさんは俯いたまま、ためらいがちに口を開いた。

「私は事故のあと、両親の生命保険と事故の示談金が入ってきて、そのお金で葉山の岬病院に入院することができた。環ちゃん……。ウスイ先生が『ユウさん』って呼んでいた彼女も、ほとんど同じ時期に入院してきたの。年齢もお互いの境遇も似ていたから、すぐに仲良くなった。二人とも家族を亡くして、二人とも頭に『爆弾』を抱えていた」

僕は無言でユカリさんの言葉に耳を傾ける。

「環ちゃんには好きな人がいた。けれど、病院から出たら親戚に襲われるかもしれないって怖がって、会いにいくことができなくなっていたの」

「だから入れ替わったんですね」

「そう。私が思いついたの。環ちゃんと私、顔も少し似ていたし、その頃は環ちゃんも黒い長髪だったんだ。三一二号室なら病院外からはほとんど見えない。環ちゃんの親戚は、みなとみらいの病院にいたとき二、三度会っただけだってことだから、きっと気づかれないって」

「お互いの病室を交換し、環さんはもともと黒かった長髪をショートにしたうえ、派手なオレンジ色に染めた。そうやって入れ換わったおかげで、彼女は監視に怯えることなく外出できるようになった。たしかに、患者の希望を可能な限り叶えるあの病院なら、そんなめちゃくちゃなことを許可してもおかしくないですね。それに、あそこのナースには元美容師もいたし」

カフェのマスターや南部先生は、久しぶりに見た弓狩環さんの雰囲気が大きく変わっていたと言っていた。それを聞いたとき僕は、大きな疾患を患ってやつれたとかその程度のことだと思っていた。しかしそれは、環さんが別人に見えるほど髪型を変えていたことを言っていたのだ。

「あの髪型なら、よっぽど親しい人以外、環ちゃんだって気づかれない。それに、もともと私はずっと病室に籠もっているから、監視されていても問題なかった。新しい遺言書を書くために親戚を病院に呼んだときだけ、ウィッグをつけた環ちゃんが三一二号室に戻ったの。かなりドキドキしたけど、その親戚は全く気づかなかったって」

ユカリさんの表情がかすかに柔らかくなる。箕輪がまんまと騙されている光景を想像して、僕も思わず笑顔になった。

「実習にやってきた僕にそのからくりを説明しなかったのは、僕が親戚の送り込んだスパイかもしれないと思ったから。そうですよね？」

「そう、初めて研修医が来るって聞いて、院長先生が怪しいって言い出したの。だからカルテを入れ換えておいた」

それで院長は、僕が『朝霧由』のカルテを見ていたとき過敏に反応したのか。

「けど、会ってすぐ、私はウスイ先生はスパイなんかじゃないって気づいた。院長先生にもそう言ったのよ、なかなか信じてくれなかったけど」

ユカリさんは小さく肩をすくめた。張り詰めていた空気が少し緩んだのを感じ、僕はまだ残っている疑問をぶつけてみる。

「ところで、なんで古い遺言書で、環さんは僕にお金を遺そうとしたんですか？あのときはまだ、僕は環さんと喋ったこともなかったのに」

「環ちゃんは私に負い目を感じていたし、ずっと部屋に籠もっていた私を心配もしていたの。ウスイ先生はそんな私の退屈な毎日を変えてくれた。だから、間接的に環ちゃんはウスイ先生に感謝していたの。それで、なにかお礼できないか相談されたから、ウスイ先生の借金の話を……」

ユカリさんの声が小さくなっていく。

ようやく細かい状況が見えてきた。僕があと確認するべきことはわずかだ。

「ユカリさんが外出できなかったのは、文字が怖かったからですね？」

僕の質問に、ユカリさんは硬い表情で小さく頷いた。

「少しの文字なら大丈夫。でも失読症になってから、たくさんの文字、見覚えがあるのに読めない記号に囲まれるとパニックをおこすようになった。文字が襲いかかってくるような気がして」

ユカリさんが葉山の岬病院で痙攣《けいれん》したのは、図書室の前だった。きっとユカリさんにとって、扉越しにでも大量の本、大量の文字があるということが恐ろしかったのだろう。その過緊張により、てんかん発作が引き起こされたのだ。

「それに、同じくらい車が怖かった……」

ユカリさんは蚊の鳴くような声で付け足す。

交通事故によってクモ膜下出血を起こしたうえ、両親を失っているのだから当然だ。僕とバスに乗り図書館に行った日、ユカリさんは車と文字という二つのトラウマと戦い、打ち勝っていたのだ。

「入れ替わったあと、環ちゃんは外出できない私に気を遣って、いろいろな場所の写真を撮ってきてくれたんだ」

ユカリさんは懐かしそうに、いまは亡き親友との思い出を語る。

「その写真を絵に描いていたんですね。カフェがある坂の油絵を描いていたとき言っていた『大切な人』っていうのは、環さんのことだったんですね」

「そう。環ちゃんに頼まれたの。私の絵を好きな人のカフェに飾りたいって」

「すごく大切に飾られていましたよ」

ユカリさんの口元がほころんだ。

「環さんが先月、僕に渡す三千万以外は全部、箕輪に譲るって遺言書を作った理由は分かる気がするんです。具体的な要求をしたうえ、しっかりと遺言書の形にしておけば、遺産が入ってくるのが待ちきれなくなりつつあった箕輪も安心して、危害を加えてはこない。環さんの総遺産を考えれば三千万なんてたいした額ではないですからね。けれど結局、環さんは危険を冒してまで、全財産を寄付しようとした。

それは何故《なぜ》なんですか？」

「環ちゃんはずっと、遺産がその親戚に渡ってもいいと思っていたの。自分が亡くなったあと、お金がどうなろうとかまわないって」

ユカリさんは遠くを眺める。きっとそこに環さんとの思い出を見ているのだろう。

「だから外出はしても、遺言書を書き換えようとはしなかった。万が一それに気づかれたら、親戚の男は絶対に強硬手段に出る。殺されるかもしれない。そう怯えていたから」

「それならなんで……」

「私が外出するようになったから」

「ユカリさんの外出がどう関係あるんですか？」僕は首をひねる。

「私は車と文字が怖くて、ずっと部屋に閉じこもっていた。けれど、勇気を振り絞ってそれを克服した。……あなたのおかげで」

ユカリさんは手を伸ばし、僕の腕に軽く触れた。

「それを知って、環ちゃんは勇気づけられたんだって。『私も怯えてばっかじゃだめだよね』って。それに、環ちゃんは気づいていたんだ。自分に残された時間がもう少ないって。先月の下旬から視界がかなり狭くなって、体も動きにくくなってた。病状がどんどん進んでいたんだ」

ユカリさんは目元に手を当てる。

「だから、なにか遺したいって言ってた。自分が生きてきた意味を。この世に生まれた意味を」

「生きてきた意味……」僕はその言葉を繰り返す。

「そう、環ちゃんは体調が悪くなってからずっと私と話してた。自分が生きている、この世界に存在していることに意味があるのか。そもそも『自分』ってなんなんだろうって」

ユカリさんは自らの胸に両手を重ねる。『自分』とはなにか？　環さんとユカリさん。若くして『死』を間近に感じながら過ごしてきた二人の女性。きっと彼女たちは、同じような疑問を持ち、そしてその答えを探し合う同志でもあったんだろう。

「答えは……見つかりましたか？」

胸に両手を重ねたまま瞳を閉じたユカリさんに、僕は静かに訊ねる。ユカリざんは目を閉じたまま、首を横に振った。

「ううん、分からなかった。もしかしたら答えなんてないのかもしれない。でも環ちゃんはずっと前向きだった。『分からないなら、自分で人生の意味を決めちゃえばいいじゃん』ってね」

目を開けたユカリさんは環さんの口調をまねると、満開の桜を仰いだ。

「それが、遺言書を書き換えることだったんですね」

「そう。そうすることできっと幸せになる人が増える。それなら、自分が生きてきたことにはきっと意味があったはず。環ちゃんはそう思ったの。遺言書を書き換えて、残された時間をできるだけ好きな人と一緒に過ごす。それが環ちゃんが選んだ生き方だった」

そして彼女はやり遂げた。マスターの腕の中で逝く瞬間、環さんは幸せだったのだろう。

僕は大きく息を吐いて気持ちを落ち着ける。あと訊きたいことは一つだけだった。

「最後の質問です」僕はユカリさんを見つめる。「ユカリさんはなんで、僕の前から姿を消したんですか?」

穏やかになっていたユカリさんの表情が、再びこわばった。

「環さんが亡くなったあと、葉山の岬病院には牧島法律事務所から問い合わせがあった。それで新しい遺言書が行方不明だと知り、あなたは焦った。古い遺言書が執行されれば、三千万円を相続している僕に連絡が行き、環さんが横浜で亡くなったと知ることになる。あなたのことを『弓狩環』だと思い込んでいる僕は、なにか裏があると思い病院に乗り込んで来るかもしれない」

僕は淡々と話し続ける。

「そう思ったあなたは院長に頼んで、彼の友人が経営しているこの病院に一時的に転院した。そのうえ、あなたとの思い出が全て僕の幻想だと思わせようとした。そうすれば、僕が『弓狩環さん』の死を受け入れ、大人しく帰ると思ったからです」

僕は一拍置くと、ユカリさんに訊ねる。

「なんでこんなことをしたんですか？」

答えは分かっていた。ただ、ユカリさん本人の口から聞きたかった。

僕は黙り込んだユカリさんに近づくと、大きく息を吸い込む。

「ユカリさん、……愛しています」

あの日、伝えられなかった想いが、ごく自然に口から零れ出た。勢いよく顔を上げたユカリさんの顔には、泣いているような、それでいて笑っているような表情が浮かんでいた。

「なんで……、私なんか……。私の頭の中には『爆弾』があるのに……」

「そんなの、なにも関係ないじゃないですか」

「関係ある！」ユカリさんは叫びながら、すがりつくような眼差しを向けてくる。「この『爆弾』はいつ爆発してもおかしくないのよ。そんな私を好きになって、なんの意味があるの!?」

「人を好きになること、きっとそれ自体に意味があるんですよ」

僕が柔らかく言葉を紡ぐと、ユカリさんの垂れ気味の目が潤んできた。

「でも、ウスイ先生には未来がある。一流の脳外科医になって、たくさんの人を助ける未来が。私がそばにいたら邪魔になる。私は一人じゃ満足に外出もできないし、文字を読むこともできない。事故にあって、私の脳は内側から崩れていったの」

「だから、僕の前から消えたんですね」

糾弾されたユカリさんは体を小さくする。僕はふっと表情を緩めた。

「全部のからくりに気づいたとき、正直腹が立ちました。けれど、それ以上に嬉しかったです」

「嬉し……かった……？」

「ええ、いくら付き添いがいれば外出が可能になったといっても、この病院までの移動はユカリさんにとって大きな負担だったはずだ。僕のために、そこまでのことをしてくれたって」

「それは……」

「ユカリさん、教えてください。僕のことをどう思っているのか」

僕はユカリさんに近づくと、膝の上に置かれた彼女の手に、自分の手を重ねる。

ユカリさんは視線をそらして、黙り込んだ。僕は急《せ》かすことなく、答えを待つ。

一分、二分、三分……。時間がさらさらと流れていく。

やがてユカリさんの桜色の唇がかすかに動いた。

「……ごめんなさい」

僕を見ることなく、ユカリさんは蚊の鳴くような声でつぶやいた。

「僕に好意を抱けない。そういう意味ですか？」

確認すると、ユカリさんはかすかにあごを引いた。

「……嘘ですね」

「嘘じゃない！　悪いけれど、私はウスイ先生を担当医以上としては見られないの。ごめんなさい。だから、もう帰って！」

ユカリさんは顔を横に振ると、早口でまくし立てた。

「それなら、僕が葉山の岬病院を去る日に、そう告げればよかったじゃないですか。なんであの日、僕を抱きしめてくれたんですか。なんでこんな手の込んだことまでして、僕を諦めさせようとしたんですか」

「それは……」

言葉につまるユカリさんに、僕は決定的な一言を告げる。

「なんで、床下に絵を隠したままにしたんですか？」

目を大きく見開くユカリさんに、僕は優しく囁く。

「あれに気づいた僕に追いかけてきて欲しかった……」

「そうよ！　本当は追ってきて欲しかった。けれど、私にはあなたの未来を奪うことなんてできない！」

叫びながら、ユカリさんは両手で顔を覆った。

「奪ってなんていませんよ」

囁くように言うと、ユカリさんは「え？」と充血した目で僕を見上げた。僕はそんなユカリさんに微笑みかける。

「あなたと一緒に歩んでいく。それこそが僕の未来です」

「でも、脳外科医になって患者さんを救うって……」

「脳外科医にならなくても患者さんは救えますよ」

ユカリさんは細かく首を左右に振った。

「やっぱり……ダメ。だって、私の頭の中には爆弾があるのよ。だから明日生きているかも……」

「それなら、今日を僕と一緒に生きてください」

弱々しいユカリさんの言葉を、僕は力を込めた声で遮る。

「前に言ったじゃないですか。誰だって、明日まで生きている保証なんてない。誰だって爆弾を抱えて生きているって。けれど、その爆弾に怯えていたらなにもできない。だから、僕たちはただ一日一日を必死に生きていくことしかできないんです」

　僕はユカリさんの手をとると、柔らかく引いて立ち上がらせる。

　満開の桜の下、嗚咽を必死に嚙み殺しているユカリさんの前で、僕は片膝をついた。葉山の岬病院から離任する日、ユカリさんが描いていた絵と同じように。

「ユカリさん。あなたに残された時間を僕にください」

　僕はジャケットの内ポケットから小さな箱を取り出すと、その蓋を開く。両手で覆われたユカリさんの口から、小さな悲鳴のような声が漏れる。箱の中に納まっている、小さな貝の指輪、葉山のカフェで売られていたあの指輪を見て。

「あなたの爆弾を、僕に抱きしめさせてください」

　止《と》め処《ど》なく流れ出す涙を拭うこともせず、ユカリさんは僕を見つめながら、その震える唇を開いた。

「……はい」

　温かな感情で胸が満たされる。もう言葉は必要なかった。僕は立ち上がり、ユカリさんの華奢《きゃしゃ》な体に両手を回す。そのとき、再び強い風が吹きぬけていった。

　舞い落ちる桜の花弁に包まれながら、僕は愛しい女性をただ抱きしめ続けた。

エピローグ

「はい、処方箋と書類、全部上がりました」

僕は傍らに立つ看護師長に紙の束を手渡す。

「お疲れ様です、碓氷先生。とりあえず今日のところはこれでお終《しま》いです」

愛想よく言う師長の前で、僕は首を鳴らした。

「思ったより仕事多いですよね。実習で来たときはもっと楽だったのに」

「そりゃ、研修医と常勤のドクターじゃ、扱いが違いますよ。書類仕事も多くなりますし、患者さんの家族への説明も任されますからね。これからもっと仕事が増えていきますよ」

「……頑張ります」

「待望の二人目の常勤医が見つかったってことで、院長も張り切っていますよ。訪問診療をはじめるとか、増築して病床数を増やすとか言っています」

「いや、あんまり急に事業を拡大しない方がいいんじゃないかと……」

　ユカリさんを追って長野の病院に行ったあの日から、約一ヶ月が経っていた。三月いっぱいで初期臨床研修を終えた僕は、四月から常勤医として働いていた。この葉山の岬病院で。

　カルテ保管庫で院長に突きつけた二つ目の要求、それは常勤医としてこの病院で雇ってもらうことだった。あの日は渋々といった様子で要求を受け入れていたが、院長にとっては渡りに船だったのかもしれない。

　あっちの方が一枚上手だったか。こめかみを掻きながら僕は、「じゃあ、お疲れ様でした」と席を立つ。

「ああ、そうそう、碓氷先生。新居は見つかったんですか？」

「いやあ、探してはいるんですけれど、なかなかいい物件がないんですよね」

「いっそのこと、ずっとあそこに住んじゃえばいいんじゃないですか？」

「さすがにそれは……。いい部屋が見つかったらちゃんと出て行きますよ」

「もったいない。あんなにいい部屋に無料で住めるのに」

　師長はわざとらしくため息をつく。

「病院に常勤医が住んでいたら、雑用を頼めると思っているんでしょ」

　僕が突っ込むと、師長は「あら、ばれちゃった」と含み笑いを漏らした。頬を引きつらせながら、ナースステーションをあとにした僕は、毛足の長い絨毯《じゅうたん》を踏みしめながら廊下を進んでいく。ふと外を見ると、防風林の奥に夕陽《ゆうひ》に染まる海が見えた。僕は足を止め、目を細める。

先日、冴子から久しぶりに連絡があった。大学の内科医局で、充実した毎日を送っているということだった。

『一度、挨拶しにそっちに行くね。けど、そろそろうちも、運命の相手見つけないといけんねぇ』

そんなことをまくし立てられたあと一方的に電話を切られ、相変わらずの調子に苦笑するしかなかった。

親父《おやじ》の遺《のこ》してくれた切手を売る手配は、順調に進んでいる。ただ、それで金が入ってきても母さんは鞆の浦から出るつもりはないし、仕事も続けるつもりだという。恵も相変わらず国立の薬学部だけを目指して受験勉強に励んでいる。金に余裕ができるからといって、それでなにが変わるわけではなかった。親父が必死に僕たちを守ろうとしていた。それを知ることができたことの方が、僕たち家族にとっては遥かに重要だった。

太陽が水平線に触れる。思えば、ほんの二ヶ月前まで、こんなふうに景色に感動することなどほとんどなかった。きっと、余裕なく毎日を過ごすうちに、本当に大切なものを見失っていたんだろう。

ただ金を稼ぐことだけを目的に、自分を追い込んでいた日々。けれど、この病院で頭に『爆弾』を持つ女性と出会い、惰性で消費していた一日一日がいかに貴重なものかを知った。

自分たちがなぜこの世に生まれ、なぜここにいるのか。オレンジ色のショートカットを揺らし、快活に笑っていた女性が抱いていた疑問の答えを、僕はまだ見つけられていない。もしかしたら、答えなんてないのかもしれない。けれど、与えられた限りある時間、この奇跡のような時間を大切に過ごしていくことでなにかが見つかるんじゃないか。そんな気がしていた。

僕は再び廊下を歩きはじめる。突き当たりを左に折れ、数歩進むと、目的の部屋の前についた。

『312号室』。そう記された扉をノックすると、僕は部屋に入る。開いた窓のそばに彼女が座っていた。振り返った彼女は僕を見て、柔らかく微笑む。

「お帰りなさい、蒼馬さん」

僕は幸せを嚙みしめながら、この儚くも美しい時間をともに歩んでくれる女性に近づいていった。

「ただいま、ユカリさん」

実業之日本社文庫 ち16

崩《くず》れる脳《のう》を抱《だ》きしめて

2020年10月15日　初版第1刷発行
2023年4月19日　初版第4刷発行

著　者　知念実希人《ちねんみきと》

発行者　岩野裕一
発行所　株式会社実業之日本社
〒107-0062　東京都港区南青山6-6-22 emergence 2
電話［編集］03(6809)0473［販売］03(6809)0495
ホームページ　https://www.j-n.co.jp/
DTP　ラッシュ
印刷所　大日本印刷株式会社
製本所　大日本印刷株式会社

フォーマットデザイン　鈴木正道（Suzuki Design）

ISBN978-4-408-55619-2（第二文芸）